Daria Bignardi

So glücklich wir waren

Roman

Aus dem Italienischen von
Julika Brandestini

Insel Verlag

Die Originalausgabe erschien 2014
unter dem Titel *L'amore che ti meriti* bei
Arnoldo Mondadori Editore S. p. A., Milano.

Erste Auflage 2016

Satz: Greiner & Reichel, Köln
Druck: CPI – Ebner & Spiegel, Ulm
Printed in Germany
ISBN 978-3-458-17680-0

Für Severino. Und für Toni.

»Der Bestand eines Bösen [ist] immer in
dem schuldhaften Mangel der Liebe Aller zum Träger
des Bösen mitbegründet. [Daraus] ergibt sich (...)
das Prinzip der Solidarität aller sittlichen Wesen.«

Max Scheler

Alma

Aal-maa-Maa-ioo, Aal-maa-Maa-ioo.
Seit ich Toni erzählt habe, was vor dreißig Jahren geschehen ist, träume ich von meiner Mutter, die mit ihrer tiefen Stimme nach uns ruft, das »ma« bei jeder Wiederholung modulierend. »Almamaio«, das ist der Klang meines früheren Lebens, jenes glücklichen.
Das erste Mal, als ich ihn sah, hatte ich »Ma-io« gestammelt, und dabei blieb es. Als in der Zeitung sein richtiger Name stand, wussten nur wenige, dass dieser Marco mein Bruder war.

Es war ein nach Linden duftender Juniabend.
Ich saß auf Maios Fahrradstange, und er fuhr dicht an den sonnengewärmten Hauswänden entlang. Ich strich mit dem Finger über seine Lippen, und er versuchte, mit den Zähnen danach zu schnappen. Je mehr ich lachte und zappelte, desto mehr schlingerte er mit dem Fahrrad, damit ich noch lauter schrie.
Mein Rad hatte einen Platten, darum hatten wir seins genommen. Er lenkte mit einer Hand, in der anderen hielt er eine Zigarette mit schlechtem Marihuana, das wir am Ufer des Po anbauten.
Auf dem Kopfsteinpflaster schnitt mir die Fahrradstange in den Hintern, und Maio ließ absichtlich kein einziges Schlagloch aus.

»Meine Jeans sind extra dick, wie Polster«, trällerte ich. »Popöchen, Popöchen, hier hast du dein Pölsterchen«, antwortete er in demselben Singsang.
Wir hatten an diesem Nachmittag einen Film von Antonioni gesehen und auf dem Nachhauseweg endlose Male die Szene nachgespielt, in der sie ihn fragt, wovor er weglaufe. Er antwortet, *Schauen Sie nicht nach vorn, schauen Sie nach hinten.*
Vor dem Abendessen, als die Pizza im Ofen brutzelte und ich auf dem Balkon eine Zigarette rauchte und dem Flug der Schwalben zusah, stieg Maio im blauen Bademantel unseres Vaters aus der Dusche, trat mit geschlossenen Augen an die Scheibe und deklamierte mit tropfendem Haar und hochgerecktem Kinn, die Arme weit ausgebreitet: »Wovor läufst du weg, Alma?«
Wenn ein Film uns gefiel, wiederholten wir die denkwürdigsten Sätze tagelang in allen möglichen Situationen.
Maio war dünn und groß, wie ich. Bis vor drei Jahren hatten wir noch unsere Kleider getauscht, dann waren meine Brüste gewachsen, und mit ihnen meine Hüften. Mein Vater war zufrieden über meinen Entwicklungsschub, hinter meinem hormonellen Rückstand hatte er bereits schwere Störungen vermutet. Er malte sich ständig Krankheiten, Unfälle, finanzielle Schwierigkeiten, Rückschläge und alltägliche Niederlagen bis in die kleinsten Details aus: geschlossene Restaurants, ungültige Eintrittskarten, belegte Parkplätze. Sein Leben war stets überschattet von einem drohenden Desaster.
Er hatte jedes erdenkliche Unglück, jede Trauer, jeden Schmerz vorhergesehen, nur nicht den, der uns schließlich zerstörte.

An jenem Abend waren unsere Eltern bereits aufs Land gefahren, wir warteten noch auf die Zeugnisse, bevor wir uns ihnen anschlossen, obwohl wir die Ergebnisse schon kannten: Ich war durchgekommen, Maio musste eine Nachprüfung machen.
Unser Vater war nicht wütend geworden, er hatte nur wieder drohendes Unheil gewittert. Mama hatte mit den Schultern gezuckt und gesagt, sie habe doch gleich gewusst, dass mein Gymnasium nichts für Maio sei. Ich war diejenige gewesen, die insistiert hatte.
Maio war witzig, freundlich und faul. Ganz anders als ich. Wir würden auf dem Land Nachhilfeunterricht bekommen, bevor wir mit dem Zug nach Bukarest fuhren. Den August würden wir wie immer am Meer verbringen.
Wir genossen diese letzten Abende ohne Eltern, wir freuten uns über den Beginn der Ferien. Alles war gut.
Vor dem marmornen Greif auf der Piazza, an unserem üblichen Treffpunkt, saß nur Benetti. Es war Sonntag, einige waren ans Meer gefahren und noch nicht zurück. Bald würde Michela kommen, sonnenverbrannt und glänzend vor Creme, und wir würden bei Mago ein Bier trinken gehen. Der Sonnenuntergang an diesem Abend wollte nicht enden.
Ich war siebzehn Jahre alt, und ich wusste nicht, dass wir glücklich waren.

Antonia

Ich drehe mich auf den Rücken. Linke Seite, Rücken, rechte Seite, seit zwei Monaten schlafe ich so. Mein Bauch ist rund wie ein Ball, fünf Kilo habe ich zugenommen. Genau richtig, sagt meine Gynäkologin. Ziemlich wenig, meint Leo.

Leo schläft auf dem Bauch, der Glückliche, ein Arm hängt seitlich aus dem Bett. Ich drehe mich wieder auf die Seite und starre ihn an, um zu sehen, ob er davon aufwacht. Montag werde ich fahren, und ich habe ihm noch nichts davon gesagt. Ich puste ihm leicht auf die Wange.

»Mmh ... Was ist?«

»Hallo, guten Morgen!«

»Morgen ... Wie spät?«, nuschelt er.

»Neun durch.«

»So früh! Komm, Toni, sei lieb«, murrt er und zieht sich das Laken über den Kopf. Er kann nur samstags ausschlafen, sonntags gibt es immer irgendeinen Notfall: Raubüberfälle von der Nacht zuvor, angereiste Fußballfans, sogar Mordfälle passieren im sonntäglichen Morgengrauen am häufigsten. An den übrigen Tagen steht er um sieben auf, viel früher als ich.

»Ich muss mit dir reden.«

Ich sehe, wie sein Kopf sich langsam unter dem Laken hervorschiebt, wie eine Schildkröte aus dem Panzer. Er öffnet das herausschauende Auge. Und er sieht mich mit klarem Blick an.

»Was gibt es?«
»Montag fahre ich für ein paar Tage nach Ferrara.«
»Nach Ferrara? Warum?« Jetzt hat er beide Augen geöffnet. Er kneift sie zusammen, als störe ihn das Licht, und schaut mich von unten herauf an. Ich liege auf den Ellenbogen gestützt, meine Haare kitzeln seine Nase. Doch er rührt sich nicht, er sieht aus wie eine erstarrte Katze im Scheinwerferlicht, mit zu Berge stehenden Haaren und angelegten Ohren.
»Ich muss Nachforschungen in einer Familienangelegenheit anstellen.«
Langsam richtet er sich auf, den Rücken gegen das Kopfende des Bettes gelehnt. Die Augen sind jetzt weit offen. Er blickt mich erstaunt an.
»Was hast du vor?«
»Das habe ich dir doch gerade gesagt.«
»Und das im sechsten Monat?«
Er ist an meine Abwesenheiten gewöhnt, meine Recherchereisen. Ich habe bei einem kleinen Bologneser Verlag drei Krimis veröffentlicht, und ich recherchiere immer wieder einmal am Ort eines Verbrechens. So haben wir uns kennengelernt. Seit ich aber mit Ada schwanger bin, war ich nicht mehr unterwegs.
»Eben deshalb. Ich muss es tun, solange es noch geht.«
»Wohin willst du denn?«
»Schläfst du noch? Nach Ferrara, wo meine Mutter geboren ist. Gar nicht weit weg.«
»Und warum kommst du abends dann nicht nach Hause?«
Ferrara ist weniger als eine Zugstunde von Bologna entfernt, doch für mich könnte es ebenso gut auf dem Mond liegen. Als ich klein war, sind wir noch ab und zu hingefah-

ren, auf den Friedhof, aber inzwischen war ich seit zwanzig Jahren nicht mehr dort.

Bis vor drei Tagen hat meine Mutter nie von Ferrara und ihrer Familie gesprochen, ich wusste nur, dass alle tot waren. Ich dachte, die Erinnerung an sie mache sie traurig, darum hörte ich irgendwann auf zu fragen.

»Ich brauche ein bisschen Zeit. Es ist besser, wenn ich über Nacht bleibe.«

Jetzt ist er vollständig wach. Er schwingt die Beine aus dem Bett und sagt: »Ich bin gleich zurück, dann erzählst du mir alles.«

Während er im Bad ist, öffne ich Vorhänge und Fensterläden.

Unser Schlafzimmer geht hinaus auf einen Balkon, und durch die Glasscheiben flutet die Sonne herein. Es ist Anfang März, draußen ist es noch kalt, und die Pflanzen in ihren Kübeln sind steif gefroren. Ich ziehe mir eine Strickjacke über das Nachthemd und spüre, wie Ada sich bewegt. Gestern hat die Ärztin gesagt, sie sei jetzt so groß wie eine Banane. »Eine ziemlich dicke Banane«, präzisierte sie.

Ich schlüpfe wieder unter die Decke, mir ist kalt. Ich rede gerne im Bett, es ist, als wäre man auf einer Wolke, oder in einem Boot, in einer Freizone. Mir fällt ein Gedicht von Stevenson ein, in dem es heißt: »Mein Bett ist wie ein kleines Boot« ... Ob Ada einmal gerne lesen wird? Als Kind verschlang ich ein Buch pro Tag, bis Alma sagte, ich solle das lassen, ich solle lieber hinausgehen zum Spielen, das sei ja zwanghaft. Ich wusste nicht, was das bedeutete, »zwanghaft«, das stand nicht in meinen Büchern. Es war mir ein Rätsel, warum ich als Einzige in meiner Klasse Ärger bekam, weil ich *zu viel* las.

Jetzt, da sie mir von ihrem Bruder erzählt hat, verstehe ich, woher ihre Angst vor Abhängigkeiten kommt.
Leo ist wieder zurück. Er trägt seinen himmelblauen Popeline-Schlafanzug, wie ein Opa. Nicht mal mein Vater, der dreißig Jahre älter ist als er, besitzt so einen Pyjama.
Leo ist älter als ich, er war schon einmal verheiratet, aber er hat keine Kinder. Als wir uns kennenlernten, ließ er sich gerade von seiner Frau Cristina scheiden.
»Zum Glück nimmst du ihn, es täte mir leid, wenn er allein bleiben würde«, sagte sie mir bei unserem ersten Treffen. Cristina ist Richterin, eine resolute Person, vielbeschäftigt und intelligent. Sie gefiel mir auf Anhieb.
»Sie kümmert sich nur um ihre Arbeit«, erzählte mir Leo. »Sie wollte keine Familie, ich weiß nicht, warum sie mich überhaupt geheiratet hat.«
»Und du, warum hast du sie geheiratet?«, fragte ich ihn.
»Ich weiß nicht mehr, was ich getan habe, bevor du in mein Leben kamst. Frag mich nicht. Ich habe eben das getan, was alle taten. Du nicht, du bist hier die Besondere von uns beiden.«
Ich liebe Leo, auch wenn er nie Stevenson gelesen hat. Aber das war der Grund für seine Ahnungslosigkeit. Das sagte ich ihm: Wenn man nicht liest, ist man ahnungslos. »Nicht wenn man bei der Polizei arbeitet«, antwortete er. »Bei der Polizei erlebt man alles, was in den Büchern steht, aus nächster Nähe: Liebe, Verrat, Tod.«
»Was ist das für eine Geschichte mit Ferrara?«, fragt er, als er wieder im Bett liegt, sich auf die Seite dreht und mir seine große Hand auf den Bauch legt.
»Es hat etwas mit meiner Mutter zu tun. Soll ich es dir erzählen?«, antworte ich und lege meine Hand auf seine.
»Bitte«, sagt Leo. Er hat seine Brille aufgesetzt und sieht

mich neugierig und aufmerksam an, so wie damals vor vier Jahren, als ich sein Büro im Kommissariat betrat. Damals hatte ich gedacht, dass ich nie zuvor einen Mann mit einem solch interessierten Gesichtsausdruck getroffen hatte wie ihn. Normalerweise sehen einen nur Frauen so an.

Alma

Benetti trug Stiefel ohne Absatz und verströmte einen säuerlichen Geruch. Ich hatte den Eindruck, er wisse Dinge, die ich nicht wusste, er zog mich an und stieß mich gleichzeitig ab. Er tauchte nur selten auf, zu den unmöglichsten Zeiten, wenn niemand sonst unterwegs war.
Einmal hatte er sonntags um zwei Uhr nachmittags bei meiner Mutter geklingelt und nach einer Scheibe Zitrone gefragt, und meine Mutter, die Apothekerin war, wusste, wofür er sie brauchte. Sie hatte bedauernd den Kopf geschüttelt.
»Der Arme«, hatte sie gesagt. Sie bat uns nicht, uns von ihm fernzuhalten. Sie vertraute uns.
Ich weiß nicht, was mich an diesem Abend packte. Es war neun Uhr, aber ich erinnere mich, dass es noch nicht dunkel war. Der Marmor des Doms leuchtete weiß zwischen den im Licht der untergehenden Sonne glühenden Häusern. Michela würde nicht mehr kommen, vielleicht musste sie ihren Eltern in der Bar aushelfen.
»Und wenn wir es auch einmal probieren? Nur ein einziges Mal?«, sagte ich plötzlich zu Maio und deutete mit dem Kopf auf Benetti.
Das war mir vorher nie in den Sinn gekommen.
Und ich bin sicher, ihm auch nicht.
Doch er verstand augenblicklich, was ich sagen wollte. Er breitete die Arme aus, hob das Kinn, schielte und sagte: »Sagen Sie mir, wovor Sie weglaufen.«

Wir lachten.
Ich habe immer geglaubt, dass es Geheimnisse gibt, die man niemals lüften darf. Ich habe mit Antonia nie über diese Dinge gesprochen, um sie nicht mit meinem Schmerz zu infizieren.
Nicht einmal Franco, mein Mann, weiß genau, was damals passiert ist. Er weiß, dass mein Vater sich umgebracht hat, aber nicht, unter welchen Umständen. Dass meine Mutter krank wurde und unsere Familie zerbrach, und dass es meine Schuld war.
Er hat sich um mich gekümmert, doch gerettet hat mich Antonia. Ich war zwanzig, als sie zur Welt kam. Jetzt, wo auch sie ein Kind erwartet, war es an der Zeit, ihr alles zu erzählen.
Ich habe ihr nie gesagt, wie ihr Onkel verschwunden ist, auch weil ich es selbst nicht weiß.

Es war Januar. An einem Sonntagmorgen war meine Mutter zu mir ins Zimmer gekommen. Sie hatte sich aufs Bett gesetzt und mir eine Hand auf die Schulter gelegt.
Am Abend zuvor war ich auf einer Party gewesen und hatte mich nicht besonders amüsiert. Um eins hatte ich mich auf den Heimweg gemacht, mit dem Fahrrad, durch einen dichten, feuchten Nebel. Ich hatte vor dem Schlafen *Der große Gatsby* zu Ende gelesen, um mich über den vergeudeten Abend hinwegzutrösten. Seit ich nicht mehr mit Maio ausging, fand ich alles langweilig.
Um zwei Uhr hatte ich das Licht gelöscht, nachdem ich immer wieder den letzten Satz des Buches gelesen hatte: »So regen wir die Ruder, stemmen uns gegen den Strom – und treiben doch stetig zurück, dem Vergangenen zu.« Dann hatte ich das Buch auf den Boden neben das Bett gelegt,

aufgewühlt und traurig. Ich hatte keine Ahnung, dass dieser Satz mein Leben beschrieb, wie es ab dem folgenden Tag sein würde.
Sonntags schliefen Maio und ich lange. Ich machte in diesem Jahr das Abitur und ging nur samstags aus, er dagegen war neuerdings jeden Abend unterwegs und kam erst nach Mitternacht nach Hause. Mein Vater, der sich sonst wegen allem sorgte, schien es nicht zu bemerken. Vielleicht dachte er, das sei normal für einen Jungen in einer Kleinstadt. Meine Mutter ahnte etwas, doch sie schwieg. Sie kümmerte sich vor allem um meinen Vater.
Seine finanziellen Höhen und Tiefen hatten sie gezwungen, die Arbeit in der Apotheke beizubehalten, die sie schon während des Studiums begonnen hatte, damals noch ohne Abschluss, und wenn uns auf Reisen jemand fragte, welchen Beruf sie habe, sagte sie: »Verkäuferin.«
»Francesca, sag ihnen doch, dass du Apothekerin bist!«, ermunterte sie mein Vater.
»Was macht das für einen Unterschied?«, antwortete sie. »Ich verkaufe Bonbons, Binden und Pflaster. Wenn es hochkommt, messe ich mal jemandem den Blutdruck.«
Das war keine Anklage. Sie hatte diese Apotheke gewählt, die wichtigste der Stadt, weil sie dort halbtags arbeiten konnte: Sie hatte zwei Kinder und einen Mann, der wie ein drittes war. Sie liebte ihn. Zu Zeiten meiner Mutter zerbrach man sich nach der Heirat nicht ein Leben lang den Kopf, ob man die richtige Wahl getroffen hatte.
Ich für meinen Teil glaube nicht, dass sie sie getroffen hat. Mein Vater war ein anstrengender Mann: ängstlich und sprunghaft. Unvorhersehbar in jeder Hinsicht, das einzig Konstante an ihm war sein Pessimismus. Heute weiß ich, dass er ein sehr trauriger Mann war, auch wenn ich das da-

mals nicht verstand. Langsam, teilnahmslos und gedämpft im Winter, im Sommer euphorisch. Anfang November verlosch er, Anfang Mai erblühte er zu neuem Leben. Sein Vater hatte ihm ein Landgut vererbt, das er mehr schlecht als recht verwaltete, obwohl er viel Zeit in diesem Haus am Deich des Po-Flusses verbrachte. Er angelte, ging mit dem Hund spazieren, versuchte sich um die Bewirtschaftung der Felder zu kümmern, obwohl letztlich der Verwalter alle Entscheidungen traf.

Wenn er gutgelaunt war, sagte er, dass der Hanfanbau ihm den Kopf verdreht habe. Dass in seiner Familie alle verrückt seien. Als ich der Psychologin davon erzählte, zu der sie mich schickten, nachdem Maio verschwunden war, wollte sie mir einreden, dass Maios Hang zur Abhängigkeit erblich bedingt gewesen sei und von meinem Vater stamme.

Niemand wird mich je davon überzeugen, dass Maio auch dann mit dem Heroin angefangen hätte, wenn ich ihm an jenem Juniabend nicht vorgeschlagen hätte, es zu versuchen.

Hätte ich diese törichte Idee nicht gehabt, würde mein Bruder noch leben, und meine Eltern wahrscheinlich ebenfalls. Mein Vater senil, meine Mutter vom Leben gezeichnet, aber am Leben. Sie wären aufs Land gezogen, und wir würden sie ab und zu besuchen. Wir würden in der Sonne mittagessen und am Ufer mit dem Hund spazieren. Antonia hätte Großeltern und Cousins gehabt, und ich ein anderes Leben.

Ohne meine Initiative hätte Maio niemals gewagt, sich zu spritzen, da bin ich sicher. Das ist keine fixe Idee, sondern eine Gewissheit. Er traf nie Entscheidungen, er folgte mir in allem, er vertraute mir. Alle vertrauten mir.

Ich habe alles kaputt gemacht, und ich verdiene jeden Augenblick in dieser Hölle, in der ich lebe.

An jenem Morgen hatte ich mich umgedreht. Ich hatte die Hand berührt, die meine Wange streichelte. Ich hatte den Ring ertastet, den meine Mutter über dem Ehering trug, ein kleiner Saphir, von Brillanten umsäumt, den ich später Antonia geschenkt habe.

Die eiskalte Hand und der Stein erschreckten mich. Das war nicht mein Vater. Normalerweise kam er uns wecken. Irgendetwas war passiert.

»Was ist los?«

»Hast du Maio gestern Abend gesehen? Es ist neun Uhr, und er ist noch nicht zurück.«

»Ich war bei Laura, du weißt doch, dass er nicht mehr mit uns ausgeht.«

Wir hatten uns auseinandergelebt. Nach seinen endlosen Beschaffungsritualen beschloss er den Abend üblicherweise in einer heruntergekommenen Kneipe, die sich hochtrabend Paul Verlaine nannte.

»Er wird irgendwo eingeschlafen sein«, sagte ich.

Ich sah es genau vor mir. Dicht bis obenhin, könnte er überall zusammengebrochen sein. In einem Auto, in einer öffentlichen Toilette. Er würde stinkend und völlig neben der Spur, oder aber gleichmütig und versöhnlich zurückkommen, je nachdem, wie viel von dem Zeug er in sich hineingepumpt hatte.

»Ja, das glaube ich auch. Papa habe ich gesagt, dass er auswärts übernachten wollte, damit er sich nicht aufregt.«

»Und warum hast du mich dann geweckt?«

Es war ungewöhnlich, dass meine Mutter etwas ohne guten Grund tat, sie war kein impulsiver Mensch.

»Ich habe gerade so eine Geschichte im Radio gehört. Heute Nacht …«, begann sie. Dann stockte sie und nahm meine Hand.
»Sag schon.«
Ich hatte mich im Bett aufgesetzt und die Nachttischlampe eingeschaltet. Mama trug über ihrem Nachthemd eine Jacke aus weißer Wolle mit Perlenknöpfen. Sie war immer elegant, selbst wenn sie gerade erst aufgestanden war. Ich mochte diese Jacke, sie hatte sie selbst gehäkelt.
Ich schämte mich meiner Kleider, die ich am Vorabend auf den Stuhl geworfen hatte, die Unterhose steckte noch in der Hose, die Socken lagen auf dem Boden, daneben das Buch, das ich vor dem Einschlafen gelesen hatte, die Luft im Zimmer war verbraucht. Ich wollte die Fenster öffnen, aufräumen, alles in Ordnung bringen. Ich wollte nicht wissen, was im Radio gesagt worden war.
»Heute Nacht sind zwei Jungen an einer Überdosis gestorben, man hat sie in der Nähe von Pontelagoscuro gefunden, in einem Auto.« Sie drückte meine Hand.
Ich spürte in meinem Magen etwas vibrieren. Ein tiefer, unheilvoller Ton.
»Haben sie die Namen gesagt?«
»Renato Orsatti und Sandro Putinati, beide zwanzig Jahre alt. Kennst du sie?«
»Nie gehört.«
»Sie kamen von außerhalb, Massa Fiscaglia. Die armen Jungen.«
Die Tatsache, dass sie aus einem Dorf außerhalb von Ferrara stammten, beruhigte mich, sie hatten also nichts mit Maio zu tun.
Meine Mutter dagegen hatte die richtigen Schlüsse gezogen. Zwei Tote durch Überdosis bedeuteten, dass zu rei-

nes Heroin im Umlauf war. In den folgenden Monaten, als Maios Freunde und die Dealer der Gegend befragt wurden, kam heraus, dass viele Abhängige in dieser Samstagnacht eine besonders schöne Reise unternommen hatten.
Alle waren davon zurückgekehrt, alle außer Renato und Sandro. Und Maio.
Maio war verschwunden.

Antonia

Leos Hand ist warm. Ich liebe seine großen Hände und die kräftigen, hellen, sommersprossigen Handgelenke. An dem Tag, als wir uns kennenlernten, beobachtete ich, während er mir geduldig den Verlauf einer Mordermittlung beschrieb, die ganze Zeit diese Handgelenke, die da aus den Ärmeln eines blassen hellblauen Hemdes hervorsahen, dessen Farbe identisch mit der seiner Augen war. Dieselbe Farbe hat auch der Opa-Schlafanzug, den er heute Morgen trug, obwohl er gerade einmal vierzig Jahre alt ist. Er sieht älter aus, vielleicht weil er ein kleines Bäuchlein hat, dazu eine Brille und eine seltsame Glatze, wie ein Mönch: eine Tonsur groß wie eine Teetasse inmitten dichter kupferroter Haare, die nur von wenigen weißen Fäden durchzogen sind.

Seine Handgelenke waren es, die mir gesagt haben, was für ein Mensch Leo ist. Ich habe mich in seine Handgelenke verliebt.

»Erinnerst du dich, dass ich Mittwoch bei meiner Mutter gegessen habe? Sie war ganz aufgeregt. Ich dachte, sie hätte Fieber, so seltsam war sie. Franco war zum Abendessen beim Rektor, wir waren also allein. Beim Tischdecken kündigte sie an, dass sie mir etwas Wichtiges zu sagen habe. Sie meinte, ich solle mich setzen, und goss sich Wein ein, dabei trinkt sie sonst nie. Und dann hat sie mir eine unglaubliche Geschichte erzählt.«

Jetzt ist Leo völlig konzentriert. Er hat aufgehört, meinen Bauch zu streicheln, und die Arme auf der Brust verschränkt, als säße er nicht im Bett, sondern in seinem Armstuhl am Schreibtisch im Kommissariat.
»Ich fasse kurz zusammen, was sie gesagt hat, ich kann es unmöglich nacherzählen. Es geht um ihren Bruder, du weißt schon …«
»Welchen Bruder?«
»Ich habe dir doch erzählt, dass sie einen Bruder hatte. Marco. Er war ein Jahr jünger als sie. Ich dachte, er wäre an einer Krankheit gestorben, sie hat nie mit mir über ihn gesprochen.«
»Und, ist er nicht?«
»Er ist kurz vor seinem siebzehnten Geburtstag verschwunden. Man hat ihn für tot erklärt, doch die Leiche wurde nie gefunden.«
Leo löst die Verschränkung seiner Arme und nimmt die Brille ab, wie immer, wenn er sich auf etwas keinen Reim machen kann. Er beugt sich näher zu mir.
»Wie ist das möglich?«
»Verstehst du jetzt, warum ich da hinmuss? Es ist eine absurde Geschichte. Und meine Mutter ist überzeugt, dass alles ihre Schuld war.«
»Ihre Schuld?«, fragt Leo mit fragendem Blick.
»Sie hat gesagt, sie habe ihm eines Abends vorgeschlagen, einmal zusammen Heroin zu probieren, danach hat er begonnen zu fixen, und eines Nachts ist er dann verschwunden.«
»Deine Mutter und Drogen? Was ist das denn für eine Geschichte?«
Er hat sich die Brille wieder aufgesetzt und sieht mich an, als wolle ich ihn auf den Arm nehmen.

»Jetzt spiel doch nicht den Moralapostel, das war Ende der Siebziger, die beiden waren noch jung, sie wollten es nur einmal ausprobieren. Sie hat das Zeug danach nie wieder angerührt, er hat weitergemacht. In der Nacht, in der er verschwand, sind zwei andere an einer Überdosis gestorben, darum nahm man an, auch er wäre gestorben, und dass er mit irgendjemandem zusammen war, der die Leiche hat verschwinden lassen, um keine Scherereien zu haben. Sechs Monate später hat mein Großvater sich umgebracht. Und meine Großmutter hat Krebs bekommen.« Das alles bringe ich in einem einzigen Atemzug heraus.

»Verfluchte Scheiße!«

»Das kannst du laut sagen!«

»Erzählst du mir da gerade, dass dein Onkel vor vierunddreißig Jahren spurlos verschwunden ist?«

»So ungefähr, ja.«

»Und was hast du jetzt vor?«

»Hinfahren und mit den Leuten reden, die sie kannten. Mir einen Eindruck verschaffen.«

»Warum?«

»Um meiner Mutter zu helfen. Sie ist bis heute überzeugt, dass alles ihre Schuld war, nach all der Zeit, kannst du dir das vorstellen? Und auch meinetwegen.«

»Das ist aber doch nicht einer deiner Krimis, Liebling. Abgesehen von der Tatsache, dass du schwanger bist, wird auch niemand etwas Interessantes über eine Geschichte zu sagen haben, die so viele Jahre her ist. Die Polizei wird doch ermittelt haben, was glaubst du, was man heute herausfinden kann, das man damals nicht entdeckt hätte?«

»Du sagst doch selbst, dass ihr manchmal schlecht arbeitet, dass jemand von außerhalb sich nicht vorstellen kann, wie schlampig manche Ermittlungen geführt werden, verschwundene Beweismittel, halbherzige Untersuchungen ...«

»Du spinnst, das habe ich nie gesagt ...« Er verstummt, weil er weiß, dass ich recht habe.

»Antonia ...?«

»Ja, mein Schatz?«

»Ich liebe dich ...«

»Ich liebe dich auch.«

»Kann ich dir helfen?«

»Du kannst deinem Kollegen in Ferrara sagen, dass ich ihn besuchen werde. Werden Ermittlungsakten aufbewahrt?«

»Manchmal, je nachdem. Ich kann ihn bitten, etwas zusammenzusuchen. Gib mir die Daten, wann Marco verschwunden ist. Wenn sie nicht umgezogen sind, wenn die Akte nicht verlorengegangen ist ... Diejenigen, die damals die Ermittlungen geleitet haben, werden inzwischen tot sein.«

»Vielleicht auch nicht. Vielleicht sind sie nur in Pension.«

»Vielleicht. Soll nicht lieber ich mich darum kümmern? Für mich wäre es ein Leichtes.«

»Ich würde es lieber selbst machen. Selbst hinfahren. Ich muss diese Geschichte verstehen. Ein drogenabhängiger Onkel, ein Großvater, der Selbstmord begangen hat ... Ich habe sie zwar nie kennengelernt, aber trotzdem.«

»Dass deine Mutter dir so eine Geschichte ausgerechnet jetzt erzählt, wo du ein Kind erwartest ...« Leo sieht bekümmert aus.

»Sie sagt, dass sie es genau darum getan hat. Weil schwangere Frauen unverwundbar sind.«

»Dann wird das wohl stimmen.«

Leo seufzt. Er vergöttert meine Mutter. Um mich zu necken, behauptet er manchmal, sie sei viel hübscher als ich,

und dass er sich vielleicht statt in mich in sie verliebt habe. Es stimmt, meine Mutter ist schön, das war sie immer, obwohl sie sich dessen nicht bewusst ist.
Alma ist ein seltsamer Mensch. Sie wirkt unsicher, aber in Wirklichkeit ist sie sehr stark. Sie ist unvorhersehbar und widersprüchlich. Sie muss immer alle Entscheidungen treffen. Sie ist so sensibel, dass man sie unmöglich nicht gernhaben kann, obwohl sie selbst überzeugt ist, unerträglich zu sein, und es tatsächlich oft ist. Als Jugendliche war es schwer für mich, mit ihr auszukommen. Immer wirkte sie wie das Kind von uns beiden, und manchmal ist das heute noch so.
»Wie lange willst du in Ferrara bleiben?«
»Höchstens eine Woche. Am Montag habe ich den nächsten Vorsorgetermin. Ich will auch versuchen, mit ihren damaligen Freunden zu sprechen, nicht nur mit der Polizei. Ich muss das tun, bevor Ada auf der Welt ist. Ich habe nie etwas über die Familie meiner Mutter erfahren. Jetzt weiß ich auch, warum.«
»Hast du ihr etwas davon gesagt?«
»Ich kann nicht. Es würde sie zu sehr mitnehmen. Und du musst mich decken, ja? Man kann über diese Sache mit ihr nicht vernünftig reden. Du hast ja keine Ahnung … Sie ist überzeugt, ihre Familie zerstört zu haben!«
»Und dein Vater?«
»Ich habe noch nicht mit ihm gesprochen. Morgen sehe ich ihn, ich muss ihn einiges fragen. Alma ist in Rom wegen der Ghirri-Ausstellung, und ich habe ihn gebeten, mit mir zusammen mittagzuessen.«
»Und was sagt Doktor Marchetti dazu?«
»Dass es mir gut geht, und dass es davon abgesehen auch in Ferrara eine hervorragende Geburtshilfe gibt.«

»Hat sie das wirklich gesagt?«

»Nein, Schatz. Glaubst du, ich erzähle meiner Gynäkologin davon? Aber es geht mir wirklich gut. Deine Mutter hat mir gesagt, dass sie noch bis einen Tag vor deiner Geburt gearbeitet hat, und schau, wie gut du gelungen bist.«

»Aber wenn meine Mutter nicht … Na gut, Toni, tu, was du nicht lassen kannst. Das tust du ja sowieso.«

»Sonntag bin ich zurück. Spätestens. Mach dir keine Sorgen.«

Alma

Benetti führte uns zu jemandem nachhause, der das Zeug verkaufte. Es war ein älterer Typ mit Koteletten, den ich noch nie gesehen hatte. Er wirkte nicht wie ein Junkie, und er wollte kein Geld von uns nehmen. Wir dachten, wir hätten Glück gehabt. Die Sache schien ihm Spaß zu machen, er war nett zu uns. Er setzte uns die Spritze, und es war, als hätte er uns eine plötzliche, heftige Betrunkenheit in die Vene verabreicht. Wir kotzten die ganze Nacht und den folgenden Tag, und als wir, grün im Gesicht, erwachten, war es schon spät.

Schweigend eilten wir mit den Fahrrädern zur Schule, um die Zeugnisse abzuholen. Maio musste, wie wir bereits wussten, im September zur Nachprüfung in Latein. Ich war versetzt worden, mit einem Durchschnitt von acht von zehn Punkten, besser als erwartet. Wir waren weder froh noch enttäuscht, nur leer und erschöpft, so als hätten wir aus Unachtsamkeit etwas Wertvolles verloren, schämten uns aber und wollten es nicht zugeben.

Im Bus, der uns hinaus aufs Land brachte, sagten wir nur »Nie wieder«, ohne uns in die Augen zu schauen.

Ich hielt mich daran. Ich hörte sogar auf, Joints zu rauchen, so schlecht war es mir gegangen. Maio dagegen probierte es nach den Ferien noch einmal. Ohne mir etwas zu sagen, besorgte er sich eines Abends den Stoff. Etwas hatte ihn gepackt, das Gift hatte seine Wirkung gezeigt. Wer weiß, wie

diese Dinge funktionieren, es ist rätselhaft. Ich war offenbar im Besitz des Gegenmittels, und er nicht.
Einen Monat lang machte er es einmal in der Woche, jeden Samstagabend. Das wusste ich von Michela.
Ich wollte es nicht glauben. Ich konnte es nicht glauben. Es machte mir Angst, aber vor allem war ich wütend. Ich versuchte mit ihm zu reden, doch er spielte die Sache herunter, es sei nichts Besonderes, ich solle mir keine Sorgen machen. Dann begann er, sich jeden Tag zu spritzen. Meine Mutter bemerkte es. Sie besorgte ihm Methadon. Sie bewahrte einen klaren Kopf. Absurderweise verschlimmerte sich die Situation durch die Tatsache, dass ihr die Angelegenheit in gewisser Weise vertraut war wegen der Jungs, die in der Apotheke ihre Spritzen kauften. Sie war nicht verstört, sie machte kein Drama daraus. Aber Maio nahm morgens das Methadon, und am Nachmittag setzte er sich einen Schuss. So wurde er noch schneller abhängig.
Wir wussten nicht, wie wir es meinem Vater sagen sollten. Er glaubte, Maio sei erschöpft von der Schule. Ich lernte für das Abitur, ging mit meinen Klassenkameraden aus, doch irgendetwas hatte sich verändert. Wenn ein ernstes Problem in einer Familie Einzug hält, ist das wie eine Stille, wie eine Leere, die im Magen wühlt, ein ständiges Unwohlsein.
Ich war böse auf ihn, meine Eltern, auf alle. Es war ungerecht. Ich hatte doch nur einen Scherz machen wollen, an diesem Frühsommerabend. Ich war erst siebzehn. Es war doch nur eine Schnapsidee, wie damals, als wir uns in den Bergen mit Grappa betranken. Das konnte er mir nicht antun, wenn er mich gernhatte. Es war einfach nicht fair. Meine Mutter sagte, er würde wieder gesund, sie hatte schon viele solche Fälle gesehen. Sie schickte ihn zu einem Psy-

chologen, aber kaum kam er aus der Sitzung, verschwand er, um sich einen Schuss zu setzen. »Dieser Idiot schafft es, dass es mir noch schlechter geht«, sagte er einmal zu mir.

Er hatte sich verändert. Wenn er drauf war, schwatzte er unaufhörlich, plapperte Banalitäten, verzapfte Unsinn, und wenn er nicht drauf war, blieb er stumm, mit aufgerissenen Augen. Ich glaube, um sich Stoff kaufen zu können, verkaufte er auch. Sofort nach dem Mittagessen verließ er das Haus, um zwei Uhr nachmittags, und kam erst um acht Uhr abends zurück. Er lernte nicht mehr, und oft schwänzte er die Schule. Ich war so wütend, dass ich nicht mit ihm sprechen konnte. Ich erkannte ihn nicht mehr. Ich ertrug ihn nicht. Ich ertrug seinen Verrat und meine Schuldgefühle nicht.

Eines Abends gab es Scaloppine mit Marsala-Sauce. Mein Vater hatte zweimal nachgefasst, dann hatte er Maios unangetasteten Teller gesehen und gesagt: »Isst du nicht? Hast du keinen Hunger? Du magst doch Schnitzel so gerne.«

Ich hielt es nicht mehr aus. Ich explodierte: »Papa, er isst seit Monaten nichts! Wie kann es sein, dass du das nicht bemerkst?«

Mein Vater sah erst mich an, dann ihn, dann meine Mutter. »Was ist los, Maio? Bist du krank? Francesca, sag schon.«

Und Mama rückte endlich heraus: »Giacomo ... Maio hat ein Suchtproblem, aber das kriegen wir schon wieder hin. Ich bin auf der Suche nach einer Klinik.«

Maio versuchte zu lächeln. Er sagte: »Entschuldigt, tut mir leid. Es ist gar nicht so schlimm, ich habe nur einfach keinen Hunger.«

Er kratzte sich. Er stank nach altem Schweiß und Rauch. Er war drauf, und ich wusste, dass es ihm leidtat, aber nicht so sehr wie mir.

Ihm bedeutete niemand mehr etwas.

Mein Vater stand auf und ging zu ihm, um ihn von hinten zu umarmen. Maio blieb sitzen, mit steifem Rücken und unbewegtem Gesicht.

Mein Vater weinte und drückte ihn. »Entschuldigt«, sagte auch er.

Dann ging er aus dem Raum und legte sich im Schlafzimmer aufs Bett.

Ich verstand nicht, wofür wir ihn entschuldigen sollten, aber ich hasste ihn, ich hasste sie alle. Meine Mutter, die keine Entscheidung traf, und meinen Vater für seine Schwäche. Warum wurden sie nicht wütend? Es gab niemanden, der uns beschützte. Der mich beschützte.

Es war das letzte Mal, dass wir vier zusammen waren.

Ich weiß nicht, worüber meine Eltern an diesem Abend sprachen, aber bis spät in die Nacht drang Licht unter ihrem Türspalt hindurch. Ich stellte mir vor, wie meine Mutter meinen Vater tröstete.

Der nächste Tag war ein Samstag, ich ging zur Schule, meine Mutter in die Apotheke, mein Vater zu einem Termin mit der Agrargenossenschaft. Maio schlief bis mittags. Die Putzfrau sagte, er habe nach dem Aufstehen Kekse und Tee gefrühstückt. Dann war er zu Fuß fortgegangen. Und wir haben ihn nie wiedergesehen.

Antonia

»Hat sie es dir erzählt?«, fragt mein Vater.
Wir haben gerade im Diana, seinem Lieblingsrestaurant in der Via Indipendenza, Platz genommen.
»Ja. Wusstest du davon?«
»Seit du schwanger bist, hatte sie den Plan gefasst. Sie hat immer gemeint, dass sie es dir erst dann würde erzählen können.«
Der Kellner mit der langen Nase und den grauen Haaren bringt uns einen Teller mit aufgehobelten Parmesanscheiben und in Würfel geschnittene Mortadella. Er arbeitet hier, seit ich geboren wurde, und er scheint sich überhaupt nicht zu verändern, ein schöner Mann mit sympathischem Lächeln, doch ich weiß nicht, wie er heißt. Ich frage meinen Vater danach.
»Keine Ahnung«, antwortet er. »Warum?«
»Nichts, nur so. Warum konnte Alma mir vorher nichts von ihrem Bruder und dem ganzen Rest erzählen? Wovor hatte sie Angst?«
Ich nenne meine Eltern oft bei ihren Namen: Alma und Franco, wie sie sich untereinander nannten, als ich sprechen lernte. Ich habe das auch bei anderen Einzelkindern bemerkt.
»Vor vielen Dingen. Es ist ja auch nicht ganz ohne, wenn man erfährt, dass sich der eigene Großvater das Leben genommen hat, und der Onkel spurlos verschwunden ist.«

»Und fandst du nicht, dass ich es trotzdem wissen sollte?«
»Ich habe darüber nachgedacht. Aber ich habe ihre Entscheidung respektiert, wie immer.«
»Glaubst du, es war ihre Schuld?«
Er schenkt mir einen Schluck Lambrusco ein.
»Darfst du trinken?«
»Ein halbes Glas schon.«
Er füllt sich den kleinen runden Kelch. Es ist ein lebhafter Wein, angenehm und leicht.
»Natürlich nicht. Das war nichts als Zufall. Alles ist reiner Zufall. Aber es ist unmöglich, sie davon zu überzeugen, denn einen hieb- und stichfesten Beweis dafür wird es nie geben. Es gibt nur eine Sache, die sie vielleicht etwas beruhigen würde.« Ein unmerkliches Lächeln leuchtet in seinen Augen. »Weißt du, was das sein könnte?«, fragt er und sieht mich erwartungsvoll an.
Mein Vater kann einfach nicht aus seiner Haut, er würde selbst inmitten einer Naturkatastrophe noch den Lehrer spielen. »Kannst du mir sagen, welche der Gegenstände um uns herum aus feuerbeständigem Material sind?«, würde er fragen, während um uns herum alles explodiert und die Flammen an uns lecken.
Aber ich habe die Antwort parat.
»Wenn ich herausfinden würde, wie er verschwunden ist.«
Er schaut mich zufrieden an.
»Wirst du es versuchen?«
Der Kellner mit der großen Nase bringt die Tortellini. Er lächelt noch mehr als üblich, und ich spüre, dass er sich gleich nach meiner Schwangerschaft erkundigen wird. Ich habe gesehen, wie sein Blick von meinem Gesicht zu meinem Bauch geglitten ist.
Bevor ich meinem Vater antworte, nehme ich einen Löf-

fel von der heißen, kräftigen Brühe. Sie schmeckt fantastisch. Seit ich schwanger bin, schmecke ich viel intensiver als früher.

»Natürlich versuche ich es.«

Franco legt den Löffel hin und mustert mich wohlwollend.

»Als ich jünger war, hätte ich es selbst gerne getan.«

»Und was hat dich davon abgehalten?«

Er sieht mir tief in die Augen, während er mit dem Zeigefinger und dem Daumen der rechten Hand den Ehering am linken Ringfinger dreht. Es ist ein alter Ring aus Rotgold. Ich weiß, dass der Name meiner Großmutter Francesca eingraviert ist, so wie im Ring meiner Mutter »Giacomo«, der Name meines Großvaters steht. Die Eheringe gehören zu den wenigen Dingen, die meine Mutter von ihrer Familie aufbewahrt hat. Den Verlobungsring meiner Großmutter, einen kleinen, von Brillanten umkränzten Saphir, hat sie mir geschenkt. Ich trage ihn immer, auch in diesem Moment. Jetzt, wo ich darüber nachdenke, kommt es mir seltsam vor, dass wir nie über die toten Großeltern gesprochen haben, obwohl wir ihre Ringe an den Fingern tragen.

»Wenn ich dir eine unsinnige Antwort darauf gebe, würdest du deinen Vater dann für kindisch halten?«, fragt er und senkt den Blick.

»Wenn ich doch nur einmal eine unsinnige Antwort von dir bekäme!«

Jetzt lächelt er offen.

Meine Eltern sind begeistert von allem, was ich sage, wie damals, als ich vier war und begann, die ersten Wörter auf eine kleine Tafel zu schreiben, die sie mir geschenkt hatten. »Affe.« »Fee.« »Gut gemacht!«

Als Jugendliche beschlich mich irgendwann das Gefühl, dass das Elterndasein ihnen so fernlag, dass sie lernen

mussten, eine Rolle zu spielen, möglichst gut und richtig, aber ohne innere Überzeugung. Ich wollte unbedingt von zuhause ausziehen, bevor ich anfing, sie dafür zu hassen.
Franco trocknet sich die bereits trockenen Lippen mit der großen weißen Serviette des Restaurants.
»Ich war sicher, dass nur du es tun könntest, als wäre es eine Aufgabe, die für dich bestimmt war. Das ist eine vollkommen irrationale Überzeugung, aber ich kann nicht sagen, dass ich mich dafür schäme.«
Obwohl er behauptet, sich nicht zu schämen, sind seine Wangen rot geworden. Das wird die Brühe sein oder der Wein.
»*Semel in anno licet insanire.* Du bist dieses eine Mal im Jahr, wo ich verrückt sein darf. Das warst du schon immer«, sagt er.
Ich will gerade antworten, dass ich die Hoffnung, ich könnte etwas über unsere Familie herausfinden, nicht für allzu verrückt halte, doch der Kellner kommt mir mit seiner Frage zuvor: »Was darf ich als zweiten Gang bringen? Das übliche Grillgemüse? Oder heute mal einen Braten?«
Wie ich mir schon dachte, hat er den Bauch bemerkt, und schon kommen sie, die üblichen Sprüche über Schwangere, die das Doppelte essen. Allerdings muss ich zugeben: Es ist wahr, wenigstens in meinem Fall. Ich esse mehr und bin ziemlich naschhaft.
Franco macht eine Geste, als wolle er sagen: »Für mich nicht, aber mach, was du willst.«
»Ich nehme die gemischte frittierte Platte und eine doppelte Portion Kroketten in Sahnesauce, danke«, antworte ich, in der Gewissheit, dass es den Kellner glücklich macht, wenn ich das gehaltvollste Gericht auf der Speisekarte bestelle. Ich will ihn dafür entschädigen, dass ich ihn seit

dreißig Jahren kenne und nicht einmal seinen Namen weiß, auch wenn das nicht an mir liegt, sondern an der krankhaften Diskretion meiner Eltern. Tatsächlich strahlt er und ist nicht mehr zu bremsen: »Wunderbar! Auf die Gesundheit! Und wann ist es so weit? Darf ich dem Professore meine Glückwünsche aussprechen, zu seiner Großelternschaft?«, platzt es aus ihm heraus, und er schaut erwartungsvoll meinen Vater an, der keine Ahnung hat, was er darauf antworten soll, und sich mit einem höflichen Lächeln und einem Kopfnicken begnügt.
Der Professore wird lernen müssen, die Rolle des Großvaters zu spielen.

Alma

Ich denke wieder häufig an die Zeit, als wir Kinder waren. An die Familienreisen im Auto, die Spiele. An die Fledermäuse.

Wenn wir abends im Sommer auf dem Land die Fenster öffneten, bei eingeschaltetem Licht, flog sofort eine Fledermaus herein, das einzige Ereignis, das meine Mutter aus der Fassung brachte. Sie fing an zu schreien: »Giacomooo, Giacomooo, komm schnell, es ist wieder eine drin.«

Mein Vater stürmte in das Zimmer, in dem die Fledermaus blind herumflatterte, er schlug mit dem Besen nach ihr und warf sie schließlich aus dem Fenster. Uns gefiel es, meine Mutter so außer sich zu sehen, und meinen Vater, wie er herbeieilte, wie ein Ritter, der einen Drachen besiegt, und manchmal schalteten wir absichtlich das Licht bei offenem Fenster ein. Am nächsten Morgen suchten wir dann im Hof nach dem Leichnam: Er war so klein, dass wir Mühe hatten, ihn zu finden, eine kleine weiche, behaarte Maus.

Um Buße zu tun für unsere Grausamkeit, hatte ich beschlossen, die gefallenen Fledermäuse unter dem Nussbaum zu begraben, mit einem Ritual aus Kerzen und Feldblumenkränzen.

In diesem Haus hat sich mein Vater umgebracht. In meinem Beisein.

Das heißt, direkt dabei war ich nicht: Ich habe es gehört. Als ich jenes Geräusch vernahm, wusste ich genau, was es bedeutete. Seit Tagen schon fürchtete ich, er würde sich erschießen. Es ist schrecklich, das zu sagen, aber in dem Augenblick war es beinahe eine Erleichterung, dass die Angst, er könnte es tun, ein Ende hatte. Wie ich dafür bezahlt habe, für dieses Gefühl der Erleichterung …

In den ersten Wochen nach Maios Verschwinden war mein Vater plötzlich ein anderer Mensch. Er nahm an den polizeilichen Ermittlungen Anteil, und er ermittelte auch auf eigene Faust, mit einer Entschlossenheit und einer Phantasie, die ich bei ihm nicht einmal in seinen besten Zeiten erlebt hatte. Die Rollenverteilung zwischen ihm und meiner Mutter schien sich verkehrt zu haben: Sie war niedergeschmettert, er voller Tatendrang, unermüdlich. Er war sogar nach Rom gefahren, zum Innenministerium. Er hatte einen Privatdetektiv engagiert, hatte mit den Eltern von Maios Freunden gesprochen, die Bars besucht, in die er gegangen war, hatte Wirte, Dealer, Passanten befragt.

»Ich finde ihn, Francesca, ich finde ihn«, versicherte er meiner Mutter immer wieder, »du wirst sehen, dass ich ihn finde.«

Er fand ihn nicht.

Maio hatte sich im Nebel aufgelöst.

Es gelang uns nicht einmal herauszufinden, ob er in dieser Nacht Drogen genommen hatte, und mit wem, obwohl klar war, dass er gedrückt haben musste, denn inzwischen konnte er keinen Tag mehr ohne Heroin auskommen. Seine Spuren verloren sich am Samstagnachmittag: Die Kinokassiererin hatte ihn erkannt, als er Tickets kaufte für *Das Omen*, einen Horrorfilm, in der frühen Nachmittagsvorstellung.

Ich dachte, dass er nur dorthin gegangen war, um sich unbemerkt einen Schuss zu setzen, oder um sich auszuruhen, oder um zu schlafen. Seit er fixte, las er nicht mehr und ging nicht mehr ins Kino, er war wie verblödet. Die Letzte, die ihn gesehen hat, war diese in die Jahre gekommene Kassiererin, als er um fünf Uhr das Kino auf der Piazza Carbone verließ. Sie hat ihn später auf dem Zeitungsfoto an seinem Nietengürtel erkannt.

In der Gegend gab es mindestens zwei Lokale, in denen gedealt wurde, aber niemand gab zu, ihm etwas verkauft zu haben. Es kam auch nie heraus, wer Sandro und Renato den Stoff verkauft hatte, den beiden Jungen, die in jener Nacht gestorben waren.

Mein Vater ging auch zu ihren Eltern, mit einem Foto von Maio, doch sie sagten, sie hätten ihn noch nie gesehen, und wussten nicht, ob sie uns beneiden oder bemitleiden sollten, so wie wir nicht wussten, ob es besser war, eine Leiche zu finden, oder weiterhin im Unklaren darüber zu bleiben, was mit ihm geschehen war.

Die unnatürliche Energie meines Vaters verlosch immer mehr. Am Abend nach meiner Abiturprüfung, einem Abend, der nach Linden duftete wie jener, an dem alles angefangen hatte, gingen wir in ein Restaurant, in dem wir oft zu viert draußen unter freiem Himmel gegessen hatten. Meine Mutter versuchte zu lächeln, doch sie hatte Magenschmerzen und war sehr still. Wir bestellten gegrillten Aal und Weißwein, aber niemand von uns konnte etwas essen. Mein Vater trank drei Gläser Wein, dann begann er tonlos zu weinen. Es war drückend heiß, die Tränen tropften in seinen Teller. Er sah mich nicht an, regte sich nicht. Meine Mutter vergrub ihren Kopf in den Händen.

Ich dachte, das wäre das Ende meines Lebens, daran erinnere ich mich. Und ich erinnere mich, dass es mir ungerecht vorkam, das hatte ich nicht verdient.

Unzählige Male habe ich mir die Frage gestellt, warum manche Familien angesichts einer Katastrophe zerbrechen und andere nicht. Warum manche die Kraft haben, sich der Situation zu stellen, sie zu überwinden, und andere ihr hilflos ausgeliefert sind.
Auch Sandros und Renatos Eltern hatten einen Sohn verloren, und ihre Kinder einen Bruder. Als ich in der neunten Klasse war, im Gymnasium, war die Schwester einer Klassenkameradin bei einem Autounfall gestorben. Die Mutter einer anderen Klassenkameradin war an Krebs erkrankt. Einem Jungen war der neugeborene Bruder gestorben, dessen Geburt er gefürchtet und verflucht hatte.
Unglücke geschehen. Was ist es, das eine Familie angesichts einer solchen Tragödie zusammenhält? Der Glaube? Die gegenseitige Liebe? Aufrichtigkeit, Gleichgewicht, Zufall?
Ich denke an die Familien in armen Ländern, wo Kinder an Hunger und Krankheiten sterben. Die Welt ist voller Schmerz. Warum ertragen ihn einige und andere nicht?
Wir vier hatten uns gern.
Warum hat meine Mutter Maio nicht gezwungen, damit aufzuhören? Warum hat sie sich nicht um die Depression meines Vaters gekümmert? Und er, warum hat er keine Hilfe gesucht? Haben sie sich nicht genug geliebt? Haben sie mich nicht genug geliebt? Was hätte ich tun können, das ich nicht getan habe?
Was war es, das uns fehlte?
Ich habe mein ganzes späteres Leben in der Angst verbracht, dass auch meine neue Familie von einer Sekunde auf die andere zerbrechen könnte. Ich habe einen verlässlichen, vernünftigen Mann gewählt, um genau das zu verhindern, einen in sich ruhenden Mann.

Ich habe jeden Tag mit der Angst gekämpft, und tue es noch heute, auch jetzt, wo ich fünfzig Jahre alt bin und bald Großmutter werde.
Manchen Menschen gelingt es nie, Frieden zu finden.

Antonia

Ich gehe durch die regenglänzenden Arkaden, und in den Schaufenstern der Läden sehe ich mein Spiegelbild. Mit diesem langen Mantel fällt mein Bauch kaum auf.
Alma hat recht, wenn sie sagt, dass Schwangere unverwundbar sind, diesen Winter hatte ich nicht einmal eine Erkältung. In der ersten Zeit war ich ständig müde, aber jetzt bin ich voller Energie und kann es kaum erwarten loszufahren. Ich gehe im Kopf durch, was ich alles für Ferrara einpacken muss: zwei Paar schwarze Hosen, die beiden weitesten Pullover, die ich besitze, Laptop, iPad, Nachthemd. Vielleicht auch den Regenschirm, ich glaube, in Ferrara gibt es keine Arkaden wie hier.
Die Idee, ein paar Tage alleine im Hotel zu verbringen und die Stadt zu erkunden, gefällt mir. Meine Krimis spielen alle in der Emilia-Romagna, aber Ferrara kenne ich nicht, ausgerechnet die Stadt, in der meine Mutter geboren ist und meine Großeltern begraben liegen. Ich hatte nie das Gefühl, dass die Stadt etwas mit mir zu tun hätte, sie war für mich unsichtbar und unerreichbar fern. Die wenigen Einwohner Ferraras, die ich bislang getroffen habe, rühmen sich der Schönheit ihrer Stadt, als wäre es ihr eigenes Verdienst, und das hat mir Ferrara ein wenig unsympathisch gemacht. In Bologna sind wir etwas kritischer bezüglich der Anmut unserer Stadt.
Nach dem Essen hat mein Vater sich mit einem Zitat aus

der *Aeneis* von mir verabschiedet. Er hat Mama mit Iuturna verglichen, der Quellnymphe und Schwester von Turnus, die versuchte, ihren Bruder im Duell mit *Aeneis* zu beschützen, aber gezwungen war, ihn auf Jupiters Befehl hin seinem Schicksal zu überlassen.

»Alma fühlt sich schuldig, weil sie lebt, genau wie Iuturna, die sich für ihre Unsterblichkeit verwünscht. *Immortalis ego* – ausgerechnet ich muss unsterblich sein –, klagte sie, die arme Iuturna. Der göttliche Zustand war für sie von dem Moment an eine Verdammnis, wo er ihr nicht erlaubte, den Tod des Bruders zu verhindern.« Nach einem Kuss auf meine Schläfe stieg er in den Bus, zurück zu seinem Sessel und der Siesta-Lektüre.

In meiner Manteltasche klingelt das Handy, es ist Leo.

»Was hat dein Vater gesagt?«, fragt er ohne ein Wort der Begrüßung.

»Dass ich die Einzige bin, die etwas herausfinden kann. Und dass ich das zwölfte Buch der *Aeneis* lesen muss.«

»Und ich hatte gehofft, er würde dich davon abbringen. Um was geht es denn im zwölften Buch der *Aeneis*?«

»Erkläre ich dir später, ich bin gleich zuhause. Wann kommst du? Und hast du mit dem Kollegen aus Ferrara gesprochen?«

»Ich bin um sechs da. Dann gebe ich dir seine Nummer. Er heißt Luigi D'Avalos.«

»Luigi wie?«

»D'Avalos. Er hat gesagt, er sucht die Akte und gibt dir den Kontakt von demjenigen, der damals die Ermittlungen geleitet hat. Falls er noch lebt. Er ist übrigens Neapolitaner.«

»Wer?«

»Der Kollege.«

»Und?«

»Und er ist außerordentlich zuvorkommend. Er wollte jemanden schicken, der dich am Bahnhof abholt. Ich habe ihm gesagt, dass ich nicht weiß, um wie viel Uhr du ankommst, und dass du ihn anrufst, wenn du im Hotel bist.«
»Schade, ich wäre gerne mit Sirenengeheul beim Hotel vorgefahren.«
»Typisch. Verbrecherin.«
»Bis später, Schatz.«
»Toni?«
»Ja?«
»Ich habe es nicht über mich gebracht, ihm zu sagen, dass du schwanger bist.«
»Macht nichts, dann präsentieren wir ihm eben ein kleines Überraschungsei.«
»Er wird uns für verrückt halten.«
»Wir sind ja auch verrückt.«
»Mach dich nur lustig. Sei da, wenn ich nachhause komme, ja?«
»Wo sollte ich denn hingehen?«
»Ich meine ... sei einfach da. Du verstehst schon.«
Ich verstehe nichts, aber ich werde da sein.
Ich habe meinen Vater nichts gefragt. Und er hat mir nichts erklärt, wie üblich. Weder in welchem Zustand meine Mutter war, als sie sich kennenlernten, noch was sie ihm von ihrem Bruder erzählt hat. Er hat mir niemanden genannt, den ich in Ferrara unbedingt treffen, und keinen Ort, den ich unbedingt aufsuchen sollte. Kein einziger Hinweis, außer der *Aeneis*.

Alma

Ich war gerade am Telefon, als ich den Schuss hörte. Ich habe aus dem Fenster geschaut, und der Himmel war blau, ohne eine einzige Wolke. Es war vier Uhr nachmittags, draußen gleißte die Sonne.

Ich wartete jeden Tag darauf, dass es geschehen würde, seit mein Vater am Abend meiner Abiturprüfung am Tisch geweint hatte. Ich hatte herausgefunden, wo er sein Jagdgewehr aufbewahrte, und meine Mutter gebeten, es zu verstecken, doch sie hatte geantwortet, ich solle keinen Unsinn reden.

Ich habe den Hörer aufgelegt, ohne mich zu verabschieden, dann habe ich »Mamaaa« gerufen und mich im Bad eingeschlossen.

Sie war bereits in das Zimmer gelaufen, in dem mein Vater lag, ihr Schlafzimmer. Ich hörte ihren Schrei, und wie sie dann hinunterrannte, um zu telefonieren. Ich kam aus dem Bad und lauschte von der Haustür aus: Ich wollte ihn nicht sehen. Ihn wenigstens nicht sehen.

Der Rettungswagen kam zehn Minuten später. Unser Haus lag außerhalb der Stadt, am Deich des Po. Ich saß draußen auf dem Boden, vor der Haustür, und beobachtete das Kommen und Gehen der Ameisen in den Ritzen des Bürgersteigs.

»Oben, die zweite Tür rechts«, sagte ich und deutete mit dem Daumen auf die Treppe hinter mir.

Ich ging hinter das Gartenhaus, unter das Vordach mit der Glyzine, wo ich als Kind mit Maio Familie gespielt hatte. Ich war die Mama und er der Papa, ich bereitete ihm auf einer Holzkiste das Abendessen aus Blumen, Steinen und Blättern. »Hier bitte schön, ein Teller Spaghetti, Liebster. Danach gibt es Klopse«, sagte ich und reichte ihm ein Blatt bedeckt mit Grashalmen. »Mjam, mjam, ausgezeichnet, Liebste!«, antwortete Maio und rieb sich den Bauch. Nach den Klopsen – Kieselsteine in einer Sauce aus Mohnblumenblättern – reichte ich ihm ein kleines Stöckchen. »Und hier deine Zigarre, Liebster.« Die Zigarre war der Part, den er am meisten mochte, und wenn ich sie vergaß, fragte er: »Und meine Zigarre, Liebste?«

Ich weiß nicht, woher wir das hatten, dass Mann und Frau »Liebster« und »Liebste« zueinander sagten – wahrscheinlich aus einem Kreuzworträtsel –, doch wir fanden es lustig und nannten uns noch lange Zeit so, auch als Jugendliche.

Ich begann, in der Wiese Mohnblumen und Hahnenfuß zu pflücken, und ein Maikäfer krabbelte auf meinen Arm, einer von denen, die Glück bringen sollen. Ich spürte eine Kälte im Nacken, ich musste auf die Toilette, doch ich wollte nicht ins Haus.

Ich wusste, was geschehen war. Ich wusste, dass er sich umgebracht hatte, und wie, und dass meine Mutter lieber alleine mit ihm war, ohne mich. Ich glaube, sie haben sich geliebt, auf ihre Art. Ich hatte jedenfalls nicht dafür sorgen können, dass er weiterlebte, und jetzt konnte ich nichts mehr tun, auch nicht für sie.

Sie war seit Monaten krank, aber deshalb hat er sich nicht umgebracht, ich bin sicher, es war wegen Maio.

An dem Tag, an dem Maio verschwand, haben wir aufgehört, eine Familie zu sein. Wir haben es nicht geschafft, uns zu retten. Wir vier hatten nur einander, und danach hatten wir nichts mehr.

Antonia

»Meine liebe Signora Capasso.«
Leos Kollege ist mehr als zuvorkommend, er wickelt einen regelrecht um den Finger.
»Nein, ich lasse Sie nicht herkommen, ein Wimpernschlag und ich bin bei Ihnen im Hotel«, hatte er gesagt. »Ein Wimpernschlag«? Hat er das wirklich gesagt?
Wir setzen uns an einen der drei runden Tische der kleinen Bar, die auf den engen Innenhof des Hotels hinausgeht. Leos Kollege bestellt zwei Espresso. Meinen Bauch scheint er nicht zu bemerken. Ich schätze, er ist ein paar Jahre älter als ich, aber nicht so alt wie Leo. Er ist gutaussehend, aber seine Schönheit wirkt banal: strahlend blaue Augen, lange, volle schwarze Locken, sehr weiße Zähne. Wenn er dazu noch groß wäre, sähe er aus wie ein Schauspieler, einer von denen, die wegen ihrer übermäßigen Attraktivität von Komplexen geplagt werden und meinen, in Interviews ständig Bücher und Theaterstücke zitieren zu müssen.
»Ihr Mann hat mir erzählt, dass Sie Kriminalromane schreiben. Die will ich unbedingt lesen.« Das ist das Erste, was er sagt, nachdem er mir die Hand geschüttelt hat.
»Sie erscheinen bei einem kleinen Bologneser Verlag, der keine besonders große Reichweite hat«, gebe ich zu, »aber in Ferrara kann man sie finden, denke ich. Sie werden nur in der Emilia-Romagna verkauft, weil die Ermittlungen alle hier stattfinden.« Und um meine versehentliche Kaufauf-

forderung zurückzunehmen, füge ich hinzu: »Ich habe leider keine Bücher bei mir, sonst hätte ich Ihnen gerne eins geschenkt.«
So hat es Leo ihm also verkauft: Der Grund meiner Nachforschungen sei rein professioneller Natur und kein verwirrendes privates Drama. Da hat er bei diesem Kerl die richtige Wahl getroffen.
»Nein, nein, Bücher muss man kaufen, statt sie sich von Autoren schenken zu lassen«, verkündet D'Avalos. Dann fügt er hinzu: »Leider muss ich Ihnen sagen, dass der Verantwortliche der Ermittlungen, die Sie interessieren, vor zwei Jahren verstorben ist. Aber ich kenne den damaligen Vizeinspektor des Ermittlungsteams. Er lebt noch in Ferrara, er hat eine Frau von hier geheiratet. Ich kann ein Treffen für Sie arrangieren.«
»Ich kann ihn auch selbst fragen, wenn Sie das nicht unangebracht finden.«
»Aber nein, Ihnen kann doch niemand etwas abschlagen«, lächelt er.
Was ist das nur für ein Kerl?
»Haben Sie die Akte gelesen? Finden Sie es nicht eigenartig, dass man nichts weiter herausgefunden hat?«, frage ich, kurz angebunden.
Sein Lächeln wird noch breiter, wenn das überhaupt möglich ist. Ich bin nicht sicher, ob ich es mit einem Don Juan oder einem Volltrottel zu tun habe.
»Wissen Sie, wie viele Personen jedes Jahr verschwinden, Signora Capasso?«, fragt er sanft, während er das Sodawasser aus einer Karaffe in zwei winzige Gläser füllt.
Ich habe ein zentral gelegenes Hotel gewählt, das einen bescheidenen Eindruck machte, doch es ist mit antiken Möbeln und Teppichen ausgestattet. Mein Zimmer geht auf

die Hauptstraße hinaus, eine der wenigen Durchfahrtsstraßen der Stadt, und ist etwas laut. Dafür gibt es eine wunderschöne Deckenmalerei. D'Avalos und ich sind die einzigen Gäste der Bar, und die Kellnerin bedient uns aufmerksam. Wahrscheinlich kennt sie den Kommissar. Vielleicht kennen und fürchten ihn alle in Ferrara. Bevor ich mit Leo zusammenkam, machten mich Polizisten auch immer befangen.

»Wie viele werden es wohl sein ... fünf im Monat? Zehn? Noch mehr?«, schätze ich.

»Es sind Tausende, Signora Capasso. Jedes Jahr lösen sich Tausende Personen in Luft auf«, antwortet er und rührt mit betrübtem Blick in seinem Espresso. »Aber die Ermittlungen im Fall Marco Sorani wurden sehr gewissenhaft geführt, auch weil ein Zusammenhang mit den beiden jungen Drogentoten vermutet wurde«, fügt er hinzu.

»Und was habt Ihr herausgefunden?«

»Ich gar nichts, ich war damals noch ein Kind«, sagt er augenzwinkernd. »Aber ich habe gestern Abend die Akte gelesen und mir einen Überblick verschafft. Wenn Sie möchten, begleite ich Sie.«

»Wohin?«

»Sie werden besser verstehen, was ich meine, wenn Sie den Ort mit eigenen Augen gesehen haben.«

Er wirkt ein wenig albern und umständlich, aber er hat die Akte eines über dreißig Jahre alten Falls studiert, hat eine Theorie aufgestellt, und die will er mir erklären. Es ist ihm daran gelegen, eine gute Figur zu machen.

Ich trage einen weiten, langen Pullover, der sogar noch den halben Oberschenkel bedeckt, aber es ist unmöglich, dass er meinen Bauch nicht bemerkt, und doch sagt er nichts dazu. Er hilft mir in den Mantel, legt fünf Euro auf den

Tisch und fasst mich am Ellenbogen. Als wir hinausgehen, kommt uns der Kellner mit einem grauen Schal hinterhergelaufen, den ich auf meinem Stuhl vergessen hatte, und Luigi nimmt ihn und schlingt ihn mir um den Hals.

Er bedeutet mir, in ein dunkles Auto zu steigen, an dessen Steuer ein Polizist in Zivil sitzt, und setzt sich zu mir auf die Rückbank.

»Signora Capasso ist die Frau eines Kollegen aus Bologna, Raffaele. Wir helfen ihr in einer Familienangelegenheit«, sagt er zu dem Polizisten am Steuer. »Wir fahren zur Po-Brücke bei Pontelagoscuro.«

Die Familie. Ich bin Teil der Familie, der großen Polizeifamilie. Vielleicht ist er darum so hilfsbereit.

Es ist ein feuchter grauer Tag, doch seit ich aus dem Zug gestiegen bin, spüre ich die Nähe der Ostküste. Ich spüre die Nähe des Wassers wie eine Wünschelrutengängerin, auf der Karte habe ich gesehen, dass es nur fünfzig Kilometer sind bis zum Meer, und noch näher gelegen sind der Fluss, ein Binnenhafen und die Lagunenseen Valli di Comacchio. Dazu der Graben um das Schloss in der Innenstadt: Es gibt hier eine ganze Menge Wasser. Und ein anderes Licht als in Bologna, kälter, hell und gleichzeitig trüb.

Als ich mit dem Taxi vom Bahnhof in die Stadt gefahren war, war mir sofort das Schloss aufgefallen, das sich in der Mitte der Stadt befindet, nur wenige Meter von meinem Hotel entfernt. Jetzt fahren wir wieder daran vorbei und biegen in eine prachtvolle gepflasterte Allee ein.

»Willkommen auf der schönsten Straße Europas«, sagt D'Avalos, »dem Corso Ercole I d'Este. Sie kennen sie sicher schon.«

»Als Kind bin ich manchmal mit meiner Mutter nach Ferrara gefahren, aber nur auf den Friedhof. Wir waren vielleicht vier- oder fünfmal da.«

»La Certosa ist wunderschön. Haben Sie die Geschichte von Bassani gelesen?«

»Wollen wir uns nicht duzen«, frage ich. Dieses Signora Capasso hier, Kommissar D'Avalos da kommt mir seltsam vor. »Ich heiße Antonia. Zampa, mit Nachnamen. Leonardo und ich sind nicht verheiratet.«

»Natürlich, Antonia. Ich heiße Luigi«, und er schaut mich mit dem ehrlichsten und schönsten Lächeln an, das ich bisher von ihm zu sehen bekommen habe.

»Arbeitest du gerne hier? Seit wann bist du in Ferrara?«, frage ich ihn.

»Seit drei Jahren. Ich komme aus Neapel, du kannst dir sicher vorstellen, was das für eine Umstellung ist ... Die Mysterien hier sind aus der Vergangenheit: Lucrezia Borgia, Ugo d'Este und Parisina Malatesta, Bradamante. Die Stadt ist, wie du siehst, von atemberaubender Schönheit. Das größte Schlamassel haben wir hier angerichtet.«

»Wovon sprichst du?«, frage ich.

Er schaut auf meine Knie, als schäme er sich.

»Von Federico Aldrovandi ...«

Vielleicht habe ich vorschnell geurteilt. Vielleicht haben hübsche Männer mit denselben Vorurteilen zu kämpfen wie hübsche Frauen.

Wir fahren an einem Museumsgebäude vorbei, dem »Palazzo dei Diamanti«, wie Luigi sagt, und er empfiehlt mir, dort eine Ausstellung zu besuchen. Er hat mehr von einem Reiseführer als von einem Polizisten, aber er hat recht: Ich muss diese Straße zu Fuß ablaufen, sie ist wirklich wunderschön. Breit, schier endlos lang, schnurgerade, von Renaissancebauten gesäumt. Kein einziger Laden, kein einziges

Reklameschild. Keine parkenden Autos. Wenn die Straßenschilder nicht wären, hätte man das Gefühl, fünfhundert Jahre in der Zeit zurückgereist zu sein.
Nach wenigen Minuten verlassen wir die Stadt. Wir durchqueren geordnete, ruhige Vororte mit alten Mehrfamilienhäusern, schließlich eine Landschaft aus Pappeln und Feldern, und nach wenigen Kilometern erreichen wir eine Eisenbrücke, die über den Po führt.
Raffaele parkt in einer Einbuchtung rechts neben der Auffahrt zur Brücke, die von Schilf umgeben ist.
»Komm«, sagt Luigi.
Der Fluss ist breit, trüb, schlammfarben, voller Strudel. Die lange graue Brücke wird von fünf Doppelpfeilern aus Beton gestützt. Innerhalb weniger Augenblicke ist Nebel aufgestiegen, und ich sehe das andere Ufer des Po nicht mehr. Vom Auto aus hatte ich einige hundert Meter weiter eine zweite, schmalere Brücke ausmachen können. Jetzt ist sie nicht mehr zu sehen, aber wir hören das Geräusch des Zuges, der sie überquert. Dieser Ort ist unheimlich.
»In jener Nacht war es noch nebeliger«, sagt Luigi. Er ist jetzt sehr ernst.
»Das Auto hatte in dieser Bucht geparkt. Es war ein weißer Golf, von Renatos Vater. Renato saß am Steuer, Sandro hinten. Ich denke, dass Marco bei ihnen war. Und als es ihnen schlecht ging, wollte er Hilfe holen und ist in den Fluss gestürzt, oder er ist gesprungen.«
»Wie kommst du darauf?«
»Nachdem dein Mann ... nachdem Kommissar Capasso mich angerufen hatte, habe ich die Akte gelesen. Es gab damals nicht so viele Drogensüchtige in Ferrara, und es ist wahrscheinlich, dass dein Onkel denselben Stoff gekauft hat, den die beiden anderen sich gespritzt haben. Die Tat-

sache, dass einer der beiden vorne saß und der andere hinten, lässt vermuten, dass auf dem Beifahrersitz eine dritte Person saß.«
»Und die Leiche?«
»Wenn er in den Po gefallen ist, ist es schwer, die Leiche zu finden. Die Strömung ist hier sehr stark. Und was die Spuren betrifft, vor dreißig Jahren war die Technik noch nicht so weit wie heute. Es war eine extrem nebelige Samstagnacht, ein Nachtwächter hat die beiden um vier Uhr morgens gefunden, als er mit seinem Moped von der Arbeit kam.«
»Du hast schon mit dem Vizeinspektor gesprochen, stimmt's?«
»Woher weißt du das?«, fragt er überrascht.
»Ich schreibe Krimis und lebe mit einem Polizisten zusammen. Ich habe den Eindruck, dass du zu viel weißt, um nur die alten Akten studiert zu haben. Wolltest du es mir nicht sagen, um mir nicht den Spaß zu verderben, selbst mit ihm zu sprechen? Was hat Leo dir denn von mir erzählt?«
Es ist bitterkalt. Eigentlich eher feucht als kalt. Eine Kälte, die zusammen mit dem Nebel in die Knochen dringt.
Luigi zögert, doch er wirkt nicht verlegen.
»Ich war nicht sicher, ob der Kollege dir alles erzählen würde, was er mir erzählt hat«, sagt er schließlich. »Ich war heute Morgen bei ihm. Er ist siebzig, ein sehr zurückhaltender Mensch. Aber er hat mir zu verstehen gegeben, dass der Leiter der Ermittlungen, Kommissar Zanni, der vor zwei Jahren gestorben ist, vielleicht Mitleid mit deinem Großvater hatte und ihn darum in dem Glauben ließ, sein Sohn wäre noch am Leben, solange es keine gegenteiligen Beweise gab.«
»Und dann hat mein Großvater sich trotzdem umgebracht.«

»Ein Grund mehr, dir seinen Verdacht zu verschweigen.«
»Möglich.«
Luigi sieht mich mit einem erstaunten Gesichtsausdruck an, ein wenig überrascht, gleichzeitig belustigt und beinahe mütterlich.
»Hast du keine Mütze dabei?«
»Die habe ich im Zimmer gelassen.«
»Hier in Ferrara solltest du sie am besten immer dabeihaben. Der Nebel ist sehr feucht.«
»Das sehe ich. Ich meine, ich spüre es.«
»Ich bringe dich zurück. Wo willst du hin?«
»Ins Hotel. Ich muss ein paar Telefonate machen. Leute, die ich treffen will, Freunde meiner Mutter und ihres Bruders.«
»Wenn du mir sagst, wer sie sind, erledige ich das für dich.«
»Warum tust du das alles?«
»Weil du die Lebensgefährtin eines Kollegen bist? Weil du eine schöne Frau bist? Du kannst es dir aussuchen.«
Ich weiß nicht, ob er mir ein Kompliment machen oder mich auf den Arm nehmen will.
»Gleich küsst er mich«, schießt es mir durch den Kopf, aber zum Glück tut er das nicht. Er fasst mich am Ellenbogen und führt mich zurück zum Auto. Es wird langsam dunkel, und ich kann sein Gesicht nicht mehr erkennen.
»Gestern wusstest du noch nicht, ob ich hübsch bin. Danke jedenfalls«, sage ich.
Ich bin gar nicht besonders hübsch, aber es gefällt mir, dass er es gesagt hat.
»Ich bin Polizist, Antonia, ich weiß alles, auch das, von dem du annimmst, ich könnte es unmöglich wissen.«
Er klingt jetzt anders als vorher. Erschöpfter.

Er hält mir die Tür auf, dann geht er um das Auto herum und setzt sich neben mich auf die Rückbank.
»Wir fahren zurück zum Hotel, Raffaele.«
Während der Fahrt schweigen wir, und ich sehe, dass er auf dem Handy seine Nachrichten liest. Als wir vor dem Hotel ankommen, sage ich: »Ich hatte vor, mit Laura Trentini zu sprechen. Meine Mutter war an dem Abend, als Maio verschwand, bei ihr. Und auch mit dem Typen, der ihnen den ersten Schuss gesetzt hat, ein gewisser Benetti. Dann noch mit einer anderen Frau, der damaligen Freundin von Maio, Michela, aber den Nachnamen weiß ich nicht.«
»Michela Valenti, sie wurde damals auch befragt«, nickt Luigi. »Ich schicke dir die Telefonnummern heute Abend auf die Nummer, von der aus du mich angerufen hast.«
Diesmal kommt er mir nicht zuvor und öffnet mir nicht die Tür. Er wirkt plötzlich zerstreut. Als ich ausgestiegen bin und mich umdrehe, um mich zu verabschieden, ist er wieder in sein Handy vertieft und schaut nicht mehr auf.

Michela Valenti will mich vor der Kathedrale treffen.
»Beim Greif auf der rechten Seite«, hat sie schnell und fröhlich hinzugefügt. Ich weiß gar nicht mehr genau, wie ein Greif aussieht. Michela, die ein oder zwei Jahre jünger sein muss als Alma, hat eine Stimme wie ein junges Mädchen.
Gestern Abend hatte ich eine Nachricht bekommen: »Trentini ausgewandert, Benetti tot, Valenti 335 538 7231. Grüße, Luigi.« Polizistenjargon und keinerlei Flirterei, besser so. Ich rief sofort Michela an und erklärte ihr, wer ich war und was ich wollte. Sie schien nicht überrascht.
»Die Tochter von Alma Sorani? Ich habe erst vor ein paar Tagen an Alma gedacht, wie geht es ihr? Schön, dich ken-

nenzulernen. Ich habe morgen zwischen zehn und elf eine Freistunde, wenn dir das passt.«
Ich wollte schon sagen, dass sie mich an meinem Bauch erkennen wird, aber dann beschloss ich, lieber abzuwarten, ob sie mich erkennt, weil sie Ähnlichkeiten zwischen Alma und mir entdeckt. Im schlimmsten Fall werde ich sie ausmachen: Es werden ja um zehn Uhr morgens nicht allzu viele Fünfzigjährige vor dem Greif auf der rechten Seite des Portals stehen, wie auch immer ein Greif aussieht.
Bald werde ich erfahren, wovon sie eine Freistunde hat. Ob sie Psychoanalytikerin ist? Oder Lehrerin?
Heute Morgen habe ich im Frühstücksraum des Hotels, der bis auf ein deutsches Rentnerpaar vollkommen leer war, einen Tee getrunken und die Cremefüllung einer riesigen Brioche gegessen, dann habe ich mich auf den Weg zu meiner Verabredung gemacht. Heute scheint die Sonne blass, wie durch einen Schleier, ihr Licht reicht nicht aus, um das dunkle, unbewegliche Wasser des Schlossgrabens zu erhellen. Die Piazza neben dem Schloss ist nach Girolamo Savonarola benannt. Seine weiße Marmorstatue thront auf einem Gebilde, das das Holz des Scheiterhaufens darstellen könnte. Alles, was ich über Savonarola weiß, ist, dass irgendein Papst ihn in Florenz verbrennen ließ. Mir war nicht bewusst, dass er aus Ferrara kam. Würdevoll und stolz steht er da, mit erhobenen Armen.
Was für eine eigenartige Stadt, alles ist so ruhig und gemächlich. In Bologna herrscht um diese Uhrzeit in der Innenstadt ein chaotisches Gewirr aus Autos, öffentlichen Verkehrsmitteln, Fußgängern mitten auf der Straße. Hier gibt es wenige Autos, wenige Fußgänger. Nur Radfahrer, die geräuschlos vorbeigleiten, überall stehen Fahrräder herum. Es gibt mehr Fahrräder als Menschen.

Gegenüber der Kathedrale sehe ich einige Löwenstatuen, an einer von ihnen lehnt eine junge Frau in Samthosen und einer dicken Matrosenjacke. Sie kann unmöglich fünfzig sein, sie sieht nicht einmal aus wie vierzig, doch sie begrüßt mich freudig: »Antonia? Ich bin Michela, hallo. Trinken wir einen Cappuccino, oder willst du lieber spazieren gehen? Du siehst Alma wirklich überhaupt nicht ähnlich. Weißt du, dass ich mich genau an dieser Stelle immer mit Maio getroffen habe?«, sagt die Frau und streichelt den rosafarbenen Marmor des Löwen, der in Wirklichkeit gar kein Löwe ist, denn er hat einen Schnabel und Flügel.

Dass ich Alma nicht ähnlich sehe, wusste ich, aber wie hat sie mich dann erkannt?

»Gehen wir ein Stück«, antworte ich und schüttle ihre Hand. Sie hat kleine Hände, starke, schlanke und ein wenig gelbe Finger, die Finger einer Raucherin.

»Wir sind nicht weit von dem Kino entfernt, wo Maio das letzte Mal gesehen wurde, willst du da hin?«, fragt sie mich.

Meine Güte! Die ist aber bereitwillig. Und flink.

Ich hatte erwartet, dass es schwierig werden würde, eine Geschichte auszugraben, die so lange zurückliegt wie die von Maio, doch sie scheint allen noch sehr präsent zu sein, sogar denjenigen, die sie nicht einmal miterlebt haben, wie Luigi D'Avalos.

»Ich wusste gar nicht, wo er zuletzt gesehen worden ist. Meine Mutter hat mir fast nichts erzählt, nur dass sie sich verantwortlich fühlt für all das, was ihrer Familie zugestoßen ist.«

Meine Strategie im Leben ist es, immer die Wahrheit zu sagen. Die überraschendste und wirksamste Lösung, die es gibt. Menschen reagieren positiv auf die Wahrheit. Sie lässt

Zeitspannen und Entfernungen schmelzen, schafft Intimität.

»Und wie soll ich mich fühlen? Ich habe schließlich zugelassen, dass er Drogen nimmt …«, antwortet Michela.

Diese Frau gefällt mir. Vielleicht sagt auch sie immer die Wahrheit, üblicherweise erkenne ich meinesgleichen.

»Hattest du Schuldgefühle?«, frage ich sie.

Sie ist schnell unterwegs, obwohl sie unter der Hose Stiefel mit breiten, hohen Absätzen trägt. Jetzt, da ich neben ihr gehe, bemerke ich kleine Fältchen um ihre Augen und eine gewisse Schlaffheit ihrer Wangen. Jetzt sehe ich sie, ihre fünfzig Jahre.

»Eine Weile habe ich es verflucht, nicht zu der Verabredung mit den beiden gegangen zu sein, an dem Abend, als er mit dem Mist anfing. Irgendwann sieht man ein, dass man nichts ändern kann, und findet sich damit ab«, antwortet sie, den Blick auf den Boden gerichtet.

Wir biegen in eine mittelalterliche Gasse ein, eng und dunkel, danach betreten wir einen kleinen rechteckigen Platz. Das Kino Apollo ist noch geschlossen. Es wird ein amerikanischer Film gespielt, der mir sehr gefallen hat, die Geschichte der jungen FBI-Agentin, die Bin Laden gefangen hat.

»Was wolltest du mich fragen? In vierzig Minuten muss ich zurück sein«, sagt Michela.

Michela hat aus ihrer Umhängetasche Blättchen und Tabak geholt und sich auf den Bürgersteig gegenüber dem Kino gesetzt, um sich eine Zigarette zu drehen.

»Was arbeitest du?«, frage ich.

»Ich bin Logopädin. Ich bringe Leute zum Reden. Und du?«

»Ich schreibe ein bisschen. Krimis, die alle in der Emilia-Romagna spielen.«

»Sieh an. Du magst also Rätsel.«

Ich setze mich zu ihr auf den Bürgersteig. Der Platz ist feucht und menschenleer, genauso muss er damals ausgesehen haben. Maio ist auf diesem Bürgersteig gegangen, hat diese Mauern gesehen, ist durch diese Gassen gestreift.

»Ich wollte dich nach Maio fragen, wie er und Alma als Jugendliche waren, und nach ihren Eltern, meinen Großeltern. Was für eine Familie das war. Ich weiß fast nichts über sie.«

Michela zündet sich die Zigarette an, dreht den Kopf zur Seite und bläst den Rauch von mir weg. Sie schweigt einige Augenblicke.

»Maio wahr sehr intelligent, auch wenn er alles tat, um es zu verstecken. Er war sensibel, originell, er hatte einen Haufen Ideen. Andererseits war er auch ... passiv. Die Anführerin der beiden war Alma. Sie war sehr gut in der Schule, ungeduldig und brillant. Vielleicht ein bisschen rechthaberisch. Sie nahm ihn vor allem in Schutz. Ich glaube, ihre Eltern hatten irgendwelche Probleme. Ich weiß nicht, ob finanzieller oder anderer Art. Aber man spürte etwas. Sie waren meist für sich und wenig interessiert an anderen, sie hatten in Ferrara keine Familie. Wenn ich nicht irre, waren die Eltern deines Großvaters gestorben. Sie schienen untereinander sehr verbunden, die vier, aber verschlossen gegen den Rest der Welt. Ich war fast nie bei ihnen zuhause, meist kamen Alma und Maio zu mir. Vor kurzem hat eine Tante von mir, die in der Apotheke mit deiner Großmutter zusammengearbeitet hat, etwas Seltsames zu mir gesagt: dass Almas Mutter viele Jahre vor Maios Verschwinden eine Affäre gehabt hätte.«

Von dem kleinen Platz vor dem Kino geht eine weitere unbelebte Gasse ab, die zu einer Einkaufsstraße führt, wo um diese Zeit ein ständiges Kommen und Gehen herrscht. Michela steht auf und reicht mir eine Hand, um mir hochzuhelfen. Vielleicht hat sie meinen Bauch bemerkt. Aber ich bleibe sitzen.

»Wie, eine Affäre?«, frage ich. Diese Neuigkeit überrascht mich. Auch, dass Maio so intelligent war, wusste ich nicht. Dass meine Mutter ungeduldig ist und gerne andere manipuliert, ist dagegen wahr. Sie leidet selbst darunter, sie ist sich dessen bewusst, aber sie kann nicht aus ihrer Haut. Sie war immer ein Opfer ihres schwierigen Charakters.

»Meine Tante lebt nicht mehr, sonst könnte ich nach Einzelheiten fragen. Ich habe sie fast jeden Tag besucht, und sie erzählte immer von der Vergangenheit. Sie hat mir auch über meine eigene Familie vieles erzählt, das ich nicht wusste. Eines Tages hat sie mich gefragt, ob ich noch Kontakt mit meiner ›armen Freundin‹ habe. Ich wusste sofort, dass sie Alma meinte. Nein, antwortete ich. Und sie sagte: ›Jemand müsste es ihr mal sagen, deiner Freundin, dass ihre Mutter kein Kind von Traurigkeit war.‹ Meine Tante hatte Alzheimer, darum habe ich der Sache nicht allzu viel Bedeutung beigemessen. Aber wenn du mit so einem Bauch einer Geschichte auf der Spur bist, die vor vierunddreißig Jahren geschehen ist, dann sollte ich dir alles sagen, was ich weiß, auch wenn es vielleicht unwichtig ist. Willst du noch einen Cappuccino, bevor wir zurückgehen?«

Michela klopft sich mit der Hand die Jacke ab, und ich reiche ihr die rechte Hand, damit sie mir aufhilft.

»Was denkst du, mit wem ich sonst noch sprechen könnte? Meine Mutter hat eine Laura Trentini erwähnt, aber die lebt nicht mehr hier. Können wir uns noch einmal treffen, wenn wir ein bisschen mehr Ruhe haben?«, frage ich.

»Klar können wir uns wiedersehen. Nicht bei mir, mit den Kindern im Schlepptau kämen wir nicht zum Reden, vielleicht gehen wir irgendwohin zum Abendessen? Morgen? Laura hat einen Amerikaner geheiratet, ich glaube, ich habe auch irgendwo eine Nummer von ihr, aber ich denke nicht, dass sie dir etwas zu sagen hat. Sie war nicht so gut mit Alma befreundet. Abgesehen von mir hatte Alma überhaupt keine engeren Freundinnen.«

»Ja, morgen ist gut. Hattest du noch Kontakt zu Benetti, mit dem ihr damals befreundet wart?«

»Das war kein Freund von uns. Und er ist vor rund zwanzig Jahren an Aids gestorben«, antwortet sie barsch. »Wo gehst du jetzt dann hin?«, fragt sie, als wir ein Café betreten und zwei heiße Cappuccino bestellen.

»Ich bin hin- und hergerissen zwischen dem Zeitschriftenlesesaal der Bibliothek und dem Palazzo dei Diamanti. Da wurde mir eine Ausstellung empfohlen ...«

»Von wem denn?«

»Kommissar D'Avalos, kennst du ihn?«

»Ich habe von ihm gehört«, antwortet Michela mit einem kleinen Lächeln.

Vielleicht hat eine ihrer Patientinnen von ihm erzählt? Oder eine Freundin? Ich spüre einen kleinen Stich der Eifersucht. Das ist doch verrückt, ich bin sonst nicht einmal wegen Leo eifersüchtig.

»Auf den Friedhof fährst du nicht, zu den Großeltern?«

»Du hast recht, vielleicht sollte ich dort anfangen.«

»Mir tun die verlassenen Toten immer leid. Manchmal gehe ich bei ihnen vorbei, an ihrem Grab, wenn ich meine Tante besuche, sie haben nie Blumen. Ich rufe dich morgen an und sage dir, wo wir essen, und ob mir noch jemand einfällt, mit dem du sprechen könntest.«

»Danke, Michela. Jetzt habe ich dich gar nicht nach dir gefragt, nicht einmal, wie alt deine Kinder sind …«

»Das erzähle ich dir morgen. Und danke für den Cappuccino, ich gehe andauernd ohne Geld aus dem Haus …«

Sie ist schon im Gehen, als sie abrupt stehen bleibt, sich noch einmal nach mir umdreht und mir in die Augen schaut: »Weißt du, wie die Hauptfigur des Films heißt, den sie heute im Apollo zeigen? Hast du ihn gesehen?«

»*Zero Dark Thirty?* Ja, habe ich, er hat mir gefallen, aber an den Namen erinnere ich mich nicht.«

»Sie heißt Maya«, sagt Michela. »Komischer Zufall, oder?«

Und damit geht sie, und ich stehe wieder genau dort, wo wir uns getroffen haben, neben dem rosafarbenen Marmorgreif. Sein Rücken glänzt, und ich streiche mit der Hand darüber. Er ist kalt und glatt. Wie oft mag sich Maio wohl an ihn gelehnt haben.

Alma

Obwohl er zwanzig Jahre älter ist als ich, war Franco für mich nie eine Vaterfigur. Ich würde nicht sagen, dass er sich meiner angenommen und mich beschützt hätte, eher dass es ihm gelang, mich zu ertragen.
In der ersten Zeit waren wir verliebt, aber diese wenigen leidenschaftlichen Monate machen aus uns kein glückliches Paar, wir haben einfach nur jene Gefühle miteinander geteilt, die alle haben, wenn sie sich der Chemie der Liebe überlassen. Er war mein Professor, er wusste alles, es schien, er könne allem standhalten.
Ich war jung, maßlos und voller Wut. Schmerz hat eine verheerende Wirkung auf die Liebe: Er lässt einen nur an sich selbst denken, man hat das Gefühl, die Welt schulde einem etwas, man ist nicht in der Lage, zu lieben. Es wird behauptet, Schmerz lasse einen wachsen, ich dagegen glaube, wer als junger Mensch zu viel leidet, wird niemals erwachsen.
Wenn ich versuche, das Gefühl zu bestimmen, das mir meine Jugend am meisten ruiniert hat, kann ich mich nicht entscheiden zwischen Leid, Wut und Angst. Doch das Schlimmste kam später, und es dauert bis heute an.
Ich habe von meinem Vater – wenn auch nur in leichter Ausprägung – die Krankheit geerbt, die ich hasste. Nur eine Tendenz, einen leichten Hang zur Depression.
Ich balanciere auf einem dünnen Seil, jeden Morgen muss ich neue Methoden erfinden, um die Angst zu bekämpfen.

Wenn ich innehalte, quälen mich finstere Gedanken. Dann bin ich überzeugt, alles wird schiefgehen, Antonia wird unglücklich sein, sie wird leiden, und ich mit ihr. Dass wir alle Qualen ertragen und ins Verderben stürzen werden, dass ich krank und einsam sterbe.

Die Angst vor dem Leid ist sogar schlimmer als der Schmerz an sich.

Wenn man leidet, müht man sich ab, kämpft nachts gegen Alpträume und tagsüber gegen den Druck im Bauch, aber man kann hoffen, dass es vorbeigeht. Während die Angst vor dem Leiden ein chronischer Infekt ist, gegen den es keine Antikörper gibt, der niemals ausheilt. Es gibt nur kurze Momente der Ruhe: die leuchtenden Augen eines Studenten, Antonias Lachen, ein mitreißender Film, ein spannendes Buch. Augenblicke.

Ich habe keine innere Mitte, keine Gewissheiten, kein Gleichgewicht, bin vollkommen schutzlos, ich habe nur die Kraft, die ich daraus ziehe, all das überlebt zu haben. Und meine ständige Angst.

Als ich heute Morgen am Telefon Leos Stimme hörte, bin ich erschrocken, ich dachte, er würde mir sagen, dass Toni oder der Kleinen etwas passiert sei, doch stattdessen lud er mich zum Mittagessen ein.

»Sag Antonia erst mal nichts von dem Treffen«, hat er mich gebeten, nachdem wir uns in einer Osteria in der Nähe der Universität verabredet hatten. Leo und ich haben uns noch nie alleine getroffen, was wird er von mir wollen? Mir etwas über Antonia erzählen, das ich nicht wissen will, wie damals, wenn die Eltern ihrer Freundinnen anriefen, um sich zu beschweren, dass sie die Mädchen zum Weinen brachte? In Francos und meiner Gegenwart war Antonia ein reizendes Kind. Anschmiegsam, kreativ, sensibel.

Wenn sie mit anderen Kindern zusammen war, wurde sie nervös. Später wuchs sie zu einem unabhängigen Mädchen heran, einzelgängerisch, aber zufrieden, entgegen all meiner Befürchtungen und Ängste. Und mit Leo scheint sie glücklich, sosehr ich auch immer bezweifelt habe, dass er der richtige Mann für sie ist. Ich habe zu dem Thema nie eine kritische Bemerkung gemacht, bin jedoch nicht ganz sicher, ob er mir gefällt.
Hat Antonia ihm von Maio erzählt? Ich habe genau das befürchtet, habe das Risiko aber auf mich genommen, ich konnte nicht länger schweigen. Wenigstens Ada sollte das Recht haben, ohne das Geheimnis aufzuwachsen, das sich um Maios Verschwinden rankt. Ich hätte schon vor zehn Jahren Maios Todeserklärung beantragen können und habe es nicht gemacht. Beide Häuser gibt es noch, sowohl das Haus am Flussdeich als auch das in Ferrara, doch das habe ich Antonia nicht gesagt. Ohne Sterbeurkunde konnte ich sie nicht verkaufen. Ich habe sie dreißig Jahre lang nicht betreten, nur ausräumen lassen, doch jetzt ist der Moment gekommen, endlich alles in Ordnung zu bringen.

Antonia

Ich habe keine Lust, Friedhöfe zu besuchen oder neue Leute zu treffen, ich möchte noch einmal zur Brücke, von der sich Maio nach D'Avalos' Meinung gestürzt hat, aber wie komme ich dorthin? Ich frage den Portier meines Hotels, wie teuer es mit dem Taxi bis Pontelagoscuro und zurück wäre, und er antwortet: »Höchstens fünfzig Euro. Wenn Sie möchten, können Sie ab Piazza Travaglio auch den Bus nehmen.«

Ich bin zu schwanger, um den Bus zu wählen, wie ich es normalerweise täte. Ich werde das Taxi nehmen, aber erst morgen früh. Nicht dass mich mittendrin wieder der Nebel verschluckt, so wie gestern.

Pontelagoscuro, was für ein seltsamer Name, »Brücke über einen dunklen See«. Soweit ich weiß, gibt es in der Nähe überhaupt keine Seen, nur den Fluss. Ich setze mich mit meinem iPad in die Hotelbar, wo ich mich mit D'Avalos getroffen habe, und schaue im Internet nach. Keine Seen, weder helle noch dunkle. Pontelagoscuro war eine Ortschaft, die im Zweiten Weltkrieg zerstört wurde, darum nennt man es auch »das Dorf, das es nicht gibt«. Das Dorf, das es nicht gibt, der See, den es nicht gibt: Angenommen, D'Avalos hat recht, dann hat Maio den perfekten Ort gewählt, um zu verschwinden.

Auch mir scheint es wahrscheinlich, dass Maio mit Sandro und Renato in diesem Auto war, darüber möchte ich mit meiner Mutter sprechen. Mal sehen, ob sie sich noch an Michelas Tante erinnert und wie sie die Neuigkeit aufnimmt, dass ihre Mutter vielleicht eine Affäre hatte. Womöglich wusste sie es auch. Das heißt, wenn die demente Tante sie nicht mit jemand anderem verwechselt oder Michela haltlosen Klatsch erzählt hat.

Was soll ich Alma sagen, wo ich bin, wenn sie anruft? Gestern habe ich so getan, als könnte ich nicht ans Telefon gehen, aber das nächste Mal gibt es kein Entkommen.

Leo dagegen hat noch überhaupt nicht angerufen, seit ich weggefahren bin. Normalerweise sprechen wir uns dreimal täglich. Vielleicht passt es ihm nicht, dass ich hier bin. Wenn ihm etwas nicht gefällt, gibt er es nie offen zu, sondern verschließt sich. Bisher habe ich nur beobachtet, wie er sich seiner Mutter oder seiner Schwester gegenüber so verhält. Aber vielleicht ist es auch Zufall, dass er noch nicht angerufen hat. Auf mich ist Leo nie wütend.

Heute Morgen, bevor ich mich zu dem Treffen mit Michela aufmachte, habe ich ihm geschrieben: »Vermisst du mich?«, und er hat geantwortet: »Und wie.« Und wie, Punkt. Also versuche ich, ihn zu erreichen. Warum sollte immer er derjenige sein, der sich meldet? Nur weil ich daran gewöhnt bin?

»Guten Tag, hier spricht die Mutter deiner Kinder, erinnerst du dich an mich?«, antworte ich auf sein leises »Ja, bitte?«.

»Ja, aber ich bin in einer Besprechung, entschuldige, ich rufe dich heute Abend an«, sagt er schnell.

Heute Abend? Ich wollte ihn zum Abendessen hierher einladen. Nicht mal fünfundvierzig Minuten auf der Schnellstraße. »Ruf an, sobald du kannst. Ciao, Küsschen«, antworte ich fröhlich, fröhlicher als mir zumute ist.

Es ist noch nie vorgekommen, dass Leo in einer Besprechung war, wenn ich anrief. Mit wem denn? Ich glaube nicht, dass der Innenminister heute in Bologna ist. Für alle anderen ist es kein Problem, wenn Kommissar Capasso ein Telefonat entgegennimmt, nicht einmal für seinen Chef.
Für einen kurzen, flüchtigen Moment frage ich mich, ob ich noch immer in ihn verliebt bin. Die Antwort lautet Ja, aber warum stelle ich mir diese Frage? Weil ich Luigi D'Avalos kennengelernt habe?
Ich weiß nicht, ob es die Schwangerschaftshormone sind, die mir diese übermütigen Gedanken eingeben, und ich weiß nicht, ob sie mir gefallen: Ein bisschen amüsieren sie mich, und ein bisschen machen sie mir Angst. Wenn das einer meiner Krimis wäre, wäre es durchaus denkbar, einen so hübschen Polizisten anzuhimmeln, aber doch nicht im echten Leben. Ich rufe noch einmal bei Leo an, um diese Gedanken zu vertreiben, doch er geht nicht ran. Ich hinterlasse eine Nachricht auf seiner Mailbox: »Komm doch heute zum Abendessen her. Dann erzähle ich dir, was meine Nachforschungen ergeben haben, ja? Du fehlst mir.«
Es ist beinahe Mittagszeit, und ich denke gerade darüber nach, was ich essen möchte, als ich eine lange Textnachricht bekomme. Nicht von Leo, sondern von Luigi D'Avalos. »Wenn du noch nichts gegessen hast, musst du unbedingt die Maronenpastete im Café gegenüber von deinem Hotel probieren, sie machen dort eine kleinere Version. Wenn du Lust auf Gesellschaft hast, nehme ich dich mit in ein Restaurant, wo sie die echte machen, nach einem Rezept von Lucrezia Borgia.«
Ich habe Lust auf Gesellschaft.
Und auch, Luigi D'Avalos wiederzusehen. Doch ich antworte: »Lucrezia Borgia, die Giftmischerin? Lieber nicht.«

Und er: »Nichts als Märchen. Sie war ein braves Mädchen. Soll ich dich in zehn Minuten am Hotel abholen und dir ihre Geschichte erzählen?«
Ich frage nicht, woher er weiß, dass ich im Hotel bin, er würde doch nur antworten, dass er als Polizist eben alles weiß, und beschränke mich auf: »Ein andermal gern, vielen Dank.«
Ich weiß nicht, warum ich das geschrieben habe. Mich beschleichen Schuldgefühle. Habe ich Angst, dass es Leo nicht gefällt, wenn ich mit D'Avalos zu Mittag esse? Diese Stadt bringt mich ganz durcheinander. Seit ich mit Ada schwanger bin, bin ich immer gut gelaunt, aber in den letzten Stunden ist meine Laune gesunken. Ich muss mir einen Plan zurechtlegen, mich an den hiesigen Rhythmus anpassen, der ein anderer ist als in Bologna. Hier wirkt alles langsamer und unbestimmter.
Ich gehe in das Café, das Luigi mir empfohlen hat, eine große Konditorei an einer Straßenecke, und setze mich an ein quadratisches Tischchen. Ich bestelle eine Maronenpastete.
»Süß oder salzig?«, fragt die Kellnerin.
»Einen Moment«, antworte ich und tippe eine Nachricht an Luigi: »Süß oder salzig?«
Mir ist klar, dass ich bemüht bin, meiner Absage die Schärfe zu nehmen und wieder Kontakt herzustellen, ihm zu bedeuten, dass ich seine Ratschläge befolge.
»Süß, Antonia, süß«, lautet die Antwort. Kann man Erschöpfung in einer SMS spüren? Seine Nachricht klingt, als wäre er völlig erledigt.
Die Pastete ist köstlich: Maronen mit Béchamelsauce, Pilzen und etwas anderem, das ich nicht identifizieren kann, in einem süßen Mürbeteig. Ich esse zwei davon. Ich habe

beschlossen, zu meinen Großeltern auf den Friedhof zu gehen. Die Kassiererin erklärt mir, dass La Certosa zehn Minuten zu Fuß entfernt liegt, und zeigt mir auf meinem iPad den Weg auf dem Stadtplan. Sie ist eine junge, elegante Frau mit einer großen Nase und einer aufwendigen Frisur. Sie sieht aus wie die Direktorin einer Kunstgalerie. Als sie mir das Wechselgeld reicht, deutet sie auf meinen Bauch und sagt: »Ein Mädchen, richtig?«
Endlich hat dich jemand erkannt, Ada.

»Wenigstens ein Kaffee?«
Die Nachricht von D'Avalos erreichte mich auf dem Weg zum Friedhof. Ich bin sofort umgedreht.
Schließlich bin ich hier, um Nachforschungen anzustellen, und er kann mir dabei helfen. Mir bleibt nicht mehr viel Zeit, Adas Geburtstermin ist der vierte Juli. Ich freue mich, dass sie im Sommer kommt, so wird Ada mit Wärme und Licht empfangen. Leo möchte am liebsten, dass ich in den Salento zu seiner Familie fahre, aber ich bin lieber bei ihm als bei seiner Mutter. Sie ist eine attraktive Frau mit blonden Strähnen, gepflegt und fröhlich. Sehr liebevoll, wie Leos Schwestern. Wenn wir sie besuchen, verstehe ich mich gut mit ihnen, aber ich freue mich auch, wieder nachhause zu fahren. Ich bin so große Familien nicht gewohnt.
Alma hat vorgeschlagen, ein Haus in den Bergen zu mieten, in der Nähe von Porretta, oder in Sant'Arcangelo, das ist näher am Meer. Wer weiß, wie Ferrara im Sommer ist, ich muss daran denken, Michela danach zu fragen, sie hat schließlich Kinder.
Stattdessen frage ich D'Avalos.
Als ich das kleine Café betrete, das auf einen Innenhof hinausgeht, erhebt er sich, er hat den Tisch am Fenster ge-

wählt. Ich finde ihn immer noch gutaussehend, aber heute bringt mich sein Aussehen weniger in Verlegenheit.
»Wie ist das Klima im Sommer in Ferrara?«, frage ich ihn anstelle einer Begrüßung.
»Schwül. Stickig. Es weht kein Lüftchen, wie in Bologna. Aber die Stadt leert sich und ist noch bezaubernder, alle fahren in die Badeorte der Umgebung. Im Sommer würde ich dir nicht empfehlen, dort hinzufahren, aber wenn du willst, machen wir jetzt einen Abstecher.«
»Jetzt? In drei Stunden wird es dunkel.«
»Wir brauchen nicht lange. Das Meer im Winter, menschenleere Strände, Treibholz ... einfach wundervoll. Hast du Lust?«
»Mit Raffaele?«
»Nein, nur wir zwei.«
»Musst du nicht arbeiten?«
»Ich arbeite doch. Ich habe dir etwas zu erzählen.«
»Also gut, fahren wir.«
Dem Meer kann ich einfach nicht widerstehen. Es ist der letzte Ort, an dem ich meinen Nachmittag zu verbringen dachte, aber ich ändere gern meine Pläne.
Ich setze mich auf den Beifahrersitz. Es ist ein anderes Auto als letztes Mal, kleiner, rot.
»Ist das dein Wagen?«, frage ich ihn.
»Nein, von meiner Frau.«
An eine Frau hatte ich bisher keinen Gedanken verschwendet.
Er fährt schnell, typisch Polizist. Wir verlassen die Stadt durch ein großes Bogentor, passieren die Vororte und erreichen schließlich eine verlassene Schnellstraße. So weit das Auge reicht, nichts als Felder und Reihen von Pappeln. Der Nebel hat sich aufgelöst, es ist ein schöner Märztag,

man spürt den kommenden Frühling. Ab und an taucht inmitten der Felder ein Gehöft auf, wie ein einsames Boot auf dem Meer.
»Was wolltest du mir erzählen?«, frage ich, nachdem Luigi zehn Minuten gefahren ist, ohne ein Wort zu sagen.
Wie unbeständig dieser Mann doch ist, es fühlt sich an, als spürte ich seine wechselhaften Launen direkt auf der Haut. Erst will er mich unbedingt sehen, wartet mit überraschenden Ausflügen auf, und dann schweigt er.
»Ich habe mit einem älteren Kollegen aus Verona gesprochen, der sich noch an den Fall Sorani erinnert. Nach Verona führte die Spur des Heroins, das Renato und Sandro getötet hat. Ihr Tod war der erste einer ganzen Reihe von Zwischenfällen, die die Geschichte des italienischen Drogenhandels verändert haben. Nach diesen Todesfällen wurden zwei sehr wichtige Bosse geschnappt.«
»Meine Mutter hat gesagt, dass derjenige nie gefunden wurde, der ihnen das Heroin verkauft hatte.«
»Die kleinen Dealer haben sie nicht gefunden, auch nicht deren Zulieferer, aber es gab eine Operation auf nationaler Ebene, unter Leitung des Polizeichefs. Die beiden festgenommenen Personen waren Verbrecher ersten Ranges. Sizilianer, Bosse. Der Tod von Sandro und Renato und Marcos Verschwinden hatten damals eine großangelegte Drogenrazzia zur Folge. Nach diesen Festnahmen kontrollierte nicht länger die Mafia, sondern die Camorra den Heroinhandel.«
Ich verstehe nicht, was das mit uns zu tun hat. Mit meiner Mutter, mit mir, mit diesem unverhofften Nachmittag im Wagen von Luigi D'Avalos' Frau, auf dem Weg zum Meer, einem Märzmeer.
»Und was ändert das?«

»Es wurde sehr sorgfältig ermittelt, alle Polizeikräfte des Landes waren involviert. Wenn Marco noch am Leben gewesen wäre, hätten sie ihn gefunden. Ich glaube, dass es tatsächlich so war, wie ich gestern gesagt habe. Dass er in den Po gesprungen oder in ihn gestürzt ist.«

»Warum haben die sich denn wegen der Überdosis von zwei Jungen auf höchster Ebene damit beschäftigt?«, frage ich. »Weil mein Großvater so einen Druck gemacht hat?«

»Bei allem Respekt, aber dein Großvater hatte nichts damit zu tun. Es war deine Großmutter. Sie war mit dem Präfekten befreundet. Mehr als befreundet. Ich glaube, dass Marco sein Sohn war«, sagt Luigi und dreht den Kopf zu mir, um mir in die Augen zu sehen.

»Wessen Sohn?«

»Der Sohn des Präfekten.«

»Maio? Almas Bruder?«

»Ja.«

»Was redest du denn da? Maio war ein Jahr jünger als meine Mutter. Er ist fünfzehn Monate nach ihr geboren. Das ist ja so, als ob ich mir nach Adas Geburt sofort einen Liebhaber suchen und sechs Monate später wieder schwan…«

Bei dem Wort »schwanger« stocke ich. Die Tatsache, dass ich schwanger bin, hält mich ja auch nicht davon ab, den Mann, der an meiner Seite sitzt, und den ich gestern zum ersten Mal getroffen habe, anziehend zu finden. Könnte ich schwören, in sechs Monaten nicht mit ihm im Bett zu landen, oder in neun, oder in einem Jahr? Wenn ich ganz ehrlich zu mir selbst bin, nein, ich könnte es nicht beschwören. Ich glaube, meine Ohren sind rot geworden. Ich muss an die frische Luft. Wir haben die Schnellstraße inzwischen verlassen und fahren auf einer von Platanen gesäumten Landstraße.

»Wo sind wir?«, frage ich. »Wie weit ist es noch?«
»Wir sind auf der Romea, der Straße, die von Venedig nach Ravenna führt. In fünf Minuten sind wir am Lido di Spina und laufen über den Sand. Zeig mal deine Schuhe«, sagt er und senkt den Blick auf meine gummibesohlten Stiefel.
»Sehr gut«, sagt er zufrieden.
Wir fahren in ein Pinienwäldchen voller kleiner weißer, zweistöckiger Ferienhäuser, deren Fenster und Türen verriegelt sind. Es ist niemand zu sehen. Die Straßen sind voller Schlaglöcher und Höcker, wegen der Wurzeln der Pinien, die den Asphalt aufbrechen. Die wenigen Lokale, die wir sehen, eine Pizzeria, ein Café, sind geschlossen. Es herrscht eine gewisse Trostlosigkeit, wie in einem Geisterdorf. Ich habe das Fenster heruntergekurbelt und sauge den Duft der Pinien und des Meeres ein, eine wunderbare Mischung.
»Gibt es Leute, die hier im Winter wohnen?«
»Vielleicht fünfzig. Aber nicht in diesem Teil.«
Wir erreichen das Meer. An den gemauerten Häuschen hängen verblichene Schilder, die den ewigen Ruf des Sommers heraufbeschwören: »Bagno Faro«, »Ancora«, »Sabbia d'Oro«, »Bussola«, »Corallo«.
Wir betreten durch eine Lücke zwischen den Häusern den Strand und gehen Richtung Wasser. So breit hatte ich ihn mir nicht vorgestellt. Ich war oft in Rimini und Riccione, aber hier ist der Strand viel weitläufiger und erstreckt sich nach beiden Seiten, so weit das Auge reicht, dazu ist er vollkommen verlassen. Wir gehen an der Wasserlinie entlang Richtung Norden, auf eine Mole zu. Die Wellen werfen Gischt auf, die Meeresluft tut mir gut. Mein Kopf ist angenehm leer.

Wenn meine Großmutter einen Liebhaber hatte, und Marco dessen Sohn war, was ändert das für mich und Alma? Was würde meine Mutter sagen, wenn sie es wüsste? Hatte diese Sache vielleicht etwas mit dem zu tun, was später geschah?

»Wie hast du das herausgefunden?«, frage ich Luigi.

Wir gehen Seite an Seite, fest in unsere Mäntel gehüllt. Der Wind bläst uns, von Süden kommend, in den Rücken.

»Porta hat es mir gesagt, der damals Vizeinspektor war, als Maio verschwand, und der vor drei Jahren als Kommissar in Pension gegangen ist. Ich bin sein Nachfolger. Er hat es von Kommissar Zanni erfahren, dem Leiter der Ermittlungen. Deine Großmutter Francesca war die Geliebte von Präfekt Cantoni, und Marco war sein Sohn. Darum stellte sein Verschwinden damals alles auf den Kopf.«

»Und mein Großvater wusste davon?«

»Nach Portas Informationen hat deine Großmutter nach Maios Geburt beschlossen, die Affäre mit dem Präfekten zu beenden und bei ihrem Mann zu bleiben. Ob der Ehemann etwas ahnte, weiß er nicht. Der Präfekt, der schon lange tot ist, war verheiratet und hatte eine Tochter. Cantoni jedenfalls wusste es, denn er war angeblich derjenige, der es Kommissar Zanni anvertraute. Als Maio verschwand, suchte deine Großmutter ihn auf, und er versprach, dass er ihn finden würde, tot oder lebendig.«

»Also hatte Maio außer meiner Mutter noch eine Halbschwester.«

»Eine Halbschwester und zwei Halbbrüder, Cantoni hat später noch zwei Söhne bekommen.«

»Wo leben sie?«

»In Rom, glaube ich. Und wahrscheinlich wissen sie von alldem nichts, und sollen auch nie etwas erfahren.«

»Und warum erzählst du es dann mir?«, frage ich und bücke mich, um eine kleine graue, hornförmige Muschel aufzuheben. Ich fühle mich gleichzeitig benommen und vollkommen klar.

»Weil du nach der Wahrheit suchst. Als dein Mann mich anrief, hat er gesagt, wenn du dir etwas in den Kopf setzt, ziehst du es durch. Ich habe die Akte Sorani gelesen und festgestellt, dass das damals eine große Sache war. Du kannst dir nicht vorstellen, wie viel Material darin zusammengetragen ist. Ich habe die Fotos der toten Jungen gesehen. Und das von Marco. Weißt du, dass er dir ähnlich sah?« Er bleibt stehen und schaut mich an.

»Nein. Meine Mutter hat mir nie ein Foto von ihm gezeigt. Bis vor wenigen Tagen wurde ihr Bruder bei uns vollkommen totgeschwiegen.«

Luigi öffnet den Mund, als wollte er etwas sagen. Dann setzt er seinen Weg in Richtung Mole fort. Abgesehen von uns beiden ist der Strand an diesem Nachmittag menschenleer.

»Gestern früh, als ich mit Porta sprach, und er mir von deiner Großmutter und dem Präfekten erzählte, dachte ich, ich würde dir nichts davon sagen, sondern dich nur auf die richtige Spur setzen, oder auf das, was ich für die richtige Spur halte. Aber dann habe ich dich gesehen, mit diesem kleinen Bauch, und ich habe dich ... gespürt.« Er dreht sich zu mir um und bleibt erneut stehen. »Ich weiß nicht, ob du dir dessen bewusst bist, Antonia, aber du bist wie ein offenes Buch. Es ist, als würdest du nackt herumlaufen, ich kann an deinem Gesicht ablesen, wer du bist.«

Ich antworte irgendeinen Blödsinn, um zu verbergen, was seine Worte bei mir hervorrufen.

»Also hast du den Bauch doch bemerkt.«

Er nickt lächelnd. »Ich weiß auch, dass du ein Mädchen erwartest.«
»Woher denn?«
»Isabella hat es mir gesagt.«
»Wer ist das?«
»Die Kassiererin der Konditorei, in der du die Maronenpastete gegessen hast. Sie ist die Freundin von einem Bekannten. Schauspielerin, aber zurzeit ohne Engagement. Ich war gekommen, um dir einen Kaffee auszugeben, aber du warst schon weg. Ich sah mich um, und Isabella sagte, falls ich ›die junge Frau suche, die ein Mädchen erwartet‹, die sei vor zehn Minuten Richtung La Certosa aufgebrochen. Dann habe ich dir die Nachricht geschickt.«
»Ich weiß gar nicht, ob es ein Mädchen wird.«
»Wirklich?«
»Ich habe den Arzt gebeten, mir nichts zu sagen. Ich nenne sie Ada, weil ich das Gefühl habe, dass es ein Mädchen ist, aber es könnte genauso gut ein Junge sein. Ganz so durchschaubar bin ich wohl doch nicht.«
Luigi lacht und schnaubt durch die Nase. »Das ist doch nur ein kleiner Spaß, das hat nichts mit dem zu tun, was ich meinte. Weiß dein Mann, dass es vielleicht kein Mädchen wird?«
»Natürlich. Meine Mutter und mein Vater wissen es auch. Aber wir nennen sie alle Ada, einfach so, zum Spaß, wie du sagst. Wir freuen uns genauso, wenn es ein Junge wird. Ich möchte dich um einen Gefallen bitten.«
»Schieß los.«
»Würdest du mich nach La Certosa zu meinen Großeltern begleiten?«
Luigi bleibt stehen, sieht mich an und schließt den obersten Knopf meines Mantels unter dem Kinn.

»Jetzt?«
»Ja, jetzt.«
»In Ordnung.«
Wir drehen um, und jetzt bläst uns der Wind ins Gesicht, aber nur leicht, beinahe nur eine Brise. Die Wellen sind kleiner geworden, das Meer ist ruhiger. Ich spüre, wie meine Haut unter der salzigen Luft spannt. Das Licht ist wunderschön, auch wenn die Sonne nicht über dem Meer untergeht. Wir gehen schweigend.
Nebeneinander, ohne uns zu berühren. Ab und zu bücke ich mich nach einer Muschel, Luigi sammelt Holz. Wie viele einzelne Hausschuhe und Schuhe das Meer mit sich bringt. Dazu Puppenbeine, Plastikschaufeln, Glasflaschen. Sogar ein kaputter, von Algen überzogener Fernseher liegt da. Ein aufgeschlitzter, umgestürzter Sessel. Eine Haarbürste. Ein umgekippter Plastikkanister, halbvoll mit einer gelblichen Flüssigkeit. Eine ganze Welt gibt es hier zu entdecken.
Als wir auf der Höhe des Strandbads »Ancora« angelangt sind, folgen wir unseren halb verwehten Fußabdrücken zurück über den Sand. Ich unterdrücke den Impuls, mich auf die Eisenwippe zu setzen, und gehe weiter zu der Esplanade, wo als einziges Auto der rote Kleinwagen von Luigis Frau parkt.
Ich ziehe den Mantel aus, bevor ich in den Wagen steige, und spüre den salzigen, kalten Wind am Hals. Inzwischen habe ich Schwierigkeiten, den Sicherheitsgurt anzulegen.
»Was wird deine Frau über den Sand auf der Fußmatte denken?«
»Meine Frau ist Ärztin in der Notaufnahme, sie rettet Menschen, anstatt Fußmatten zu inspizieren«, antwortet Luigi.
»Habt ihr Kinder?«

»Nein, Rossana ist zehn Jahre älter als ich. Als wir frisch verheiratet waren, haben wir es probiert. Ich weiß schon, was du jetzt denkst.«

»Was denke ich denn?«

»Dieser Kerl tut, als könnte er jede haben, und dann heiratet er eine, die älter ist als er.«

»Hast du Leo schon mal gesehen? Er ist auch zehn Jahre älter als ich, und er hat nicht unbedingt einen Modelkörper. Ich achte nicht auf solche Dinge.«

Während ich das sage, frage ich mich, ob das der Wahrheit entspricht. Ja, das tut es.

Luigi schnaubt durch die Nase. »Rossana ist ein guter Mensch, sie denkt an andere. In solche Frauen verliebe ich mich.«

Seine Worte berühren etwas tief in meinem Inneren. Auch ich denke wie er, dass man sich die Liebe verdienen muss.

Alma

Aal-maa-Maa-ioo. Auch in dieser Nacht habe ich von meiner Mutter geträumt.

Wir waren in unserem Haus auf dem Land, Maio und ich spielten den ganzen Tag draußen, und wenn das Essen fertig war, rief sie uns durch das Fenster: Aal-maa-Maa-ioo, Aal-maa-Maa-ioo.

Voller Staub, verschwitzt und ausgehungert liefen wir ins Haus. Die Knie zerschrammt von den Fahrradstürzen bei unseren Schussfahrten vom Flussdeich, vom Obstklau beim Bauern und der Jagd auf Eidechsen, schlüpfrige Nattern und Grillen.

»Alma-Maio, wascht euch die Hände, bevor ihr euch an den Tisch setzt.« Wie lange habe ich das schon nicht mehr gehört. Wie es mir gefehlt hat.

In der Mittelstufe, in dem Alter, wo man im Tagebuch die eigene Unterschrift übt und Kürzel und Akronyme erfindet, erfand Maio das Wort »Almaio«, um gemeinsame Nachrichten zu unterzeichnen, die wir an die Eltern oder Freunde schrieben, doch der Name hielt sich nicht lange. Das Wort »aldamar«, auf das »Almaio« anspielt, bedeutet im Dialekt Ferraras »Saustall«. Er, der immer zu Späßen aufgelegt war, fand diesen Gleichklang lustig; ich, die bierernste Spaßverderberin, verbot ihm »Almaio«, und wie immer gab Maio nach, ohne darauf zu beharren.

In meinem Traum war ich glücklich. Meine Mutter war jung, sie trug ihr gelbes Kleid, Maio lächelte und zeigte seine Zahnlücken. Mein Vater war nicht da, aber ich hatte nicht das Gefühl, dass er weit weg war, vielleicht schlief er. Ich hatte keinerlei Sorgen, ich war so vergnügt, wie nur Kinder es sein können.

Aal-maa-Maa-ioo. Aal-maa-Maa-ioo.

Wir versteckten uns unter der Glyzine und versuchten, uns das Lachen zu verkneifen, ich musste so sehr lachen, dass ich mir in die Hose machte.

Ich erwachte, und für eine Weile umfingen mich die Wärme und die Freude dieses Traums. Viele Jahre hatte ich schon keine glücklichen Träume mehr von meiner Mutter und Maio gehabt. So glücklich, wie wir damals waren.

Kleine Funken dieses Glücks begleiten mich noch, als ich durch die Arkadengänge eile, um Leo zu treffen.

In der Osteria, in der wir verabredet sind, war ich noch nie, ich habe Leo noch nie alleine getroffen, und ich habe noch nie meine Mutter und Maio so jung im Traum vor mir gesehen. So viel ist geschehen, seit ich mit Antonia über Maio gesprochen habe.

Gestern haben wir kurz telefoniert, sie sagte, sie könne gerade nicht sprechen, ich habe nicht genau verstanden, warum. Ich hätte ihr gerne von Luigi Ghirris Fotos erzählt, die ich in Rom gesehen habe. Ich würde ihr auch gerne die Ausstellung zeigen, um ihr die Faszination der Orte nahezubringen, um die ich sie betrogen habe. Auf mich hatten die Fotos die Wirkung einer homöopathischen Medizin: die Bilder von Ebenen, Deichen, Kanälen, breiten Tälern, die ich die ganze Kindheit über in mich aufgesaugt hatte, und die ich nun in einer zeitgenössischen Inszenierung wiedersah, in Rom, ganz fern meiner Erinnerungen, haben

mich unempfindlich gemacht, sie haben mich geimpft. Ich war seit über zwanzig Jahren nicht in Ferrara, nicht mehr am Po, ich habe versucht, jeden Kontakt mit der Region und ihren metaphysischen Qualen zu vermeiden.
Franco weiß das. Ich verlasse Bologna im Auto nur in Richtung der Hügel, ich besteige Züge und Flugzeuge, die mich überallhin bringen, nur weit fort von der Tiefebene um Ferrara.
Die ersten Jahre nach dem Tod meiner Eltern, als ich schon in Bologna lebte, fuhren wir manchmal mit dem Zug nach Ferrara, um irgendetwas am Haus in Ordnung zu bringen – Rohre flicken, Bauarbeiter bestellen, die Wasser ableßen oder etwas zumauerten –, aber seit Antonia drei ist, war ich nicht mehr in meinem Elternhaus, nur einige Male auf dem Friedhof. Und irgendwann habe ich auch aufgehört, dorthin zu gehen.
In das Landhaus am Deich, wo mein Vater starb, bin ich nie wieder zurückgekehrt. Die Ländereien werden von dem Bauern bewirtschaftet, der damals unser Verwalter war. Er sagt, dass er mit den Ernten gerade die Ausgaben deckt, und mir ist es recht so. Jetzt werden wir endlich alles an ihn verkaufen, worum er schon seit Jahren bittet.
Die Fotos von Ghirri haben mich alles andere als gequält. Wieder einmal ist es die Kunst, die mich rettet.
Nach dem Tod meiner Mutter habe ich ganze Bücher der *Aeneis* auswendig gelernt. All die dramatischen Schicksale, die noch schlimmer waren als mein eigenes, trösteten mich.

Leo steht in einem grünen Lodenmantel, der seinen massigen Körper verbirgt, vor der Osteria della Luna und wartet auf mich. Ich gebe zu, er hat attraktive, antike Gesichts-

züge. Von vorne ist die Glatze, die sich zwischen seinen ansonsten noch vollen Haaren bildet, nicht zu sehen.
Plötzlich überkommt mich ein Gefühl von Panik bei dem Gedanken, ein lautes Lokal zu betreten und mich an einen eingekeilten Tisch ohne Bewegungsfreiheit zu setzen.
Franco und ich wohnen in der Nähe, ich hätte Leo gleich vorschlagen sollen, zu uns zu kommen, als er mich einlud, das wäre höflicher gewesen.
»Was hältst du davon, wenn wir bei uns essen? Da können wir uns besser unterhalten«, bringe ich heraus.
»Gern«, antwortet er und hebt einen Arm, als wollte er sagen: Ich folge dir, wohin du willst.

Antonia

Wir sind zurück in Ferrara, als gerade die Sonne untergeht. Luigi ist diesmal langsamer gefahren, wortlos, und ich habe die Landschaft um mich herum betrachtet, die flachste und verlassenste, die ich je gesehen habe. Nur einige Reihen schlanker, hoher Pappeln, die endlos lange Schatten werfen, und vereinzelte Bauernhäuser im Nichts unterbrechen die regelmäßige Geometrie der Felder.

»Hier haben sie mal Hanf angebaut«, ist der einzige Kommentar Luigis auf dem ganzen Weg.

Als wir den Friedhof erreichen, und ich die große halbrunde Wiese vor dem Eingang entdecke, erinnere ich mich plötzlich, wie ich vor zwanzig Jahren mit Alma und Franco hierherkam: Sie schien mir riesengroß. Sie ist tatsächlich riesengroß.

Auf einer Seite gibt es einen langen Bogengang, der an einem massiven, klosterähnlichen Bauwerk entlangführt. Es gibt auch eine Kirche. Alle Gebäude sind aus rotem Backstein, wie das Schloss, aber in einem viel kräftigeren Rot, aus dem die weißen, zierlichen Pfeiler der Bögen deutlich hervorleuchten. Der Ort beeindruckt durch seine Ausmaße, er ist anmutig und schön. In Bologna haben wir so einen Friedhof nicht.

Wir betreten ihn durch das Tor südlich der Kirche.

»Wo ist das Grab?«, fragt Luigi, als wir durch einen Gang gehen, der von Grabsteinen aus dem späten neunzehnten

Jahrhundert flankiert wird. Die Inschriften sind elegant und bewegend: Ehemänner, die ihre Leben der Familie und der Arbeit gewidmet haben, tugendhafte und treusorgende Ehefrauen. Viele sind jung gestorben, an schrecklichen Krankheiten.

»Am Ende des Gangs musste man links abbiegen, dann war da ein seltsamer Grabstein, ich glaube, von einem Dichter. Eine etwas ... futuristische Grabstätte, kann das sein?«

»Meinst du das Grab von Boldini, dem Maler? Das ist da hinten.«

»Genau das!«, rufe ich begeistert. »Woher kennst du es?«

»Es erinnert an die Villa Curzio Malapartes in Capri, mit diesen Stufen. Ich habe es mir schon mal angesehen. Irgendwo hier liegen auch De Pisis und Govoni, Bassani dagegen ist auf dem jüdischen Friedhof begraben. Wo lang müssen wir jetzt?«

»Ich kann mich nicht erinnern ...«

Ich kann mich ebenso wenig erinnern, wer Govoni ist, aber ich habe keine Lust, ihn danach zu fragen. Wer weiß, ob Luigi über alle Künstler so gut Bescheid weiß, oder nur über die aus Ferrara. Wer weiß, ob er sein kulturelles Wissen absichtlich heraushängen lässt, um mich zu beeindrucken.

»Ich frage jemanden.«

»Warte, mir ist eingefallen, dass ich über das Grab neben unserem immer lachen musste.«

»Warum?«

»Weil darüber ›Familie Nanetti‹* stand, und wir stellten uns immer vor, wie dort drinnen sieben Zwerglein mit ihren bunten Zipfelmützen saßen.«

Er schnaubt durch die Nase. »Wir haben keine Blumen dabei. Ich gehe welche holen.«

Bevor ich antworten kann, dreht er sich plötzlich um und strebt dem Ausgang zu.
Ich schlendere weiter zwischen den Grabkapellen entlang. Es gibt wunderschöne Grabsteine, andere sind beinahe lächerlich: eine ägyptische Pyramide, ein Löwe, eine Miniatur-Akropolis. Und dann finde ich sie.
Erst die Familie Nanetti, genau wie ich sie in Erinnerung hatte: ein opaker weißer Sarg ohne Aufschrift oder Fotos. Daneben unsere Grabstätte, eine schmutzige, rechteckige Marmorplatte, und drum herum eine schmiedeeiserne Kette, die an den vier Ecken von Marmorstelen gehalten wird.
Auf dem Grabstein stehen zwei Namen, mit Geburts- und Sterbedatum.
Und ein einziges Foto in Schwarz-Weiß, das die beiden zeigt.
Er hat ihr einen Arm um die Schulter gelegt. Sie trägt ein helles Kostüm, er einen dunklen Mantel. Sie stehen an einem Strand, mit dem Rücken zum Meer. Der Strand sieht genauso aus wie der, an dem ich eben mit Luigi gewesen bin. Sie lächeln mir zu.

Alma

Franco und ich wohnen schon immer in der Via Guerrazzi, im zweiten Stock, nahe der Universität. Drei miteinander verbundene Räume: zwei Schlaf- und ein Wohnzimmer. Es ist eine kleine und nicht besonders helle Wohnung, aber ich könnte nirgendwo anders wohnen. Ich unterrichte wenige Schritte von hier, und dieses Viertel ist mein Zuhause, meine Welt. Nach Antonias Auszug ist Franco in ihr Zimmer gezogen, und mehr Platz brauchen wir nicht, höchstens für die Bücher. Sie stapeln sich überall, im Flur, in den Zimmern. Sogar in der Küche und im Badezimmer.

Leo und ich gehen schweigend durch die Arkaden, aber ich fühle mich nicht mehr so unwohl. Dieses unbekannte Lokal nicht betreten zu müssen hat mich entspannt. Als wir die Haustür erreicht haben und ich in der Tasche nach dem Schlüssel krame, kommt eine meiner Studentinnen vorbei, Viola. Sie grüßt mich, dann schaut sie Leo an, und dann wirft sie mir einen verschmitzten Blick zu, als wollte sie sagen: »Habe ich Sie erwischt, Prof!«

Leo lächelt, er hat das Missverständnis durchschaut. In der Tat würde er besser zu mir passen als zu Antonia. Aber ich könnte mich nie in einen Polizisten verlieben. Leo gehört zu einem Menschenschlag, mit dem ich nie etwas zu tun hatte, mit dem mich nichts verbindet. Oft weiß ich nicht, was ich mit ihm reden soll.

Er geht vor mir die Treppe hinauf, leise schnaufend. Man

kann nicht gerade behaupten, dass er besonders sportlich ist. Es ist, als wäre Leo vorzeitig gealtert, wie einst alle Männer in seinem Alter: ein bisschen Bauch, ein bisschen Glatze, goldgerahmte Brillengläser, immer in Jackett und Krawatte.

Zum Glück war heute Maria da, und die Wohnung ist etwas ordentlicher, wenigstens sind die Betten gemacht und das Geschirr gespült. Franco ist mit den Kollegen beim Mittagessen, die Wohnung ist ruhig, es scheinen sogar ein paar Sonnenstrahlen in die Küche. Ich bin zufrieden, ihn mit hergenommen zu haben, hier fühle ich mich wohl. Die Katze kommt uns entgegen und reibt sich an meinen Beinen, während ich meinen Mantel aufhänge und den von Leo auf einen Sessel lege. Ich fülle einen Topf mit Wasser, setze ihn aufs Feuer und decke den Tisch mit Bastuntersetzern und den geblümten Tellern. Leo schaut aus dem Fenster, das auf den Innenhof hinausgeht.

»Ich habe zwei Saucen zur Auswahl, die Maria gerade gekocht hat. Welche Nudeln willst du, Trofie mit Pesto oder Orecchiette mit Tomatensauce?«, frage ich ihn.

»Das ist mir gleich«, antwortet er. »Entscheide du.«

»Dann Pesto, die Trofie sind frisch. Wie geht es Antonia?«

»Gut, glaube ich.«

»Hast du sie heute früh nicht gesehen?«

»Ich habe mit ihr telefoniert. Über sie wollte ich auch mit dir sprechen, ich hoffe, es macht dir nichts aus. Wir haben uns ja noch nie länger alleine unterhalten.«

Seine Worte erschrecken mich, aber sein Tonfall ist so ruhig, dass nichts Schlimmes geschehen sein kann. Haben sie gestritten? Ich kann es mir kaum vorstellen, das tun sie nie, außerdem ist Leo nicht der Typ, sich bei seiner Schwiegermutter Trost zu suchen.

Ich sehe ihn an und versuche, meine Besorgnis zu verstecken. »Was ist los?«
»Nichts Schlimmes, ich dachte nur, es wäre mal an der Zeit zu reden«, sagt er. »Aber zuerst wasche ich mir die Hände.« Im Hinausgehen rempelt Leo gegen den Tisch. Beinahe wäre die Wasserflasche umgefallen, er hat sie gerade noch aufgefangen und sich entschuldigt.
Wie unbeholfen Leo ist. Es wirkt, als habe er eine auswendig gelernte Ansprache wiedergegeben, Sätze, die er sich für mich zurechtgelegt hat. Allerdings hat er recht: Er und Antonia sind seit Jahren zusammen, und wir haben uns noch nie richtig unterhalten. Mit Franco ist das anders, mit ihm spricht niemand über intime Dinge, er steckt ständig mit der Nase in seinen Büchern, aber ich habe mir überhaupt keine Mühe gegeben, Leo bei uns willkommen zu heißen, eine Beziehung zu ihm aufzubauen.
Während ich den Tisch fertig decke, höre ich, wie er die Badezimmertür öffnet, und die gewohnten Geräusche der Wohnung beruhigen mich. Ich richte das Pesto in der Suppenschüssel an, stelle das Nudelsieb in die Spüle. Die Badezimmertür hat sich schon vor einer Weile geöffnet, aber er ist noch nicht zurück. Ich höre ein gedämpftes Geräusch im Flur, wie einen dumpfen Schlag. Gegen was ist er diesmal gestoßen?
Während ich den Salat trockne, betritt er die Küche mit einem Buch in der Hand. Es ist die *Aeneis*. Eine alte Schulausgabe, die im Flurregal stand. Wie seltsam, gerade vor unserem Treffen habe ich an das Buch gedacht. Ich sage es ihm.
»Antonia hat mir davon erzählt«, antwortet er. »Ich wollte dich nach Teil zwölf fragen.«
Das ist der letzte Teil, in dem das Duell zwischen Aeneas

und Turnus stattfindet. Er hat mir immer eine Gänsehaut verursacht.

Das zerlesene, verstaubte Buch bleibt neben uns auf dem Tisch liegen, während wir schweigend die Trofie essen. Die blasse Sonne ist verschwunden, stattdessen regnet es, die Tropfen trommeln auf den Plastiktisch auf dem Balkon.

Ich würde Leo gerne zum Sprechen ermuntern, aber ich weiß nicht, wie. Ich kann ihn nicht über Antonia ausfragen, andererseits bin ich nicht gut darin, über Belangloses zu reden.

»Lecker«, sagt Leo, »sehr gut.«

»Das Pesto hat Maria gemacht. Es ist ein vereinfachtes Rezept, man muss nur Basilikum mit Pinienkernen mixen, dann Parmesan und Öl hinzugeben. Knoblauch tue ich nicht hinein, auch keine Kartoffeln oder Bohnen«, antworte ich mechanisch.

Das Buch auf dem Tisch macht mich unruhig. Es könnte eines meiner Schulbücher sein, oder sogar eines von Maio. Die Bücher sind das Einzige, was ich aus Ferrara mitgenommen habe.

Leo isst seinen Teller leer, nimmt das Buch zur Hand, sucht den zwölften Teil.

»Hier ist ein Satz unterstrichen. Ich lese ihn mal vor«, sagt er. Und beginnt:

Infelix crinis scindit Iuturna solutos,
unguibus ora soror foedans et pectora pugnis:
»Quid nunc te tua, Turne, potest germana iuvare?
Aut quid iam durae superat mihi?«

Er liest ganz akzeptabel, ein bisschen Latein muss er gelernt haben.

»Warum wolltest du mich sehen?«, unterbreche ich ihn.
Es kann kein Zufall sein, dass er ausgerechnet diesen Satz vorliest.
Er setzt die Brille ab und putzt sie mit dem Taschentuch. Draußen donnert es, irgendwo ganz in der Nähe. Der Regen ist stärker geworden.
»Antonia hat mir von deinem Bruder erzählt, ich wollte dir mein Beileid aussprechen.«
Habe ich es mir doch gedacht. Ich sage: »Ich dachte mir schon, dass es etwas damit zu tun hat, aber …«
Ich weiß nicht, wie ich ihm sagen soll, was ich ihm sagen will. Wenn es um diese Geschichte geht, fehlen mir die Worte.
»Was mich das angeht, willst du fragen? Ich will Antonia schützen, so wie sie dich schützen will. Und ich bin sicher, du willst dasselbe. Ich dachte, wenn wir uns mal unterhalten, geht es uns allen vielleicht besser. Toni ist gestern nach Ferrara gefahren. Sie hat dir nichts gesagt, aus Angst, dich aufzuregen, aber du musst dir keine Sorgen machen. Sie ist genauso umsichtig wie dickköpfig. Und sie hat sich nun mal in den Kopf gesetzt, etwas über den Tod deines Bruders herauszufinden. Du weißt ja, wie sehr sie Geheimnisse liebt.«
Antonia in Ferrara? Diese Vorstellung gefällt mir gar nicht. Ich habe sie immer von Ferrara ferngehalten. Ferrara ist die Vergangenheit, es ist der Ort, an dem alle gestorben sind. Antonia und Ada in Ferrara, das gefällt mir noch weniger. In ihrem Zustand ist es nicht gut, sich zu verausgaben, dauernd auswärts zu essen, sich aufzuregen.
Ich sage zu Leo: »Die Vorstellung gefällt mir nicht. Wo schläft sie denn?«
»In einem Hotel in der Innenstadt. Ich habe sie mit einem

Kollegen von mir bekannt gemacht, Kommissar D'Avalos. Wenn sie irgendetwas braucht, ist er zur Stelle. Seine Frau ist Ärztin.«

»Was hat sie dort vor?«

»Du weißt ja, wie neugierig und entschlossen sie ist. Und du erzählst ihr aus dem Nichts plötzlich so eine Geschichte ... Natürlich musste sie ihre Nase da hineinstecken. Sie hofft, etwas Neues herauszufinden.«

»Ach was, nach vierunddreißig Jahren. Man kann die Zeit nicht zurückdrehen.«

»Das stimmt. Aber sie möchte den Ort sehen, an dem alles passiert ist. Schließlich ist es die Stadt ihrer Mutter, ihrer Großeltern. Sie ist nur einen Katzensprung entfernt, und Toni war nie dort, sie weiß nichts über die Stadt, als wäre sie ein schwarzes Loch, ein blinder Fleck in ihrem Leben. Sie hat mich gebeten, dir nichts davon zu sagen, aber ich muss gestehen, mir ist keine andere Lösung eingefallen, als dir die Wahrheit zu sagen.«

Ich habe Lust auf eine Zigarette, kaufe allerdings keine mehr, ich rauche nur noch ab und zu, heimlich. Offiziell rauche ich nicht mehr, seit Maio verschwunden ist. Der Regen hat sich inzwischen zum Wolkenbruch gesteigert.

»Hast du vielleicht eine Zigarette?«, frage ich, obwohl ich ihn noch nie rauchen gesehen habe.

»Bitte«, sagt er und zieht ein blaues Päckchen und ein lilafarbenes Plastikfeuerzeug aus der Tasche. »Die habe ich immer dabei.«

»Um die Verbrecher zum Reden zu bringen?«

»Mehr oder weniger«, antwortet er lächelnd.

Er gibt mir Feuer. Ich bin aufgestanden, um einen Aschenbecher zu holen, und als ich mich wieder setze, schlage ich die *Aeneis* auf. Es ist mein Schulbuch aus dem Gymnasium, das ich an Maio weitergegeben habe. Ich habe es auch für eine Prüfung an der Uni benutzt, und ich habe nach dem Tod meiner Mutter darin gelesen.

Leo hat das Lesezeichen, eine rote Kordel, auf der Seite hineingelegt, wo er vorhin den Satz gelesen hat.

»Ich übersetze es dir«, sage ich.

»Die unglückliche Schwester Iuturna rauft sich die gelösten Haare, mit ihren Fingernägeln das Gesicht verunstaltend und mit ihren Fäusten die Brust: Was kann dir, Turnus, deine Schwester jetzt noch helfen? Oder was bleibt mir jetzt noch übrig, wo ich so viel ertragen habe?«

»Hast du das unterstrichen?«, fragt Leo.

»Weiß ich nicht mehr. In dem Jahr, als Maio mit den Drogen anfing, haben wir nicht die *Aeneis* durchgenommen, ich war in der elften Klasse, er in der zehnten, die *Aeneis* ist Stoff der neunten. Vielleicht habe ich die Passage noch einmal gelesen, oder Maio hat sie unterstrichen. Oder Franco. Ab und zu sehe ich ihn mit der *Aeneis* in der Hand.«

»Franco hat Toni gesagt, dass du dich schuldig fühlst, weil du nicht zusammen mit deinem Bruder gestorben bist.«

»Um das zu verstehen, braucht es keinen Universitätsprofessor.«

Jetzt sehen wir uns offen in die Augen.

»Was willst du tun?«, fragt Leo.

»Was schlägst du denn vor?«

»Schick ihr eine Nachricht, sag ihr, dass du weißt, dass sie in Ferrara ist, und dass alles in Ordnung ist. Als wäre sie dort zum Recherchieren für einen ihrer Krimis. Wenn sie dich etwas fragen will, wird sie das sowieso tun, aber sie ist bestimmt ruhiger, wenn sie nicht das Gefühl hat, dich belügen zu müssen. Du weißt, dass Antonia dazu nicht in der Lage ist.«

»Du liebst sie wirklich sehr, stimmt's? Du wolltest mich treffen, um ihr zu ersparen, dass sie mich anlügt.« In meine Stimme schleicht sich ein bitterer Tonfall, den ich gar nicht beabsichtigt habe, doch Leo mustert mich weiterhin mit seinem offenen, ruhigen Blick. Was für einen anständigen Mann sich Antonia da gesucht hat, so anständig, dass es beinahe irritierend ist.

»Und was wirst du tun?«, frage ich ihn.

»Wenn ich merke, dass sie mich braucht, werde ich ihr helfen, aber ich denke, sie muss diese Sache in Ferrara alleine lösen, bevor Ada zur Welt kommt.«

»Ich glaube, aus demselben Grund habe ich ihr auch alles erzählt. Früher oder später muss diese Kette einmal zerrissen werden«, sage ich und schenke ihm Kaffee ein.

Ich möchte nicht verärgert wirken, aber ein bisschen bin ich es doch. Ich glaube wirklich, dass Leo recht hat, aber sein altkluger Tonfall nervt mich.

»Ich habe beschlossen, noch einmal die Todeserklärung zu beantragen, um die Häuser in Ferrara zu verkaufen«, sage ich.

Er ist der Erste, dem ich das erzähle, nicht einmal Franco weiß davon.

»Ich dachte nicht, dass ihr noch immer Häuser in Ferrara habt.«

»Das, in dem wir lebten, und eins auf dem Land. Toni weiß noch nichts davon, ich war seit dreißig Jahren nicht mehr dort. Hör mal, Leo, könntest du ... mich über Antonia auf dem Laufenden halten? Wenn ich mir Sorgen mache, darf ich dich anrufen? Die Vorstellung, dass sie alleine in Ferrara ist, beunruhigt mich.«

»Wovor hast du Angst?«

»Ich weiß nicht genau. Besuchst du sie dort?«

»Wahrscheinlich heute Abend.«
Plötzlich kommt mir eine Idee. »Ich gebe dir die Hausschlüssel. Seit damals stehen die Häuser leer. Zweimal im Jahr geht jemand von der Agentur hin, um nachzusehen, ob irgendwelche Rohre defekt sind. Nach dem Erdbeben haben sie gesagt, dass irgendwo Putz runtergekommen ist, aber es gab keinen größeren Schaden. Trotzdem ist es sicher ein düsterer Anblick. Falls Toni es sich ansehen möchte, kannst du ihr die Schlüssel geben. Aber es wäre besser, wenn sie nicht alleine hingeht.«
»Warum hast du das Haus denn nicht vermietet?«
»Ich wollte nichts damit zu tun haben.«
Die Hausschlüssel von Ferrara stecken nach wie vor in der Tasche einer Wildlederjacke, die ich als Jugendliche trug. Ich gehe sie holen.
Seit Jahren hatte ich den Schlüsselbund nicht mehr in der Hand, aber sie sind mir vertraut wie die Narbe an meiner linken Hand, von einem Schnitt, den Maio mir als Kind an der Eisenwippe zugefügt hat. Die Narbe war immer da, ich habe sie immer gesehen, genau wie diese Schlüssel. Maio und ich bekamen sie, als ich in die vierte Klasse ging. Ich erinnere mich genau, die Dinge, die einen als Kind umgeben, prägen sich für immer ins Gedächtnis ein. Die Schlüssel stecken in einem Etui, zusammen mit einer silbernen 500-Lire-Münze, die inzwischen ganz schwarz ist, ein Geschenk meines Vaters.
Ich reiche sie Leo. »Via Vignatagliata 26, kannst du dir das merken?«
»Ich erinnere mich an diese Münze«, lächelt er. »Mein Vater hat Münzen gesammelt.«
»Meiner auch«, antworte ich. »Nächstes Mal erzähle ich dir von ihm.«

Ich weiß nicht, warum ich das gesagt habe. Ich spreche nie über meinen Vater.

»Kann ich dich etwas fragen, Alma?«

Leo schaut mich mit seinem aufmerksamen, urteilsfreien Blick an. Er ist bestimmt ein guter Polizist, er will niemandem eins auswischen, er will verstehen.

»Ja.«

»Warum hast du deinem Bruder damals vorgeschlagen, Heroin zu probieren?«

Diese Frage habe ich nicht erwartet. Das hat mich so direkt noch nie jemand gefragt, nicht einmal Franco. Ich schweige.

»Ich dachte, wir könnten es einfach mal ausprobieren ... einmal und nie wieder ... um alles probiert zu haben. Ich habe es ihm damals vorgeschlagen, ohne nachzudenken, aus einem Impuls heraus. Wir hatten einen seltsamen Film gesehen, *Beruf: Reporter*, danach hatten wir etwas geraucht und waren raus auf die Piazza gegangen, um die anderen zu treffen, aber es war niemand da. Nur einer, der sich einen Schuss setzte. Die Ferien hatten gerade angefangen, wir fühlten uns frei und verwegen. Ich weiß es nicht, Leo. Hast du noch nie etwas einfach so getan, ohne Grund?«

»Doch, habe ich. Aber ich hatte mehr Glück als du.«

»Also denkst du auch, dass ich verantwortlich war für das, was geschehen ist?«

Er betrachtet mich nachdenklich, ernst, dann sagt er: »Zum Teil schon.«

»Du bist der Erste, der das versteht, oder wenigstens, der es zugibt.«

Wir reichen uns schweigend die Hand. Wie um einen Pakt zu besiegeln, ich weiß nur nicht, welchen.

Es hat aufgehört zu regnen. Leo hat sich gebückt, um Rossa zu kraulen, die ihm um die Beine streicht, dann schlüpft er in seinen Lodenmantel, und im Gehen zieht er die Tür hinter sich zu.

Antonia

Ich bin fast wieder im Hotel, als ich spüre, wie mein Handy in der Tasche vibriert.

Ich habe Luigi gebeten, mich etwas früher abzusetzen, ich hatte das Bedürfnis zu Fuß zu gehen, obwohl es schon dunkel ist. So langsam kenne ich die Straßen. Er hat mich in der Nähe des Friedhofs rausgelassen, an der Piazza Ariostea, einem gigantischen rechteckigen Platz mit einer Ehrensäule in der Mitte, umgeben von einem ovalen Wiesenstück, um das ein Fußgängerweg führt. Er hat mir den Weg zurück zum Hotel gewiesen: immer geradeaus bis zum Corso Giovecca.

»Das da oben ist der Dichterfürst, Ludovico Ariosto«, hatte er gesagt und mit dem Daumen auf die Statue oben auf der Säule gedeutet, »und auf diesem Rundweg findet alljährlich am letzten Sonntag im Mai das älteste Pferderennen der Welt statt.«

»Älter als das von Siena?«

»Ja, ja«, nickte er, legte den Gang ein und fuhr los, ohne mich noch einmal anzusehen.

Luigi D'Avalos hat ein Problem mit Abschieden: Im Augenblick des Auseinandergehens ist er unkonzentriert, als denke er an etwas anderes. Nach diesem Nachmittag, den wir zusammen am Meer und dann auf dem Friedhof La Certosa verbracht haben – am Grab meiner Großeltern war er schließlich außer Atem mit einem Strauß roter Nelken aufgetaucht –, hätte ich einen wärmeren Abschied erwartet. Aber es freut mich, dass er nicht so vorhersehbar ist.

Erleichtert lese ich auf dem Display Leos Namen. Ich habe noch nicht entschieden, was ich meiner Mutter sage, und ich fürchtete schon, sie wäre dran.

»Endlich. Also kommst du heute Abend?«

»Ich wollte gerade losfahren, aber es wurde eben jemand im Pilastro-Viertel erschossen, ich weiß nicht, wann ich loskomme. Wenn es nicht zu spät wird, könnte ich über Nacht zu dir kommen. Aber morgen muss ich früh raus, wir haben eine Besprechung im Präsidium.«

»Wie schade, ich hatte mich auf dich gefreut. Aber nicht dass du dich überanstrengst, mit diesem Hin und Her. Hast du deine Blutdruckpille genommen?«

»Ja, habe ich. Hör zu, mit deiner Mutter ist alles geklärt.«

»Wie meinst du das?«

»Ich habe ihr gesagt, dass du in Ferrara bist, und sie ist einverstanden.«

»Das glaube ich nicht.«

»Doch, alles in Ordnung, ich habe mit ihr geredet, und sie hat es verstanden.«

»Meine Güte.«

»Ist das jetzt gut oder schlecht?«

»Gut! Toll gemacht, du hast ein Tabu gebrochen. Wie hast du das hinbekommen?«

»Ich habe ihr die Wahrheit gesagt.«

»Und sie?«

»Ich glaube, seit sie dir alles erzählt hat, rechnet sie damit, dass sich etwas ändert. Und sie ist bereit, die Veränderungen zu akzeptieren, auch wenn sie ihr Angst machen.«

»Du fehlst mir.«

»Du mir auch. Was hast du heute herausgefunden?«

»Einiges. Sieht so aus, als ob meine Großmutter ein Verhältnis mit dem Präfekten hatte, und vielleicht war Maio sein Sohn.«
»Was?«
»Ja, du hast schon richtig gehört.«
»Maio war nicht der Sohn deines Großvaters?«
»Anscheinend nicht.«
Leo schweigt. Ich höre, wie der Bügel seiner goldenen Brille gegen den Telefonhörer schlägt, was bedeutet, dass er sie abgesetzt hat.
»Und was heißt das jetzt?«
»Wenn er der Sohn des Präfekten war, heißt das, dass sie sehr gründlich ermittelt haben. Sie haben keine Hinweise gefunden, aber dein Kollege D'Avalos glaubt, dass er sich in dieser Nacht in den Po gestürzt hat.«
»Auch das noch.«
»Ja, oder dass er hineingefallen ist.«
»Was ist D'Avalos für ein Typ?«
»Ein hübscher. Er sieht aus wie ein Schauspieler.«
»Aha. Und gefällt er dir?«
»Er macht sich ein bisschen wichtig. Er kennt alle Künstler Ferraras.«
»Muss ich mir Sorgen machen?«
»Ich glaube nicht.«
»Ein Glück. Und was hast du jetzt vor?«
»Wenn du heute Abend nicht kommst, schaue ich mir vielleicht den Film an, der heute in dem Kino läuft, wo Maio kurz vor seinem Verschwinden war.«
»Es wird inzwischen aber sicher ein neues Programm geben.«
»Sehr witzig. Aber stimmt, damals spielten sie *Das Omen*, heute *Zero Dark Thirty*.«

»Ach ja, der hat uns gut gefallen.«
»Erinnerst du dich, wie die Hauptfigur hieß?«
»Maya, glaube ich.«
»Stimmt. Seltsam, oder?«
»Glaubst du, das hat was zu bedeuten?«
»Natürlich nicht, aber in einem meiner Krimis käme das gut.«
»Wenn ich heute Nacht nicht komme, sehen wir uns dann morgen Abend?«
»Morgen bin ich zum Abendessen mit Michela Valenti verabredet, Maios Freundin.«
»Wem?«
»Dem Mädchen, das damals mit Maio zusammen war. Ich habe sie heute Vormittag getroffen, eine sympathische Frau. Sie arbeitet als Logopädin. Morgen Abend sehe ich sie noch einmal, heute früh hat sie mir fast nichts erzählt, außer dieser Sache mit der Affäre meiner Großmutter, die D'Avalos dann später bestätigt hat.«
»Das ist doch schon etwas, du hast eine Menge herausgefunden an einem einzigen Tag. Ich muss jetzt auflegen, hier ist die Hölle los, Innocenzi sagt gerade, dass es im Pilastro nicht nur einen, sondern zwei Tote gibt … ich rufe dich später an. Iss ordentlich.«
»Ja, ja … ich habe Maronenpastete für mich entdeckt. Die musst du unbedingt probieren. Und du, iss nicht zu viel. Nachher musst du mir noch genauer von deinem Gespräch mit Alma berichten.«
»Wirst du ihr die Sache mit dem Präfekten erzählen?«
»Darüber muss ich erst nachdenken. Wir sprechen später darüber.«
»Kuss.«
»Kuss zurück.«

Ich bin inzwischen am Hotel angekommen, und beinahe ist mir danach, zwei dieser Pasteten mit aufs Zimmer zu nehmen. Ich sehe, dass das Café gegenüber gerade schließt, und ich schlüpfe schnell hinein. »Hast du noch zwei Maronenpasteten zum Mitnehmen?«, frage ich das Mädchen, das Luigi Isabella genannt hat.
Sie hat roten Lippenstift aufgetragen und sich die dunklen Haare in einem eleganten hohen Turm auf dem Kopf festgesteckt. Sie trägt einen taillierten schwarzen Mantel, der ihr bis zu den Füßen reicht, und während die blonde Kellnerin den Boden fegt, macht sie sich an der Kasse zu schaffen. Es wird etwa acht Uhr sein, der Laden ist leer, es ist kein Lokal, in das man zum Aperitif geht.
»Habe ich. Soll ich sie dir warm machen? Wo willst du sie essen?«, fragt sie, als wären wir alte Bekannte.
»Ich esse sie in meinem Zimmer. Ich wohne im Hotel gegenüber.«
»Wenn du die Pasteten nicht gleich isst, kannst du dort auch jemanden bitten, sie dir warm zu machen. Ich glaube, die Hotelbar hat bis elf geöffnet, und sie haben eine Mikrowelle. Wenn du willst, bekommst du auch einen frisch gepressten Saft dazu.«
»Ich habe gerade gedacht, dass der Kleine hier heute noch nicht genügend Vitamine bekommen hat«, antworte ich vertraulich und deute auf meinen Bauch.
»Sagtest du nicht, es wäre ein Mädchen?«, fragt sie, mehr amüsiert als überrascht.
»Eigentlich nicht. Das heißt, ich glaube schon, aber ich weiß es nicht sicher.«
»Verstehe.« Sie lächelt nachdenklich. »Du bist ein bisschen schräg drauf, das gefällt mir.«
Isabella ist mir sympathisch. Und ich bewundere ihren Stil,

sie hat einen sehr originellen Geschmack. Sie muss ein paar Jahre jünger sein als ich.
»Ich habe gehört, du bist Schauspielerin.«
»Die Stadt ist klein, die Leute reden«, scherzt sie. »Sagen wir, ich versuche es. Aber zurzeit habe ich keinen Job.« Dann fügt sie hinzu: »Was machst du heute Abend?«
Mit dieser Frage hatte ich nicht gerechnet.
»Vielleicht gehe ich ins Kino, ich habe gesehen, dass im Apollo ein Film läuft, den ich gerne noch einmal anschauen würde.«
In Wirklichkeit geht es mir darum, mich in das Kino zu setzen, in dem Maio saß, bevor er verschwunden ist, nur scheint es mir nicht angebracht, all diese Erklärungen zu geben. Darum überrascht es mich, als Isabella antwortet: »Maio war damals aber in der Nachmittagsvorstellung, nicht in der Spätvorstellung, falls du deshalb hingehst.«
Was weiß sie über Maio?
»Entschuldige, ich dachte, vielleicht willst du deshalb hin ... Meine Mutter hat mir erzählt, dass ihr heute Vormittag beim Apollo wart ... Du bist Antonia, stimmt's? Ich bin Michelas Tochter, die älteste. Die hübsche, dumme.«
Isabella verzieht den Mund und reicht mir die Hand.
Michelas Tochter, deshalb also.
»Und wann hat sie dir davon erzählt?«
»Heute Nachmittag. Manchmal kommt sie zwischen zwei Sitzungen vorbei, um einen Cappuccino zu trinken. Sie hat mir gesagt, dass du Krimis schreibst und dass ihr morgen Abend zusammen essen wollt.«
»Und woher wusstest du, dass ich es bin?«
»Schwanger, dreißig Jahre, lange Haare. Hier in Ferrara kennt jeder jeden. Außer der Touristen kommt niemand

zum Mittagessen ins Café, und du wirkst nicht wie eine Touristin.«
»In der dreiundzwanzigsten.«
»Wie bitte?«
»Schwanger in der dreiundzwanzigsten Woche. Hat deine Mutter dir von Maio erzählt?«
»Sie hat mir erzählt, dass er der erste Junge war, den sie geküsst hat, und dass er vor über dreißig Jahren gestorben ist, dass du seine Nichte bist und ihm ähnlich siehst.«
Mir hat sie nicht gesagt, dass ich ihm ähnlich sehe. Nur dass ich keine Ähnlichkeit mit Alma habe. Aber Luigi D'Avalos, der Fotos von Maio gesehen hat, hat es mir gesagt. Ich vergesse immer wieder, dass ich Maios Nichte bin. Es wird Michela bewegt haben, mich zu treffen, und so hat sie ihrer Tochter davon erzählt. Nichts Außergewöhnliches.
Ob Luigi weiß, dass Isabella Michelas Tochter ist? Er behauptet, alles zu wissen, aber warum hat er es dann nicht erwähnt, als er erzählte, Isabella habe ihm gesagt, wo er mich findet?
Isabella ruft der blonden Kellnerin zu, das Rollgitter gut zu schließen, und berührt mich am Arm. »Tut mir leid, wenn ich indiskret war ... jetzt muss ich mich beeilen ... ciao.«
Sie ist schon aus der Tür, als sie sich noch einmal umdreht und sagt: »Tu mir einen Gefallen. Sag meiner Mutter nicht, dass ich mit dir über Maio gesprochen habe«, und dann ist sie weg, eilt mit wehendem schwarzen Mantel den Corso Giovecca entlang, und lässt mich mit meinem unbezahlten Pastetenpäckchen in der Hand stehen. Die Kellnerin macht mir mit dem Besen ein Zeichen, das Lokal zu verlassen. »Sie können morgen bezahlen, die Kasse ist schon zu.« Sie klingt müde.

Ich bin seit weniger als sechsunddreißig Stunden in der Stadt, und ich habe das Gefühl, sie langsam zu kennen. Besser gesagt, ich ahne allmählich, dass es nicht einfach sein wird, sie wirklich kennenzulernen.
Als ich in meinem Zimmer die Fensterläden schließe, höre ich den Nachrichtenklingelton meines Handys und hoffe, es ist Leo, der mir sagt, dass er kommt, doch es ist meine Mutter.
Sie schreibt: »Der Gedanke, dass du in Ferrara bist, wühlt mich auf, aber ich bin froh, dass du deinem Instinkt folgst. Gute Nacht, mein Küken.« Mein Küken. Wie lange hat sie mich so schon nicht mehr genannt.
Wie sehr würde ich mir wünschen, dass du glücklich bist, Mama.
Seit du mir von Maio erzählt hast, kann ich nicht aufhören, darüber nachzudenken, was aus dir geworden wäre, wäre die ganze Geschichte damals nicht passiert. Hättest du mit zwanzig ein Kind bekommen, mit einem Mann wie meinem Vater? Vielleicht nicht. Das bedeutet, mich würde es nicht geben. Ich weiß nicht, ob ich mein Leben für dein Glück eintauschen würde.
Ich antworte: »Danke, Mama. Gute Nacht. P.S. Ferrara ist eine schöne Stadt.«
Die Nachricht, die ich kurz danach bekomme, lautet: »Morgen scheint die Sonne, gehen wir auf die ›Mura‹, die alte Stadtmauer, mittagessen?«
Sie will herkommen? Wirklich? Ich weiß nicht, ob ich mich freuen oder besorgt sein soll, doch dann wird mir klar, dass die Nachricht nicht von Alma ist, sondern von Michela. Sie hat sich anders entschieden, also kein Abendessen, umso besser, dann kann ich Leo sehen. Ich schreibe ihm sofort: »Ich habe morgen Abend doch Zeit. P.S. Alma hat mir eine

beruhigende Nachricht geschickt. Du bist ein Genie.« Wie zum Teufel haben die Menschen nur gelebt, bevor SMS erfunden wurden?

Ich bin todmüde, das wird der Ausflug zum Meer sein. Mit dem Gedanken an rote Nelken auf weißem Marmor schließe ich die Augen.

Alma

An dem Nachmittag, als Maio sich den Arm brach, waren wir auf der Piazza Ariostea, um unsere neuen Rollschuhe auszuprobieren. Wenn wir unseren Vater um Erlaubnis gefragt hätten, so weit vom Haus wegzugehen, hätte er es uns nie erlaubt, aber Mama vertraute uns, vor allem mir, ich war elf.

Die Rollschuhe waren sehr schnell, sie hatten spezielle Räder. Es hätte mir gefallen, wenn Mama oder Papa uns beigebracht hätten, wie man darauf fährt, aber unsere Mutter hatte damals Nachmittagsschicht, und unser Vater war nicht da. Manchmal ging es ihm nicht gut, und dann wussten wir, dass man ihn nicht stören durfte, dass es besser war, wenn er im Landhaus blieb, um sich »vom Fluss heilen zu lassen«, wie er es nannte.

Unser Landhaus stand direkt am Deich. Man musste nur den Hügel hinaufsteigen, von dort über eine Treppe hinunter zum Fluss und war direkt am Wasser. Mein Vater hatte zusammen mit dem Verwalter ein kleines Holzfloß gebaut, und bei Sonnenuntergang fischte er dort mit einer Daubel. Manchmal leistete ihm ein Bekannter aus dem Nachbarort Gesellschaft, und sie fischten zusammen. Maio und ich sahen ihnen sonntags immer zu. Sie sprachen kein Wort, außer mit der gescheckten Katze, die zu ihnen auf das Floß sprang, um einen Fisch zu ergattern.

An jenem Nachmittag waren wir eine Stunde lang auf dem

Platz im Kreis gefahren und waren erschöpft. Ich fuhr langsam, weil mich die Pollen der Pappeln zum Niesen brachten, Maio sauste ausgelassen an mir vorbei. Ich fühlte mich schon seit dem Morgen nicht wohl, vielleicht lag es an den Pappeln, vielleicht war ich auch erkältet. Was auch immer wir hatten, meine Mutter spielte es stets herunter, nicht einmal bei Fieber bekamen wir Medikamente, außer wenn es sehr hoch war. Ich hatte gerade vorgeschlagen, nachhause zurückzufahren, als Maio über einen Stein stolperte und stürzte, wobei er noch versuchte, sich mit der Hand abzufangen.

Er weinte nicht und beklagte sich nicht. Er sagte: »Ich glaube, ich habe mich ganz schön verletzt«, und setzte sich auf eine Stufe, seinen Ellenbogen fest umklammert. Ich beschloss, ihn zu Mama in die Apotheke zu bringen, doch wir brauchten sehr lange, weil Maio langsam ging, ohne ein einziges Wort zu sagen. Ich war besorgt und hatte Angst, vor allem wegen dieser ungewöhnlichen Stille.

Als wir die Apotheke betraten, kam sie hinter der Theke hervor und eilte zu ihm. Sie beugte sich zu ihm herunter, Maio war blass und zitterte. Ich erklärte, dass er sich am Arm wehgetan hatte, und sie befühlte sein Handgelenk, als wüsste sie schon alles. Maio stieß einen Schrei aus.

Doktor Zamorani, der Apotheker, sagte, wir sollten zum Röntgen ins Sant'Anna fahren, und es gab einen kurzen Tumult, weil alle mit dem Fahrrad zur Arbeit gekommen waren, niemand hatte ein Auto dabei, und einen Notarzt zu rufen schien übertrieben. Auch die Kunden mischten sich ein, jeder gab seinen Senf dazu. Alle besprachen sich miteinander, niemand beachtete mich, ich fühlte mich immer elender und warf meiner Mutter flehende Blicke zu.

»Wir nehmen ein Taxi, gegenüber, an der Piazza Savonarola«, sagte sie. Niemand von uns hatte je zuvor ein Taxi bestiegen. Wir wussten nicht einmal, dass es in Ferrara Taxis gab.
Maios Arm begann anzuschwellen, ich fühlte mich schuldig und war wütend auf meine Mutter, die nichts verstand. Es schien, als zählte ich überhaupt nicht. Dann schien sie mich endlich zu bemerken: »Hast du den Hausschlüssel, Alma? Warte da auf uns. Vielleicht müssen sie ihn eingipsen, aber es ist nichts Schlimmes. Es ist doch in Ordnung, wenn du zuhause auf uns wartest, stimmt's?«
Es ging mir nicht gut, es war nicht in Ordnung. Ich machte mir Sorgen um Maio und war sauer auf sie, die uns hatte alleine gehen lassen und mich jetzt hier stehen ließ. Aber ich antwortete: »Ja, ja, ich gehe nachhause, keine Sorge, Mama, Ciao. Ciao Maio.«
Hand in Hand eilten sie hinaus. Keiner der beiden drehte sich noch einmal nach mir um.

Antonia

Heute scheint wirklich einmal die Sonne, eine überraschend frühlingshafte Sonne, an einem blassblauen, mit weißen Wolken durchzogenen Himmel. Um eins bin ich mit Michela verabredet. Ich habe beschlossen, mir vorher ein wenig die Stadt anzusehen, anstatt zu der Brücke zurückzukehren, ich möchte verstehen, wo ich bin.

Im Frühstücksraum trinke ich meinen Tee und denke darüber nach, ob ich am Palazzo dei Diamanti oder am Palazzo Schifanoia beginnen soll – die beiden Orte haben im Reiseführer die meisten Sterne –, als mir einfällt, dass ich überhaupt nicht weiß, wo meine Mutter damals gewohnt hat, in welcher Gegend der Stadt.

Ob ich ihr eine Nachricht schreiben und sie fragen kann? Ich könnte es auch von Michela erfahren, aber ich beschließe, Alma zu fragen, um ihre tatsächliche Bereitschaft, mich in diese Geschichte einzuweihen, auf die Probe zu stellen.

Ich schreibe: »Guten Morgen, scheint bei euch auch die Sonne? Heute Vormittag Sightseeing, und wenn ich schon dabei bin: Wo habt ihr damals eigentlich gewohnt?«

Ich trinke meinen Tee aus, lese in einer Zeitung, die sich *La Nuova Ferrara* nennt, und beobachte nebenbei das Baby des holländischen Paars am Nebentisch in den Armen seines Vaters, bis Almas Antwort kommt. Doch als sie kommt, überrascht sie mich: »Via Vignatagliata 26. Leo hat die Schlüssel.«

Leo hat die Schlüssel? Ernsthaft? Das bedeutet also, dass das Haus noch immer uns gehört? Leo hat mir nichts davon gesagt. Ich werde das Haus also ansehen können? Die Vorstellung wühlt mich auf.

Ich schreibe ihm: »Du hast die Schlüssel zum Haus meiner Mutter und sagst nichts? Bring sie heute Abend mit!«

Er antwortet sofort: »Es gibt dort kein Licht, du wirst bis morgen früh warten müssen. Guten Morgen, Detektiv.«

Ich hätte mir nie träumen lassen, dass dieses Haus noch immer uns gehört, niemand hat je davon gesprochen. Ich kann nicht bis morgen früh warten, ich muss es sofort sehen, wenigstens von außen. Ich schaue mir den Stadtplan auf meinem iPad an und sehe, dass die Via Vignatagliata ganz in der Nähe meines Hotels liegt, im ehemaligen Judenghetto, innerhalb der Stadtmauern. Gleich um die Ecke.

Ich eile hinauf ins Zimmer, um meinen Mantel zu holen. Isabella sehe ich nicht im Café gegenüber, und ich überlege flüchtig, ob ich nicht erst auf sie warten sollte, um die Pasteten von gestern zu bezahlen. Außerdem möchte ich sie etwas fragen.

Am Po biege ich in die Via Bersaglieri ein, eine hübsche kleine Einkaufsstraße. Sie mündet in das andere Ende des rechteckigen Platzes, über den ich mit Michela gegangen bin, um zum Kino zu gelangen, doch diesmal wende ich mich nach links in die Via Contrari. Was für ein schöner Name. Auf dem Plan sehe ich, dass als erste Querstraße von der Via Contrari rechts die Via Vignatagliata abgeht.

Ich werde immer nervöser bei dem Gedanken, dass ich gleich das Haus sehen werde, in dem meine Mutter zwanzig Jahre lang gelebt hat. Die Tatsache, dass sie nie davon gesprochen hat, steigert meine Neugier, ich habe keine Ahnung, was mich erwartet.

Dafür, dass es neun Uhr morgens an einem gewöhnlichen Mittwoch ist, sind nicht viele Leute unterwegs, um welche Uhrzeit beginnt hier der Arbeitstag? In Bologna herrscht so eine Ruhe nur am frühen Sonntagmorgen.

Die Fahrradfahrer rollen langsam über das Kopfsteinpflaster, und je mehr ich mich Almas Haus nähere, desto ruhiger und stiller wird es, obwohl die Kathedrale, der zentrale Punkt der Innenstadt, gleich um die Ecke liegt.

Via Vignatagliata ist eine schmale Straße zwischen alten dreistöckigen Gebäuden. Es gibt keine parkenden Autos, keine Geschäfte, nur eine Trattoria, die noch geschlossen ist. Das abgenutzte Pflaster wird an beiden Seiten von einem flachen grauen Gehweg gesäumt. Die Häuserwände sind in natürlichen Farben gestrichen, Ockergelb, Rotbraun, terrakottafarben, wie in manchen Gegenden Bolognas, doch die Farben hier sind blasser und die Atmosphäre eine ganz andere. Man hat nicht den Eindruck, durch das Zentrum einer betriebsamen emilianischen Stadt zu gehen, sondern durch einen Film oder einen Traum, rückwärts in der Zeit.

Heute habe ich nicht die Stiefel mit der Gummisohle an, und meine Schritte erzeugen ein Echo in der Stille.

Nummer 26 in der Via Vignatagliata ist ein dreistöckiges Haus mit einer schmutzigen hellgelben Fassade. Die drei kleinen Fenster des Erdgeschosses sind vergittert, die Fensterläden in den höheren Stockwerken sind geschlossen. Die massive Haustür ist grau gestrichen, gekrönt von einer Lünette und umkränzt von einem Fries aus weißem Marmor, der dem ganzen Gebäude einen eleganten Anstrich verleiht. Auf Kopfhöhe, unter den vergitterten Fenstern, ist die Wand schmutzverkrustet, doch insgesamt macht das Haus keinen verlassenen Eindruck. Es gibt ein rundes Klin-

gelschild aus Messing, auf dem der Name meiner Mutter eingraviert ist, Sorani. Als ich ihn lese, bekomme ich Herzklopfen.
Diese Rechercheise nach Ferrara ist etwas ganz anderes als die, die ich üblicherweise für meine Bücher unternehme, ich bin zu sehr betroffen. Ich merke, dass ich aufgewühlt und durcheinander bin. Ich wäre nicht in der Lage, diese Geschichte aufzuschreiben, dafür fehlte mir die Klarsicht. Was habe ich eigentlich bisher herausgefunden? Nichts bis auf das, was mir Luigi und Michela freiwillig erzählt haben. Mir wird klar, wie viel leichter es ist, ein Geheimnis zu erfinden, als eins aufzudecken.
Ich knöpfe den Mantel auf und lege eine Hand auf meinen Bauch. Ich spüre, wie Ada sich bewegt, und ihre Anwesenheit beruhigt mich. Das ist eines der schönen Dinge, wenn man ein Kind erwartet, man ist nie alleine.
Ich drücke versuchsweise auf die Klingel, einfach um zu hören, wie sie klingt, doch sie bleibt stumm. Der Strom ist abgestellt, Leo hatte es mir gesagt.
Ich würde mich gerne hinsetzen und sehe mich um, ob es irgendwo ein verstecktes Café gibt, aber ich sehe keines. Keine Geschäfte, kein Café, keine Passanten. Nur die geschlossene Trattoria ein Stück die Straße runter.
Im Erdgeschoss des Hauses gegenüber, ein identisches Haus wie das meiner Mutter, nur mit Sichtziegeln, tritt eine alte Frau ans Fenster. Ihr Erscheinen kommt unerwartet, denn auch ihre Fenster sind vergittert, doch ich kann sie deutlich sehen, wenige Schritte von mir entfernt. Sie blickt mich direkt an und sagt: »Da ist niemand, Bela.«
Sie sagt »Bela« statt »Bella«, mit der eigentümlichen Aussprache, die ich inzwischen von den Ferraresen kenne, das langgezogene »l«, das »s«, das klingt wie ein »sch«. Ein Ak-

zent, der nicht wirkt wie einer aus der Emilia-Romagna, sondern härter, eher wie einer aus dem Veneto. Ich höre ein hohes, heiseres Bellen, das Bellen eines kleinen Hundes, in ihrem Rücken.

Vielleicht hat die Frau bemerkt, dass ich schwanger bin, denn sie fragt: »Willst du ein Glas Wasser?«

»Gerne«, antworte ich. »Dürfte ich einen Moment reinkommen? Ich würde mich gerne kurz hinsetzen.«

Sie schließt wortlos das Fenster.

Eigentlich muss ich mich gar nicht so dringend setzen, doch mir ist der Gedanke gekommen, dass diese alte Frau, wenn sie schon immer hier wohnt, meine Mutter, Maio und meine Großeltern kennengelernt haben muss.

Die Haustür bleibt so lange geschlossen, dass ich schon denke, sie hätte ihre Meinung geändert, als sie plötzlich mit einem Ruck aufspringt.

Ich betrete einen kleinen dunklen Vorraum mit niedrigen Decken aus Holzbalken und einem Boden aus alten, blank gewetzten Terrakottafliesen. Am Ende des Raums erscheint die Frau und macht mir ein Zeichen, näher zu treten. Sie ist schlank, hat perfekt frisierte weiße Haare und ein hübsches Gesicht mit hohen Wangenknochen. Obwohl sie sehr alt ist, steht sie aufrecht. Sie trägt ein blaues Kleid von denen, die meine Mutter »a chemisier« nennt, und elegante blaue Schuhe. Dazu Schmuck: eine Perlenkette, eine alte Brosche, Ringe. Zu ihren Füßen mustert mich ein weißer Spitz mit aufgestelltem Schwanz.

Als ich vor ihr stehe, sagt sie: *Capìsat al frarés?*

Ich ahne, dass sie mich fragt, ob ich Ferraresisch verstehe, obwohl meine Mutter nie Dialekt mit mir gesprochen hat, und antworte: »Nicht sehr gut.«

Sie führt mich durch einen dunklen Flur ohne Türen und

Fenster, mit großen matten weißen und roten Fliesen auf dem Boden, bis zu dem Raum, in dem sie zuvor am Fenster stand, einer düsteren, blitzsauberen Küche. Der Spitz läuft bellend voraus, und sie sagt immer wieder: *Baschta.* Das muss ihr täglicher Dialog sein: Er bellt, und sie antwortet »basta«, »Schluss jetzt«.
Auch in diesem Zimmer ist die Decke niedrig, eine dunkle Holzbalkendecke, und der gleiche rot-weiß geflieste Fußboden, die gleichen gelblichen Wände wie im Eingangsbereich. Die Möbel in der Küche sehen neu aus, pseudoantik aus blankem braunem Holz. Sie bilden einen scharfen Kontrast zum Spülbecken, dem Herd und dem Ofen, die in rostfreiem Stahl gehalten sind. Auf einem großen Teppich steht ein ovaler Holztisch mit einer elfenbeinfarbenen gehäkelten Tischdecke darauf. Alles in dem Haus zeugt von Wohlstand, es wirkt nicht wie das Haus einer alten Dame, die seit Jahrzehnten darin lebt, eher wie ein kürzlich renoviertes und möbliert vermietetes Haus.
Es gibt keine Bilderrahmen mit Fotos, keine Bücher, nur eine Ausgabe der Zeitung *Resto del Carlino* auf einem samtbezogenen Sesselchen neben dem Fenster. Wahrscheinlich hat sie gerade die Zeitung gelesen, als sie mich auftauchen sah. Auf dem Tisch liegt griffbereit ein metallenes Brillengestell mit einer Kette daran.
Sie bedeutet mir, auf einem der gepolsterten Stühle am Tisch Platz zu nehmen, und reicht mir ein Glas Wasser. Der Raum wirkt nicht wie eine Küche, eher wie ein Esszimmer mit Küchenecke.
Sie setzt sich mir gegenüber und sagt, auf Italienisch, aber mit dem schleppenden »l« des hiesigen Akzents: »Wen suchst du denn? Da lebt niemand mehr.«
Gleich darauf zischt sie dem Spitz ein »Baschta« zu, der

weiterhin jeden ihrer Sätze mit einem heiseren Bellen quittiert.
Ich spüre, dass ich bei dieser Frau nicht weit kommen werde mit meiner Methode, die Wahrheit zu sagen, ich sollte lieber behutsam vorgehen. Die Art, in der sie sich aufrecht hält und mich mit ernstem Gesicht und fest geschlossenen Lippen fixiert, strahlt eine gewisse Härte aus.
Ich entscheide mich für die Halbwahrheit.
»Ich bin zu Besuch in Ferrara, und meine Mutter hat gesagt, dass in diesem Haus Leute gewohnt haben, die sie kannte. Wissen Sie, wer das war?«
»Natürlich«, antwortet sie. Weiter sagt sie nichts.
Sie wirkt nicht feindselig, nur sehr reserviert, eine Frau der wenigen Worte.
»Kannten Sie sie gut?«, versuche ich nachzuhaken.
»Ziemlich gut«, antwortet sie, und dann entsteht eine Stille, die nur vom Bellen des Hundes und dem »Baschta« der Frau durchbrochen wird.
Ich versuche, mir schnell etwas zu überlegen, um sie zum Reden zu bringen, aber mir fällt nichts ein. Sie und der Spitz faszinieren mich, sie scheinen in einer autonomen, unerschütterlichen, völlig unzugänglichen Welt zu leben. Nichts in dem Zimmer bietet mir einen Anhaltspunkt, und auch meine Schwangerschaft scheint sie nicht zu erweichen. Normalerweise stellen mir alte Frauen tausend Fragen: »Wann ist es denn so weit? Ist das Ihr erstes Kind? Wie wollen Sie es nennen?« Sie schweigt. Ich bin überrascht, dass sie mir überhaupt ein Glas Wasser angeboten hat.
»Wie heißt er?«, versuche ich zu fragen und deute auf das Hündchen, das jetzt neben ihr sitzt und mich mit gesenktem Kopf betrachtet. Er hat mehr Ausdruck im Gesicht als sie, beinahe scheint er zu lächeln.

»Sie«, antwortet die Dame, »es ist ein Weibchen.« Aber den Namen nennt sie nicht.

»Ich heiße Antonia.«

Ich trinke einen Schluck aus dem Glas und streichle meinen Bauch, in der Hoffnung, dass Ada mir eine Eingebung schickt. Der Blick meiner Gastgeberin wandert zu meinem Bauch, doch ihr Ausdruck wird nicht milder. Sie reißt die Augen auf, und für einen Moment verfinstert sich ihre Miene.

»Du bist Almas Tochter«, sagt sie, als hätte sie mich enttarnt. Sie betrachtet weiterhin meinen Bauch, als hätte sie noch nie etwas so Skandalöses gesehen.

Woher weiß sie das? Wie es aussieht, bleibt mir doch nichts weiter übrig, als ihr die Wahrheit zu sagen.

»Sehe ich ihr ähnlich?«, frage ich mit einem kleinen Lächeln.

»Überhaupt nicht. Aber ich wüsste nicht, wie du sonst den Ring meiner Mutter tragen könntest, wenn du nicht Almas Tochter wärst.«

Den Ring ihrer Mutter? Dieser Ring gehörte doch meiner Großmutter.

»Ich glaube, der Ring gehörte der Mutter meiner Mutter.«

»Er war von meiner Mutter«, antwortet sie eisig. »Sie hat ihn meinem Bruder gegeben. Sie hat ihm gesagt, er solle ihn seiner Tochter zur Hochzeit schenken, doch statt ihn seiner Tochter zu geben, gab er ihn deiner Großmutter.«

Also wohnte die Mutter des Präfekten im Haus gegenüber; so haben er und Alma sich kennengelernt. Und er hat ihr sogar diesen Ring geschenkt! Die Situation ist mir unangenehm, aber ich habe einen Haufen Fragen an sie. Ich versuche, mich vorsichtig heranzutasten.

»Haben Sie immer hier gewohnt? Es sieht alles so neu aus.«
»Ich habe gerade die Küche renoviert, sie war vom Erdbeben beschädigt. Und da ich schon mal dabei war, wollte mein Sohn auch gleich die Ausstattung erneuern.«
Und dann, plötzlich: »Ich wohne schon immer hier. Hier haben meine Eltern gelebt, und mit ihnen mein Mann und ich. Mein Bruder kam jeden Abend vorbei, um unsere Mutter zu besuchen, wenn er von der Arbeit kam. Er blieb eine halbe Stunde, sie saßen zusammen vor diesem Fenster.«
Immer, wenn sie einen Satz beendet, bellt der Hund. Bei mir macht er das nicht, nur wenn er die Stimme seines Frauchens hört, als wollte er ihr antworten oder unterstreichen, was sie sagt.
»*Baschta!* Sie hatten ein sehr enges Verhältnis, meine Mutter war damals in andere Umstände gekommen, als sie schon beinahe in der Menopause war, mit fünfzig. Er war der Benjamin des Hauses«, fügt sie hinzu.
Es überrascht mich, dass eine so förmliche und reservierte Frau derart freizügig über die Wechseljahre ihrer Mutter spricht, aber ich spüre, dass alles, was ihre Mutter und ihren Bruder betrifft, in ihr starke Gefühle auslöst.
»Wo wohnt denn Ihr Sohn?«, frage ich.
»In Mailand. Er ist Richter«, antwortet sie und hebt leicht das Kinn.
»Haben Sie Enkel?«
»Nur einen, aber den sehe ich so gut wie nie, er studiert in London.«
»Und die Tochter Ihres Bruders, haben Sie Kontakt mit ihr?«
»Es sind drei. Die anderen beiden sind geboren, nachdem die Familie nach Rom gezogen ist. Ich höre nie etwas von ihnen. Von meiner Schwägerin auch nicht.«

»Warum?«, frage ich.
»Sie rufen nicht an, und ich auch nicht.«
Sie wirkt nicht wütend oder traurig, nur distanziert. Selbstgenügsam. Sie und der Spitz, dieses Zimmer, ihr Schmuck.
»Wie waren denn meine Mutter und ihr Bruder als Kinder?«, wage ich zu fragen.
Ich erwarte, dass sie mir keine Antwort gibt, doch ihr Ton wird etwas freundlicher: »Sie waren immer zusammen.«
In ihrer Stimme liegt ein Hauch von Reue, so als wäre auch sie gerne mehr mit ihrem Bruder zusammen gewesen.
Wer weiß, ob ihr bewusst ist, dass Maio vielleicht ihr Neffe war. Ich habe den Eindruck, dass sie nichts davon weiß.
»Als mein Großvater sich umbrachte«, frage ich unvermittelt, »was haben Sie da gedacht?«
Ich muss direkter vorgehen, ich habe schließlich nichts zu verlieren, ungesprächiger kann sie kaum werden, außer vielleicht wenn ich von ihrem Bruder und der Mutter spreche. Wahrscheinlich war sie eifersüchtig.
Der Spitz beobachtet sie. Es scheint, als habe er unser ganzes Gespräch verfolgt und wäre jetzt gespannt darauf, zu sehen, wie es endet.
Sie steht auf, trägt das Wasserglas zur Spüle, vielleicht will sie mir zu verstehen geben, dass die Unterhaltung damit beendet ist, dann dreht sie sich langsam zu mir um und sagt: »Dass man für seine Fehler bezahlt.«
Wovon redet sie? Spielt sie damit auf die Untreue meiner Großmutter an?
Ich weiß, dass ich jetzt fragen sollte: »Welche Fehler?« und »Wessen Fehler?«, aber ich will nicht. Ich will weg von hier.

»Wenn es ein Junge wird, könntest du ihn Ariosto nennen.«
Luigi D'Avalos mischt den frischgepressten Orangensaft

mit dem Saft einer halben Zitrone und zwei Fingerbreit Mineralwasser.
»In Neapel macht man das so«, hatte er der Kellnerin erklärt, die ihm daraufhin ein Lächeln schenkte.
Wir sitzen in der kleinen Bar in meinem Hotel. Es ist Mittag.
Er hatte angerufen, als ich auf dem Rückweg von der Via Vignatagliata war, und er muss in meiner Stimme irgendetwas gespürt haben, denn er bestand darauf, dass wir uns vor meinem Treffen mit Michela sehen.
Ich habe ihm alles erzählt. Von dem Spitz, dem Blick, mit dem die Alte meinen Ring gemustert hat, von der Aussage, dass man für seine Fehler bezahlt, doch er wirkt nicht überrascht, so als habe er bereits vorher alles gewusst.
Tatsächlich habe ich nicht viel herausgefunden, nur woher der Ring stammt, den ich am Finger trage, und wie sich meine Großmutter und der Präfekt kennengelernt haben. Ich hätte sie fragen sollen, auf wen sich ihr Kommentar bezog. Emma, die Ermittlerin in meinen Krimis, hätte es getan. Doch ich hatte den Eindruck, dass sie damit auf meine Großmutter und ihren Ehebruch anspielte, ein unangenehmer Gedanke, den ich verscheuchen will, bevor er sich festsetzt.
»Ich habe einen schönen Jungennamen gesucht, der mit ›A‹ beginnt, und da hatte ich diese Eingebung. Was sagst du? Nicht schlecht, oder?«
»Ariosto? Und wenn sie ihn in der Schule dann ›Arrosto‹ nennen?«
»Sie werden ihn höchstens Ari nennen. Das ist doch schön.«
»Das ist nett von dir, Luigi, aber wir werden unseren Sohn nicht Ariosto nennen.«

»Sag das nicht. Denk doch mal drüber nach. Vielleicht änderst du deine Meinung, wenn es so weit ist. Wie will er ihn denn nennen?«
»Wer?«
»Dein Mann, Kommissar Capasso.«
»Wir haben noch nicht darüber gesprochen.« Ich weise ihn nicht noch einmal darauf hin, dass Leo und ich nicht verheiratet sind, es fühlt sich sowieso an, als wären wir es.
»Ihr erwartet ein Kind und sprecht nicht über den Namen?«
»Ich habe doch gesagt, wir glauben, dass es ein Mädchen wird, und wir nennen sie im Scherz Ada, später werden wir schon noch darüber nachdenken, der Name muss nicht unbedingt mit ›A‹ anfangen. Es ist nur ein Spiel: Alma, Antonia und Ada. Vielleicht nennen wir sie gar nicht Ada. Wir könnten sie auch … Borgia nennen. Gefällt dir der Name Borgia?«
Luigi schnaubt durch die Nase, dann trinkt er einen Schluck Saft.
»Wusstest du, dass Isabella, die hier gegenüber arbeitet, Michela Valentis Tochter ist, die damals die Freundin meines Onkels Maio war?«, frage ich ihn.
»Ach was. Bist du sicher?« Jetzt wirkt er interessiert. Diese Neuigkeit, die mir ganz unerheblich vorkam, lässt ihn aufhorchen, anders als mein Treffen von heute Morgen.
»Aber du kennst Michela doch gar nicht, warum bist du so überrascht?«, frage ich.
»Ich kenne Isabella«, gibt er zurück.
Ich erinnere mich an den ersten Eindruck, den ich vor zwei Tagen von ihm hatte. Ich habe mich gefragt, ob er wohl ein Frauenheld ist. Und wenn ich damit recht gehabt hätte? Ich habe nicht weiter über das nachgedacht, was er ges-

tern am Strand zu mir gesagt hat. Ich wollte es nicht, ich habe beschlossen, es in eine Schublade zu stecken und dort ruhenzulassen. Eine Methode meines Vaters. »Was du nicht verstehst, das leg' zur Seite, früher oder später wirst du es verstehen.«

Ich bin mir ganz und gar nicht sicher, ob ich mich nicht vor allem wegen seines guten Aussehens angezogen fühle. Soll ich die Geschichte glauben, dass er sich nur in anständige Menschen verliebt? Oder ist das nichts als Effekthascherei, eine Geschichte, die er allen Frauen auftischt?

Es gefällt mir nicht, diese Gedanken zu wälzen.

»Du denkst gerade darüber nach, ob ich ein Don Juan bin, stimmt's? Ob ich bei allen mein Glück versuche, dich und Isabella eingeschlossen«, lächelt er.

Ja, verdammt, genau das habe ich gerade gedacht. Aber ich schäme mich, das zuzugeben, und darum sage ich lieber nichts.

»Denk das ruhig«, sagt er, weiterhin mit einem amüsierten Lächeln im Gesicht. Dann fragt er: »Sieht Michela ein wenig asiatisch aus?«

»Ja, warum?«

»Sie hat gerade das Café betreten. Geh du zu ihr. Mir brauchst du sie nicht vorzustellen.«

Wer weiß, warum er das sagt. Aber auch mir ist es so lieber.

»Ciao«, sage ich.

Luigi ist bereits damit beschäftigt, etwas in sein Telefon zu tippen.

Alma

Während ich Petrarca erkläre, fällt mir eine Zeile Pasolinis ein, die ich damals auf die Titelseite meines Aufgabenhefts geschrieben hatte: »Beklemmend ist's, von verbrauchter Liebe zu leben. Die Seele wächst nicht mehr«, aus dem Gedicht »Die Klage der Baggermaschine«. Im Gymnasium hatten wir Petrarca schnell abgehandelt und dann Monate mit Pasolini verbracht, es war wirklich eine andere Zeit. Seit wann wächst meine Seele schon nicht mehr?
Ich denke an die Ehe meiner Eltern, an meine Mutter, die sich um meinen Vater kümmerte, ihn beschützte, ihn niemals kritisierte. Damals schien sie mir stark, als mache ihre unerschöpfliche Geduld sie unverwundbar. Doch ihre Geduld hat niemanden gerettet. Weder Maio noch meinen Vater. Einen Weihnachtsabend verbrachten wir zu viert, am darauffolgenden war ich alleine.

Ich verabscheue Polaroids, weil sie lügen. Ich habe sie beinahe alle zerrissen, doch von unserem letzten Weihnachten habe ich ein Foto aufbewahrt. Familienfotos zeigen keine echten Gefühle. Man schaut sie an und sieht einen glitzernden Baum, einen roten Pullover, ein Lächeln, das eine gemütliche und fröhliche Stimmung suggeriert, und man vergeht fast vor nostalgischer Erinnerung. Man denkt: »Wie glücklich wir waren.« Doch in unserem Haus hatte das Unglück bereits Einzug gehalten.

Mein Vater, der Einzige, der zu dem Zeitpunkt noch nichts wusste, hatte ein Bild mit Selbstauslöser vor dem Baum machen wollen, den wir an einem Abend geschmückt hatten, wo Maio ungeduldig den Augenblick herbeisehnte, an dem er endlich ausgehen konnte, und ich wütend auf ihn war. Meine Mutter bekam alles mit, und sie tat mir leid. Es war nicht fair, das hatte sie nicht verdient. Obwohl Maio und ich inzwischen auf die Oberschule gingen, hatte sich die Tradition gehalten, dass wir am zweiten Sonntag im Dezember alle gemeinsam den Baum schmückten.

Ich hatte Maio, der wie immer lieber ausgehen wollte, damit drohen müssen, alles unserem Vater zu erzählen, wenn er es täte. Er war nicht weggegangen, hatte aber auch nicht mitgemacht. Er hatte sich beleidigt aufs Sofa fallen lassen, und von dort hatte er beobachtet, wie wir die Kugeln auswickelten und die üblichen Bemerkungen machten: »Weißt du noch die hier?« »Funktionieren die Lichter?« »Setzen wir den Stern oder die Spitze oben drauf?«

Mein Vater hatte vielleicht gedacht, dass Maio inzwischen zu alt war, um am Baumschmücken Freude zu haben. Er hatte ihn gebeten, eine Weihnachtsplatte von Bing Crosby aufzulegen, und er hatte sich träge gefügt. Später jedoch, nachdem Mama darauf bestanden hatte, einen kräftigen Dessertwein zu öffnen, schien er sich zu entspannen und sang mit Falsettstimme »Santa Claus is coming to town«, wobei er sich eine silberne Girlande wie eine Boa aus Straußenfedern um den Hals wickelte. Dieser Wein war eine Neuerung in unserem alljährlichen Ritual, das üblicherweise keinen Alkohol einschloss, sondern nur ein Stück Pandoro nach getaner Arbeit, und erst einige Zeit später verstand ich ihre Bedeutung: Meine Mutter fürchtete, dass Maio unter dem Ausbleiben seines abendlichen Schusses

litt, und sie dachte, der Wein würde ihm helfen. Ich dagegen habe mir über Maios Leiden nie Gedanken gemacht, nur über seine körperliche Abhängigkeit. Ich war zu wütend, zu unerfahren, zu egoistisch dafür. Ich verstand nicht. Ich hatte keine Ahnung. Und auch er hatte mir nie gesagt, dass es ihm schlecht ging. An diesem Abend kam er vor dem Zubettgehen in mein Zimmer, das hatte er ewig nicht mehr getan, und begann, sich meine Bücher anzusehen.
»Was suchst du?«, fragte ich ihn.
»Ich schaue nur, was du liest.«
Ich spürte, dass er mir etwas sagen wollte, doch ich ermutigte ihn nicht. Ich schloss die Fensterläden, schaltete das Licht auf dem Nachttisch ein und löschte das Deckenlicht.
»Ich würde jetzt gerne ins Bett gehen. Morgen habe ich Lateinprüfung.«
Er zog ein Gesicht, als müsse er sich gleich übergeben. Im September hatte er die Nachprüfung bestanden, keine Ahnung wie, danach hatte er praktisch völlig aufgehört zu lernen.
Er saß auf meinem Bett, die Ellenbogen auf die Knie gestützt, das Gesicht in den Händen vergraben. Nur seine Augen schauten zwischen den Fingern heraus.
»Mama will mich in eine Entzugsklinik schicken. Aber ich kann das nicht.«
Ich antwortete nicht. Es schien mir unmöglich, dass uns das wirklich passierte. Maio auf Entzug? Das war das Ende. Angst schnürte mir den Magen zu. Mit den Worten: »Ich gehe ins Bad« verließ ich das Zimmer.

Auf dem Polaroid-Foto vom fünfundzwanzigsten Dezember, aufgenommen zwei Wochen nach diesem Abend, steht mein Vater zwischen mir und meiner Mutter, die Arme auf unsere Schultern gelegt. Er hat die Brille abgesetzt und trägt die rote Strickjacke, die meine Mutter ihm am Heiligabend geschenkt hat. Den Kopf hat er zur Seite geneigt, Richtung Schulter, er sieht zufrieden aus. Auch ich habe einen roten Pullover mit Zopfmuster bekommen, gestrickt von meiner Mutter, und ich trage ihn zu meiner Kordsamthose. Der Kamera zeige ich ein Lächeln, von dem ich bis heute noch weiß, wie falsch und aufgesetzt es war. Mama trägt ein wunderschönes grünes Kleid, das ihr die Schneiderin nach ihrem eigenen Entwurf angefertigt hat. Sie lächelt, doch auf ihrer Stirn sind Falten zu sehen. Sie hatte seit dem Morgen Bauchschmerzen, und mein Vater hatte gesagt, daran sei der Sekt schuld, den wir beim Auspacken der Geschenke geöffnet hatten.

»Nächstes Mal kaufe ich Champagner, genug mit diesem Sekt, davon verstehen die Italiener einfach nichts«, hatte er beschieden. Den Spruch, dass Italiener keine Ahnung von Sekt haben, brachte er bei jeder Gelegenheit an. Er war ein Verfechter ausländischer Produkte, Mama hatte er eine Schweizer Uhr geschenkt, Maio und mir Schnürstiefel aus England, die man in Ferrara nirgends bekam. Ich hatte Maio in diesem Jahr nichts geschenkt, und er mir auch nicht, obwohl wir uns normalerweise besondere Bücher oder Platten schenkten, mit ausführlicher Widmung, in unserem ganz eigenen Jargon. Mama hatte so getan, als bemerke sie es nicht. Mein Vater hatte gesagt: »Sie werden langsam erwachsen, die Almaios«, und er hatte gelächelt. Früher war ich in der Familie damit aufgezogen worden, dass ich Maio verboten hatte, diesen Phantasienamen zu benutzen. Ich war überrascht, dass mein Vater sich noch an ihn erinnerte.

Auf dem Foto trägt Maio dunkle Kleidung. Ihm hat unsere Mutter keinen roten Pullover gestrickt, sondern einen langen weißen Schal; er hat ihn sich wie einen Turban um den Kopf gewickelt und tut, als spiele er ein unsichtbares *pungi*, eine indische Klarinette. Die Augen hat er weit aufgerissen, als fixiere er eine Schlange, die versucht, ihn zu hypnotisieren. Es ist das letzte Foto von ihm, doch wegen der Verkleidung war es für die Ermittlungen unbrauchbar. Ich habe es aufgehoben, habe es aber seit damals nicht geschafft, es anzusehen.

Zu meinem ersten Weihnachten als Waise lud Franco mich ins Diana ein, in der Via Indipendenza, eines der traditionellsten Restaurants von Bologna. Wir waren erst seit kurzem zusammen, doch er hatte beschlossen, nicht zu seinem Vater nach Turin zu fahren, sondern den fünfundzwanzigsten mit mir zu verbringen. Seit zwei Wochen wohnte ich bei ihm, in der Wohnung in der Via Guerrazzi, wo wir noch immer leben.

Zu meiner Überraschung war das Restaurant gespickt mit wohlhabenden Bologneser Familien. In Ferrara würde zu Weihnachten niemand auswärts essen, der nicht wie ich einsam und verlassen war. Damals begann ich zu verstehen, dass die Bologneser weniger konservativ und viel hedonistischer waren als die Menschen in Ferrara.

Ich aß damals kaum etwas, und Franco hatte mich gezwungen, die Tortellini in Kapaunenbrühe und die kastaniengefüllte Truthenne zu probieren, indem er mich beinahe fütterte, eine der wenigen väterlichen Gesten, die er mir je entgegengebracht hat.

Am Anfang, als ich eifersüchtig war, weil sein Studium ihm wichtiger zu sein schien als ich, hoffte ich, er würde mit der Zeit liebevoller werden. Seine Rationalität und seine Un-

erschütterlichkeit zogen mich an, sie gaben mir Sicherheit, aber im täglichen Umgang verwünschte ich seine mangelnde Leichtigkeit. Ich litt unter seinem kontrollierten Verhalten, seiner unumstößlichen Logik. Nichts schien ihn je aufrütteln zu können, nichts außer Antonia.
Zwischen uns hatte die anfängliche Leidenschaft beinahe sofort einer elterlichen Routine Platz gemacht. Mich irritierte es, dass er so distanziert war. Distanziert von seinem alten, verwitweten Vater, mit dem er kaum Kontakt hatte, obwohl er das einzige Kind war, weil keiner der beiden sich meldete; von den Freunden, die er im Grunde gar nicht hatte, nur Kollegen an der Universität, von denen er nicht einmal die Namen der Kinder kannte; und vor allem von mir.
Ich hatte nie den Eindruck, dass er mich brauchte.
Doch mit dem Alter ist er nicht liebevoller geworden, nur träger. Früher haben die Bücher und das Studium seine Tage gefüllt, heute sind es Bücher, Zeitungen, das Bett und der Fernseher. Seit einigen Jahren verbringt er den Sonntagmorgen im Bett, um Zeitung zu lesen, und beinahe jeden Abend schläft er vor dem Fernseher ein. Er war mit Leib und Seele Professor, unsere einzigen Streitereien hatten wir, weil er nie etwas anderes machen wollte außer Lesen und Studieren. Heute ist er ein alter, müder Mann und hat keine Lust mehr zum Diskutieren.
Männer werden nicht besser, wenn sie älter werden, es ist sinnlos, sich etwas vorzumachen. Im Gegenteil, sie werden schlimmer. Noch verschlossener, träger und pedantischer. Oder sie werden verrückt, so wie mein Vater.
Wenn meine Studenten wüssten, woran ich denke, während ich ihnen Petrarca vorlese.

Ihr, die in manchem Lied mich höret klagen,
Die Seufzer hört, die einst mein Herz genähret,
Als ich den Kelch des Jugendwahns geleeret,
Wo noch in mir ein andres Herz geschlagen.

Ich habe mein Leben mit Erklärungen dazu verbracht, dass die Liebe für Petrarca nichts weiter war als Irrsinn, ein jugendlicher Irrtum, während mein eigener jugendlicher Irrtum mir für immer den Zugang zu ihr versperrte.

Es überrascht mich festzustellen, dass ich Leo gerne wiedersehen würde. Unser Treffen hat das Unbehagen ausgeräumt, das ich in seiner Gegenwart immer empfand. Ich beginne zu verstehen, was Toni an ihm findet, er ist viel mehr als ein verlässlicher Mann. Auch Franco ist verlässlich, aber er ist nicht offen und neugierig, während Leo ehrlich interessiert an dem zu sein scheint, was man sagt und denkt.

Vielleicht könnte ich ihm die ganze Wahrheit erzählen.

Von den Vincent-Brüdern und davon, was ich in den letzten Monaten in Ferrara mit ihnen zu tun hatte, bevor meine Mutter starb.

Außer mit Franco habe ich nie mit jemandem darüber gesprochen.

Antonia

Michela ist mit dem Fahrrad gekommen und will es im Hof des Hotels abstellen.
»Wir gehen zu Fuß zur Mura«, sagt sie.
Wir nehmen die Straße, die ich auf dem Rückweg von der Piazza Ariostea entlanggegangen bin, nachdem ich mit Luigi auf dem Friedhof war.
»Ich habe das Grab meiner Großeltern besucht«, sage ich, als mir einfällt, dass sie diejenige war, die mir vorgeschlagen hat, genau das zu tun.
Michela trägt heute einen hellen Regenmantel, und aus ihren violetten Kordjeans ragen Stiefel mit Plateausohlen hervor. Sie muss meinen Blick bemerken, denn sie ignoriert den Kommentar über den Friedhof und sagt: »Ich sehe winzig aus, wenn ich keine Absätze trage. Apropos Aussehen, ich weiß, dass du Isabella kennengelernt hast.«
»Ein hübsches Mädchen«, antworte ich.
»Sie hat mit dir über Maio gesprochen, stimmt's? Sie kann es nicht lassen, sie muss zeigen, dass sie alles weiß, von allem eine Ahnung hat.«
Weder bestätige noch leugne ich es.
»Sie ist sehr nett.«
»Sie ist eine ziemliche Chaotin«, antwortet Michela irritiert.
Als wir auf der Piazza Ariostea angekommen sind, bleibt sie stehen. »Wenn wir diese Straße hier geradeaus gehen,

sind wir in fünf Minuten da, ansonsten brauchen wir mindestens zwanzig, dafür gehen wir dann aber beim Engelstor hinauf auf die Mauer, wo früher alle berühmten Persönlichkeiten durchgefahren sind, Herzöge, Botschafter ... Ist es in Ordnung, wenn wir noch ein bisschen weiter spazieren?«

»Klar. Mir geht es bestens, ich gehe gerne zu Fuß.«

»Das tut dir sicher gut. Ich bin auch viel spazieren gegangen, als ich schwanger war. Und trinkst du?«

»Wie bitte?«

»Ob du genug Wasser trinkst. Du weißt doch, dass das Blutvolumen in der Schwangerschaft um über die Hälfte steigt? Ich verrate dir einen Trick, wie du herausfindest, ob du genug trinkst. Wenn dein Pipi durchsichtig ist, ist alles in Ordnung. Wenn nicht, musst du mehr Flüssigkeit zu dir nehmen.«

»Danke, ich werde darauf achten«, antworte ich.

Mit Alma rede ich kaum über meine Schwangerschaft. Vielleicht weil sie zwanzig war, als sie mit mir schwanger war, und sich an kaum etwas erinnert.

Wir gehen eine breite, luftige Prachtstraße entlang, die von einem Park gesäumt wird, und nach wenigen Metern stehen wir vor dem Palazzo dei Diamanti. Der Palast ist wie eine Heimsuchung, er taucht hinter jeder Straßenecke auf. Wir biegen nach rechts ab, in das Ende des Corso Ercole I d'Este, laut Luigi die schönste Straße ganz Europas. Sie ist tatsächlich spektakulär.

»Heißt es ›Mura‹ im Singular oder im Plural?«, frage ich Michela.

»Wir sagen, dass wir ›auf die Mura‹ gehen, im Singular, vom dialektalen *in s'la mura.* Als Jugendliche war es unser Rückzugsort, heute geht man dort Joggen.«

»Hast du dich auch mit Maio hier zurückgezogen?«
»Und ob«, lacht sie fröhlich.
Der Corso Ercole I d'Este endet auf einer Wiese, die zu einem von hohen Platanen, Linden und Zürgelbäumen gesäumten Befestigungswall führt. Es ist Mittagszeit, und viele Jogger sind unterwegs, andere führen ihre Hunde an der Leine. Es ist ein angenehm geschützter Ort: auf der einen Seite das offene Land, auf der anderen das städtische Grün.
»Wir essen in meinem Lieblingsrestaurant. In einer Hütte über den Gärten der Familie Este. Die Gärten sind fünfhundert Jahre alt.« Dann bleibt sie plötzlich stehen. »Bist du immun gegen Toxoplasmose? Kannst du Schinken essen?«
»Meine Mutter hat eine Katze, also hatte ich Toxoplasmose, ja«, antworte ich.
Während wir spazieren, frage ich sie nach ihrer Familie, bevor ich zu Alma und Maio übergehe.
»Und wie alt sind deine anderen Kinder?«
»Marco ist achtzehn, Eleonora zwölf. Ein Kind alle sechs Jahre.«
»Du hast ihn nach Maio benannt?« Ich kann nicht anders, ich muss es fragen.
Sie hebt die Schultern und sieht mich an.
»Seinem Vater ist das nie aufgefallen, flüstere du ihm das nicht ein.«
Sie sagt das, als wären wir seit Urzeiten befreundet. Zwei schelmische, verbündete Teenager.
»Willst du ihn mir vorstellen?«
»Das könnte passieren, er ist Gynäkologe. Falls du es eilig hast«, zwinkert sie.
Wir haben die Bastionsmauer verlassen und gehen nun

auf einem schmaleren Kiesweg, der von hohen Hecken gesäumt wird. Ein herrliches Labyrinth, das beinahe vollkommen verlassen ist. Außer dem Zwitschern der Vögel hört man lediglich das leise Knirschen einiger weniger Fahrräder, die gemächlich an uns vorbeifahren. Das, was Michela als »Hütte« bezeichnet hat, ist ein hölzernes Chalet, umgeben von Bäumen und Gemüsegärten, und unten gibt es einen kleinen Patio, in dem Tische mit Wachstuchdecken stehen.

»Wollen wir draußen essen? Heute ist es nicht so kalt.«

Wir setzen uns gegenüber auf zwei Bänke, und aus dem Chalet kommt eine Frau mit grünen, mit Kajal umrandeten Augen, die Michela laut begrüßt: »Dasselbe wie immer, Michi?« Auch sie hat das gedehnte »l«, wie Signora Cantoni, die Schwester des Präfekten.

»Frag mal meinen Gast«, antwortet Michela und deutet mit dem Kinn auf mich.

»Wie wäre es mit Prosciutto, Salami und Gartensalat?«, fragt sie und mustert mich neugierig. »Alles biologisch und regional.« Es fehlt nicht viel, und sie würde ein »Fremdling« hinzufügen. Ihre grünen Augen durchleuchten mich beinahe.

»Für mich lieber ohne Salami«, antworte ich.

»Die Knoblauchsalami aus Ferrara müssen Sie kosten«, antwortet Sie. »Aber wenn Sie wollen, lasse ich die Frühlingszwiebeln im Salat weg.«

Mir ist nicht ganz klar, welche Verbindung es zwischen den Frühlingszwiebeln und der Salami gibt, aber ich antworte: »In Ordnung, ich füge mich«, und hebe die Hände, während die beiden einen zufriedenen Blick tauschen.

Im Hineingehen dreht sie sich noch einmal um: »Keinen Wein, oder?«

»Nein, danke«, antworten wir im Chor.
Michela holt Tabak und Blättchen aus ihrer Tasche. »Ich drehe mir eine für später. Rauchst du?«
»Nein.«
»Hast du mal geraucht?«
»Als Jugendliche ab und zu mal einen Zug, aber mir wurde immer schlecht.«
»Deine Mutter hat mit sechzehn geraucht wie ein Schlot.«
»Ich habe sie nie mit einer Zigarette gesehen. Und Maio?«
»Er auch. Wir haben damals alle geraucht. Als Maio dann mit dem Heroin anfing, hat er die Zigarettendosis noch verdoppelt, während Alma aufhörte. Ich glaube, sie bekam damals Angst vor aller Art von Abhängigkeiten, sie trank nicht einmal mehr Bier.«
Da sie nun schon beim Thema ist, beschließe ich, ihr gleich die Frage zu stellen, die mir auf der Seele brennt.
»Tut sie bis heute nicht. Auch keinen Wein oder Schnaps, außer zu besonderen Anlässen. Wann hast du denn bemerkt, dass Maio Heroin spritzte?«
»Sofort. Er war gerade zurück aus dem Urlaub, und wir platzten fast vor Ungeduld, uns wiederzusehen, er hatte mich angerufen und gesagt, er würde mich abholen, aber er war nicht gekommen. Ich wartete den ganzen Abend auf ihn. Er kam nicht und rief auch nicht an. Das sah ihm überhaupt nicht ähnlich, ich war wahnsinnig enttäuscht. Am nächsten Tag rief ich ihn mittags an, und seine Mutter sagte mir, dass er noch schliefe. Um zwei Uhr nachmittags klingelte es an der Tür, und da war er. Wir saßen gerade noch beim Mittagessen, mein Vater war ungehalten, aber meine Mutter flüsterte ihm zu: ›Komm schon, es ist Maio.‹ Ich hatte den ganzen Sommer von nichts anderem gesprochen. Ich rannte hinunter. Er hatte mit einem Stock

ein großes Herz in den Kies auf dem Hof gemalt, und er erwartete mich in diesem Herz kniend, den Stock im Nacken, die Arme seitlich darübergelegt. Ich sagte: ›Steh auf, du Dummkopf.‹ Er löste die Arme, legte den Stock beiseite, stand auf, trat aus dem Herz heraus und umarmte mich. Dann setzten wir uns auf die Mauer vor dem Haus. Er zog die Zigaretten aus seiner Hosentasche. ›Willst du eine Kippe?‹ Als er mir die Zigarette reichte, fiel mein Blick auf seine Armbeuge, und ich sah den blauen Fleck. Ich verstand sofort, und mir schossen Tränen in die Augen. Er streichelte meine Wange: ›Es ist nichts, Michi, nur eine kleine Dummheit.‹ Dann hat er mir alles erzählt. Er hatte sich am Abend zuvor einen Schuss gesetzt. Auf dem Weg zu mir hatte er Benetti getroffen, und der hatte ihm vorgeschlagen, ihn in die Vorstadt zu begleiten, um Stoff zu kaufen. ›Und ich bin mitgegangen, Michi, als hätte Benetti eine magische Flöte. Ich kann dir nicht einmal erklären, wie das passiert ist, es war dumm von mir. Ich war wie eine willenlose Marionette. Es tut mir leid. Ich habe den ganzen Sommer an dich gedacht.‹ Dann hat er mich geküsst.«
Michela erzählt das, als wäre es gestern Abend geschehen, und ich meine, das Herzklopfen des jungen Mädchens zu spüren. Sie muss sich dieses Treffen mit Maio unendlich oft ins Gedächtnis gerufen haben, aber wie eine schöne, nicht wie eine schlimme Erinnerung.
»Ich war unheimlich in ihn verknallt«, fährt sie fort. »Er war so anders als die übrigen Jungs. Er war hübsch: groß, mit olivgrüner Haut und rabenschwarzem Haar, wie du. Ich habe immer für gutaussehende Männer geschwärmt, du hättest mal meinen Mann in jüngeren Jahren sehen sollen. Und Maio war offen. Er war nicht so affektiert wie die anderen. Er war er selbst, konnte über sich lachen. Er war

geistreich und witzig, ständig dachte er sich irgendetwas aus. Wir saßen eine Stunde umarmt auf diesem Mäuerchen. Ich habe ihm gleich gesagt, dass ich nicht mit einem Drogensüchtigen zusammen sein wollte, und er schien das gut zu finden: ›Da hast du recht, Michi. Aber ich bin kein Drogensüchtiger, ich habe es nur zweimal ausprobiert.‹ ›Wenn du es noch einmal machst, trenne ich mich von dir‹, warnte ich ihn. Er machte es am folgenden Samstag, und an dem Samstag darauf, und immer so weiter, irgendwann dann jeden Tag, aber da waren wir schon nicht mehr zusammen.«

»Hast du mit Alma darüber gesprochen?«

»Ich habe es versucht, aber sie wollte nicht. Sie redete nicht mehr mit ihm, und sie redete auch kaum noch mit mir, ich glaube, sie sah mich im Dunstkreis von Maios neuem Leben, nur weil wir noch telefonierten und manchmal zusammen ausgingen.«

»Aber ihr wart doch so eng befreundet gewesen?«

»Wir drei waren eng befreundet, aber Alma verstand Maios Entscheidung als persönliche Beleidigung, einen unverzeihlichen Verrat. Sie war sehr wütend auf ihn, und auch auf mich, obwohl ich mich getrennt hatte, nur weil ich mich noch mit ihm traf.«

»Und du, wie hast du es geschafft, so hart zu bleiben? Schließlich warst du noch ein junges Mädchen.«

»Hat Alma dir nicht von meinem Cousin erzählt?«

»Nein.«

»Mein Cousin Massimo war drei Jahre älter als ich, er wohnte in der Wohnung unter uns, wir sind zusammen aufgewachsen. Auch er hing an der Nadel. Es war eine ziemliche Tragödie für die ganze Familie. Er war schon in der Entzugsklinik, als Maio anfing zu fixen. Ich hatte also etwas Erfahrung mit Abhängigen. Und ich wusste, dass man nichts Schlimmeres tun kann, als ihnen alles durchgehen zu lassen.«

»Das war ja eine ganz schöne Drogenhölle hier bei euch«, platze ich heraus.

»Es war eine andere Zeit. Wer sich politisch engagierte, blieb davon ein wenig verschont, alle anderen pumpten sich mit Drogen voll oder machten anderen Mist.«

»Entschuldige«, sage ich, »aber als Maio verschwunden ist, ist Alma da nicht zu dir gekommen?«

»Ich glaube, es war ihr unangenehm. Dass sie nach der Geschichte mit meinem Cousin, den sie gut kannte, Maio vorgeschlagen hatte, Heroin zu probieren ... Das war wirklich ein ziemlicher Scheiß.«

Mir fällt auf, dass Michela noch immer redet wie eine Jugendliche.

»Und du ...«, beginne ich, doch dann weiß ich nicht, wie ich den Satz beenden soll. »Dir ging es sicher schlecht, nach all dem, was passiert ist.«

»Entscheidend ist nicht, was einem passiert, sondern wie man damit umgeht. Ich ... war immer ein positiver Mensch. Vielleicht ist das oberflächlich, aber ich lasse mich von den anderen nicht kaputtmachen. Nicht mal von den Menschen, die ich liebe.«

»Und Alma schon?«

»Alma ... Alma war schwierig. Sehr intelligent. Ich war nicht so intelligent wie sie«, sagt sie zwinkernd.

Die Wirtin mit den grünen Augen tritt wieder an unseren Tisch, mit einem großen, lecker aussehenden Salat und einem Tablett voll Prosciutto und Salami.

»Das Brot ist von einem Bäcker aus Ostellato, aus Sauerteig«, sagt sie zu mir.

Es schmeckt tatsächlich hervorragend.
Hierher würde ich gerne einmal mit Leo kommen. Oder mit Luigi.
Ich lächle.
Michela sieht mich an. Sie gehört zu den Menschen, die sich freuen, wenn man lächelt.
»Wie war die Beziehung zwischen Alma und Maio?«, frage ich sie. Bevor sie antwortet, kaut sie eine Scheibe Salami mit Brot.
»Sie waren … wie Zwillinge. Sie waren immer zusammen. Sie liebten sich abgöttisch. Aber Alma war diejenige, die alle Entscheidungen traf. Ich glaube, es war sogar sie, die ihn auf einer Party aufgefordert hatte, mich zu küssen, weil ich ihr sympathisch war.«
»Und warst du da nicht eifersüchtig?«
»Überhaupt nicht, ich mochte Alma auch sehr gerne. Sie hat mir einen Haufen guter Bücher ausgeliehen. Wir gingen zu dritt ins Kino, und auch unsere ersten Joints haben wir zu dritt geraucht. Wir hatten viel Spaß. Drei ist eine gute Zahl, wenn man jung ist. Die Utopie einer idealen Gesellschaft.«
Wie mag es wohl sein, eine Mutter wie Michela zu haben? Sie scheint an allem immer nur die gute Seite zu sehen.
»Du hast gesagt, dass die Atmosphäre in ihrem Haus seltsam war. Erklärst du mir das etwas genauer?«
»Sie war eigentlich nicht seltsam, nur anders. Ihre Eltern waren weder Mitglieder beim Händlerbund Ferraras noch im Tennisclub. Sie hatten kein Abo im Stadttheater. Obwohl sie finanziell gut auskamen, besser als meine Eltern. Die Mutter war Apothekerin, der Vater Grundbesitzer. Sie hatten ein schönes Haus. Aber sie blieben für sich, ließen sich mit niemandem ein.«

Der Salat ist köstlich, knackig und frisch, als wäre er eben erst gepflückt worden. Fünfhundertjahre alte Gärten, hat Michela gesagt.
»Einen kleinen Espresso, Nachtisch?«, fragt die Wirtin, als sie die Teller abräumt. »Zwei Espressi, danke, Enoe«, antwortet Michela. Und als Enoe wieder hineingeht, flüstert sie mir zu: »Hier ist alles lecker, außer den Nachspeisen, irgendwelchen zähen Klumpen aus Johannisbrot ... Wenn du willst, können wir bei Isabella einen Nachtisch essen.«
»Woher kennt Isabella eigentlich Kommissar D'Avalos?«, frage ich bei der Gelegenheit. Das interessiert mich schon die ganze Zeit, und Michela scheint so offen, um dasselbe Wort zu benutzen, mit dem sie Maio beschrieben hat, dass ich mich nicht zurückhalte.
»Ach ja, ich habe gesehen, dass er vorhin bei dir war«, antwortet sie, ohne auf meine Frage einzugehen.
»Also kennst du ihn auch? Du hattest doch gesagt, dass du ihn nicht kennst.«
»Isabella hat ihn beschrieben als ›hübsch wie ein Schauspieler, inquisitorischer Blick‹. Das konnte nur er sein.«
»Woher kennt sie ihn?«, insistiere ich.
»Hat er dir das nicht erzählt?«
»Nein.«
»Isabellas nichtsnutziger Freund hat sich in Schwierigkeiten gebracht, und D'Avalos ist der Einzige, der ihm hilft«, antwortet sie und zündet sich eine Zigarette an.
»Entschuldige, ich wollte nicht ...«
»Kein Problem.«
Sie sagt nicht, um was für Schwierigkeiten es sich handelt. Doch vor Nervosität fällt ihr das Feuerzeug auf den Boden, und sie bückt sich danach.
Wie schwierig es sein muss, jung zu sein in dieser Stadt,

denke ich. Es hat den Anschein, als hätte jeder für irgendetwas zu büßen.
Auf dem Rückweg nehmen wir den kürzeren Weg, und in fünf Minuten sind wir wieder auf der Piazza Ariostea, wie Michela gesagt hatte.
Eine Zeitlang reden wir nicht, bis Michela schließlich das Schweigen bricht: »Es ist gut, dass du dich um die offenen Rechnungen deiner Mutter kümmerst. Sie wird dir dankbar sein.«
»In Wirklichkeit wollte sie nicht, dass ich herkomme. Und du? Hast du noch viele offene Rechnungen?«, frage ich scherzend.
Und sie antwortet im selben Tonfall: »Nichts von Interesse. Ein paar böse abservierte Liebhaber, ein überstürzt geheirateter Ehemann, aber daran ist wenig Geheimnisvolles – ich weiß, warum ich es getan habe: Er war einfach ein Sahneschnittchen. Ich habe ja gesagt, dass ich oberflächlich bin.«
»Glaubst du, dass Maio in jener Nacht gestorben ist?«, frage ich sie. Diese Frage hatte ich bisher versäumt ihr zu stellen.
»Ich glaube schon«, antwortet sie, ohne mich anzusehen.
»Und warum, denkst du, haben sie ihn nie gefunden?«
»Ich weiß nicht. Vielleicht ging es ihm schlecht, und jemand hat dann die Leiche versteckt, aus Angst, etwas damit zu tun zu haben.«
»Aber die anderen beiden wurden gefunden. Glaubst du, er war mit ihnen zusammen?«
»Das ist wahrscheinlich. Vielleicht ist er an dem Abend in den Po gefallen. Oder er ist hineingesprungen.«
Dieselben Schlüsse wie D'Avalos.
»Du hast vorhin gesagt, dass sich in deiner Generation rettete, wer in die Politik ging. Hast du das getan?«

»Und ob. Nachdem Maio verschwunden war, und Alma nichts mehr von mir wissen wollte, habe ich mich beim FGCI, einem kommunistischen Jugendbund eingeschrieben, von dem Alma überhaupt nichts hielt«, sagt sie augenzwinkernd.
Wir haben mein Hotel erreicht. Michela hat den Nachtisch bei Isabella nicht noch einmal erwähnt. Ich war gespannt darauf, die beiden zusammen zu erleben, aber ich bin zu erschöpft, um selbst den Vorschlag zu machen.
»Danke, das war sehr nett«, sage ich zum Abschied.
»Wenn etwas ist, ruf mich an«, antwortet sie, »und denk dran, mein Mann ist Gynäkologe. Er hat ein paar Kilo zugelegt und zuhause verbringt er seine Zeit mit Computerspielen, aber als Gynäkologe taugt er was.«

»Es wurde noch einer umgebracht, das reinste Chaos. Ich kann heute Abend nicht kommen, tut mir leid. Ich rufe dich später an. Kuss.«
Die Nachricht von Leo kam, während ich mich gerade von Michela verabschiedete, ich habe die Vibration in der Manteltasche gespürt. Unerwartet liegen nun ein ganzer freier Nachmittag und Abend vor mir.
Als Erstes muss ich mich hinlegen. Und meine Gedanken sammeln. Der Morgen war beinahe zu voll mit Begegnungen, und ich mag es nicht, zu viele Dinge auf einmal zu machen. Ich muss alleine sein, um über das Treffen mit der alten Cantoni nachzudenken, über das, was Michela mir erzählt hat, entscheiden, ob ich meiner Mutter sagen soll, was ich über Maios Herkunft erfahren habe. Ich bin überrascht, dass Alma mich nicht anruft, aber es ist mir ganz recht, so kann ich in Ruhe überlegen, was ich ihr erzählen will.

»Dein Bruder war vielleicht nicht der Sohn deines Vaters«, »Der Ring deiner Mutter war ein Geschenk ihres Liebhabers« ... Das sind Eröffnungen, über die man zuerst gut nachdenken sollte. Außerdem sollte man besser nicht am Telefon darüber sprechen. Und was haben diese Dinge mit Maios Verschwinden zu tun?

Ich gehe in mein Zimmer. Als ich an der Rezeption vorbeikomme, sagt mir die Empfangsdame, dass sie den Salon Bonaparte für mich geöffnet hätten, wo ich doch jetzt länger bleibe. Ich hatte für drei Tage reserviert, als ich noch nicht wusste, was mich erwartet, jetzt habe ich beschlossen, bis Sonntag zu bleiben. Ich weiß nicht, was der Salon Bonaparte ist, aber wenn ich nicht draufzahlen muss, freue ich mich. Ich habe wirklich das Bedürfnis, mich auf einem Sofa auszustrecken und die Füße hochzulegen.

Als ich mein Zimmer betrete, sehe ich, dass die helle Holztür, die vorher mit einer Messingkette abgesperrt war, offen steht. Ich gehe hinüber und traue kaum meinen Augen: Der Salon Bonaparte ist ein fürstlich eingerichtetes Zimmer, Decke und Wände sind mit Fresken bemalt, es gibt einen Kronleuchter aus Muranoglas, einen großen vergoldeten Wandspiegel, ein Sofa und zwei Sessel aus dem neunzehnten Jahrhundert sowie einen riesigen Perserteppich. In einer Ecke steht ein runder Tisch aus Kirschholz mit vier samtbezogenen Stühlen. An der Wand, unter einem der großen Fenster, steht ein antikes schwarzes Klavier. Der Fußboden besteht aus alten, abgenutzten, blank gewienerten Terrakottafliesen, der Geruch des Bohnerwachses steigt mir in die Nase. Auf allen Wänden sind Menschen abgebildet, bei denen es sich, wie ich vermute, um Napoleon und Joséphine handelt, einzeln und als Paar. Es ist ein Zimmer von perfekten Proportionen und perfekter Eleganz, wunderschön, es wirkt wie ein Museum; es steht in schreiendem Gegensatz zu den übrigen Hotelzimmern mit Fernseher an der Wand und grau gefliestem, fensterlosem Bad.

Ich bin durch Zufall auf das Hotel gekommen, es war günstig und zentral gelegen, doch es ist eindeutig faszinierend. Ich mache mir nichts aus Luxus, aber aus schönen Dingen schon, und dieses Zimmer ist bezaubernd. Ich lege mich auf das in einen prächtigen Überwurf gehüllte Sofa, golden mit lachsfarbenen Streifen, und betrachte die Decke, die mit einem Trompe-l'œil bemalt ist, das eine kunstvolle Sequenz von Marmorfriesen zeigt.

Ich denke an das, was in den letzten Stunden geschehen ist. An Luigi, der Isabellas Freund aus der Patsche hilft. Was er wohl angestellt hat? An Leo, der nicht kommen kann, und an den morgigen Besuch in der Via Vignatagliata, der darum ausfallen muss. An Maio, der meiner Mutter hörig war, oder wenigstens ihr Mitläufer. An Großmutter Francesca und ihre Geheimnisse. Ich spüre, wie Ada heftig zuckt. Vielleicht fordert sie ein bisschen Ruhe. Ich schlafe ein.

Alma

Ich habe Leo von der Universität aus angerufen und ihn eingeladen, wieder zum Mittagessen zu mir zu kommen. Ich habe es aus einem Impuls heraus getan, und er hat sofort zugesagt.

»Aber du musst entschuldigen, wenn ich nur kurz bleibe, ich arbeite gerade an einem schwierigen Fall.«

Die Zeitungen sind voll von den »Verbrechen im Pilastro-Viertel«, und ich vermute, das ist sein schwieriger Fall. In den letzten beiden Tagen wurden im Abstand von wenigen Stunden drei Vorbestrafte umgebracht, ein Fünfzigjähriger aus Bologna und zwei Jugendliche aus Crotone. Für die Panikmacher ist das ein Zeichen, dass die Verbrecherbande della Uno bianca zurück ist.

In den Monaten, als meine Mutter im Sterben lag, habe ich mich mit zwei Verbrechern eingelassen. Ich hatte das völlig verdrängt, und ich will nicht, dass Antonia je etwas davon erfährt. Ich würde es auch nicht wissen wollen, wenn meine Mutter mit zwanzig irgendwelche Dummheiten gemacht hätte, und es ist mir schon schwer genug gefallen, ihr gegenüber zuzugeben, wie alles begonnen hatte, an diesem verfluchten Abend im Juni; aber ich konnte es nicht verschweigen, wenn ich ihr von Maio erzählen wollte.

Ihr die Geschichte der Vincent-Brüder zu erklären wäre zu kompliziert, und es wäre auch unnütz. Es ist nichts mehr als eine blasse Erinnerung an Lust und Gefahr.

Leo klingelt um halb zwei, als das Wasser im Topf schon zur Hälfte verdampft ist.
»Entschuldige«, sagt er, während er kopfschüttelnd die Schuhe auf der Fußmatte abstreift und eine kreisförmige Bewegung mit der Hand vollführt, wie um zu sagen: »Du hast ja keine Ahnung, was bei uns los ist.«
»Die Verbrechen im Pilastro-Viertel?«, frage ich.
»Kann man so sagen, ja«, antwortet er.
»Drogenhandel?«
»Drogenhandel, Produktion von Falschgeld, Handel mit Falschgeld, Dokumentenfälschung, Scheckbetrug …«
»Hast du Hunger?«
»Ich habe auf diese Orecchiette von gestern gehofft«, antwortet er, und sein vertraulicher Tonfall macht mich froh. Er erinnert sich, was ich ihm gestern angeboten habe, wie wenig braucht es doch, um Intimität zu schaffen, wenn man sich nicht verstellt.
»Setz dich schon mal an den Tisch«, sage ich.
Leo streift mit einer steifen Bewegung seinen Lodenmantel ab, als schmerze ihn eine Schulter, und legt ihn auf den kleinen Sessel am Eingang, dann reibt er seine Hände, um anzudeuten, er gehe sie kurz waschen, und verschwindet im Flur. Beinahe erwarte ich, dass er mit einem weiteren Buch aus meiner Teenagerzeit zurückkommt, vielleicht *Der große Gatsby*, doch er betritt die Küche mit leeren Händen und bleibt mitten im Raum stehen, während ich die Orecchiette abgieße und in Tomatensauce schwenke. Er ist groß, auch wenn seine Größe nicht das Erste ist, was einem an ihm auffällt, vielleicht wegen seines Bäuchleins, das ihn kleiner erscheinen lässt. Er hat goldbraune, sommersprossige Haut. Wie Kupfer, Leo ist kupferfarben, Haut wie Haar sind von einer warmen Kupfertönung.

Wer weiß, ob Ada nach ihm kommen oder Antonias rabenschwarzes Haar erben wird. Und wenn es ein Junge ist? Was, wenn er Maio ähnlich sieht? Bis heute habe ich Antonias Scherz mitgemacht, die immer von einem Mädchen spricht, ohne das Geschlecht zu kennen, vor allem aus Angst, dass das Kind Maio ähneln könnte.
Ich erinnere mich noch zu gut daran, wie Maio als kleiner Junge aussah: In meinen frühesten Erinnerungen ist er ungefähr drei Jahre alt, und ich fahre mit ihm auf dem Dreirad herum. Ich habe auch noch Fotos aus der Grundschule. Ich brauche sie nicht hervorzuholen, sie sind in meine Erinnerung eingebrannt: Er war immer der dünnste und witzigste von allen. Unsere Mutter hob die Bilder in einem grünen Lederalbum auf, und ich habe es nicht über mich gebracht, sie wegzuwerfen. Aber ich bin noch nicht bereit, einen kleinen Maio wiederzusehen. Ich hoffe, es wird eine kleine Ada mit Leos Sommersprossen.
Ich bin ihm dankbar, dass er mich nicht fragt, warum ich ihn so bald wiedersehen wollte, ich wüsste nicht, was ich antworten soll. Doch er scheint nicht die Absicht zu haben, danach zu fragen. Wahrscheinlich ist es in seiner liebevollen süditalienischen Familie ganz normal, bei der Schwiegermutter mittagzuessen, wenn die Frau nicht da ist.
»Parmesan passt nicht dazu, stimmt's?«, frage ich. »Leider habe ich weder Pecorino noch salzigen Ricotta.«
»Ehrlich gesagt, habe ich keine Ahnung. Ich bin ein untypischer Apulier, ich habe in meinem Leben mehr Tagliatelle als Orecchiette gegessen.«
Leo ist seit zehn Jahren in Bologna, vorher hat er in Rom gelebt. Wahrscheinlich hat er Lecce noch früher verlassen als ich Ferrara. Wie Leo wohl mit zwanzig war? Ich frage ihn.

Er denkt einige Augenblicke nach, dann antwortet er: »Ich studierte Jura in Rom. Und ich war unglücklich in Cristina verliebt. Ich war dick, dicker als jetzt. Sagen wir, ein Pummelchen. Und du?«
»Verwirrt. Waise. Aber dünn.«
Er lächelt, löst seine Krawatte und schaut zu Rossa, die neben ihm auf die Anrichte gesprungen ist, um ihn aus der Nähe zu begutachten. Ich will ihm gerade erzählen, dass ich, während meine Mutter im Sterben lag, in seine Welt eingetaucht war, allerdings auf der Seite des Verbrechens, doch er kommt mir zuvor.
»Woher kamen deine Großeltern? Was haben sie gemacht?«, fragt er ohne Umschweife.
Damit überrascht er mich. Ich würde ihn gerne fragen, warum er das wissen will, aber er hat schließlich auch nicht gefragt, warum ich ihn eingeladen habe.
»Das weiß ich gar nicht. Meine Eltern sprachen nie über ihre Verwandten. Ich weiß fast nichts über sie. Mein Vater sagte manchmal, dass seine ganze Familie verrückt gewesen sei wegen des vielen Hanfs, der in Ferrara angebaut wurde, aber das war nur ein Scherz. Er war Einzelkind, seine Eltern sind früh gestorben, ich weiß, dass sie Ländereien hatten und das Haus in Ferrara, in dem ich aufgewachsen bin. Meine Großmutter mütterlicherseits kam aus Sizilien, der Großvater aus Triest, ein Berufssoldat, Oberst der italienischen Luftwaffe.«
»Wolltest du nie mehr erfahren?«, fragt er.
»Findest du das seltsam?«, antworte ich. Ich kann nicht anders, als mit Gegenfragen zu parieren.
»Ein bisschen seltsam schon, ja.«
»Maio war meine Familie. Und meine Mutter und mein Vater. Wir vier, das war immer so gewesen. Niemand anderes

außer uns vieren. Und als sie starben ... blieb nur ich übrig, eine Überlebende. Viele Jahre lang war es meine einzige Priorität, zu überleben und Antonia aufzuziehen, zusammen mit Franco. Auch er hatte keine Familie. Wir waren wie zwei Schiffbrüchige. Aber wir haben viele Kollegen, denen es genauso geht, vor allem den Ausländern. Eine Weile hat Franco in Providence unterrichtet, im Fachbereich Geschichte, und ich bin mit ihm gegangen, Toni war damals noch klein. Sie wird es dir erzählt haben, wir waren zwei Jahre dort. In Amerika sind sie nicht so besessen von Stammbäumen wie ihr Italiener, im besten Fall reicht das Wissen eine Generation zurück.«

Ich will nicht schroff zu Leo sein, aber ich merke, dass ich es bin, und dass meine Worte einen sarkastischen Unterton haben. »Dein forscher Professorinnenton«, wie Franco ihn nennt. Es fehlte nicht viel, und ich hätte noch eine gemeine Bemerkung über Leos warmherzige süditalienische Familie gemacht. Ich gerate oft mit Leuten in Streit, aber mit Leo zu streiten ist das Letzte, was ich heute will.

Er sieht mir fest in die Augen. Er gibt nicht klein bei. Doch er lächelt.

»*Ihr* Italiener? Fühlst du dich denn nicht als Italienerin?«

Ich werde nicht oft von jemandem so behandelt wie von Leo.

»Ich weiß nicht, wie ich mich fühle. Es ist schon viel, wenn ich spüre, dass ich am Leben bin.«

Ich bin froh, dass Leo nicht darauf eingeht.

Er sieht mich an. Dann greift er in seine Tasche, zieht das Päckchen Zigaretten heraus und bietet mir eine an.

»Danke, jetzt nicht.«

Antonia

Ich habe von Maio geträumt. Wir waren noch Kinder, er war mein Bruder. Er schrieb ein Wort in den Kies der Margherita-Gärten in Bologna, wo ich nach der Schule immer zum Spielen hinging. Ich wusste, dass es ein fremdsprachiges Wort war, das erkannte ich, aber ich glaubte, ich wäre zu klein, es zu entschlüsseln.

Mir tut der Hals weh, ich bin mit dem Kopf auf der harten Armlehne des Sofas eingeschlafen, aber ich liege ganz still, um mir Buchstabe für Buchstabe das Wort im Kies in Erinnerung zu rufen. Doch es ist schon verschwunden. Als ich die Augen aufschlage, sind fünf Augenpaare auf mich gerichtet.

Napoleon und Joséphine, die an allen Wänden prangen, haben rätselhafte Gesichtsausdrücke. In dem Gemälde an der Wand über dem Klavier ist sie im Profil abgebildet, und ihr großes, tiefgründiges, längliches Auge mustert mich prüfend.

Die Haut im Gesicht und an den Armen ist sehr hell, mondweiß, doch Augen und Haare sind schwarz wie Ebenholz. Wie die von Maio und mir. Am Hals trägt sie ein dünnes Samtband, die Haare sind in der Mitte gescheitelt und nach hinten gekämmt; ihr Kleid ist drapiert, tief ausgeschnitten, noch weißer als ihre Haut. Vielleicht ist es aus Musselin, einem ganz besonders feinen Baumwollmusselin. Ich überlege, dass so ein Kleid perfekt für mich wäre –

anstelle der Hosen mit Elastikbund, die ich trage, seit mein Bauch wächst –, weit geschnitten, mit hoher Taille, eng unter der Brust. Es wäre fantastisch, mich Leo so zu präsentieren, wenn er mich besuchen kommt. Aber wann? Ich bin schon seit drei Tagen in Ferrara. Ich schaue auf die Uhr meines Handys, das auf dem kleinen Tisch liegt, und stelle fest, dass ich zwei Stunden geschlafen habe: Es ist fünf. Wir könnten einen Kaffee gebrauchen, Ada.

Ich sehe, dass Franco um vier Uhr angerufen hat. Seltsam, mein Vater ruft nie an. Ich rufe ihn zurück, aber er geht nicht ran. Im Bad trinke ich ein Glas nicht besonders wohlschmeckendes Leitungswasser. Wasser aus dem Fluss? Ich wasche mir das Gesicht, bürste meine Haare und betrachte vor dem Spiegel meine mickerige Garderobe. Ein grauer Pullover und ein schwarzer. Ich will ein Kleid wie Joséphine, sofort, ich habe beschlossen, dass Frühling ist.

Ich ziehe mich an, gehe hinunter, gebe den Schlüssel ab, und die junge Frau an der Rezeption fragt mich, ob mir der Salon Bonaparte gefallen habe.

»Sehr«, antworte ich, »vielen Dank.«

Auf der Straße scheint noch die Sonne, die Temperatur ist angenehm. Ich könnte auf den Mantel verzichten, aber dann bräuchte ich eine Jacke oder einen Übergangsmantel. Ich beschließe, ein Kleid, einen leichten Mantel und elegantere Schuhe zu kaufen.

Ich betrete die Konditorei und sehe Isabella an der Kasse stehen. Als sie mich sieht, deutet sie auf die Vitrine: »Maronenpastete?«

Sie trägt ein rubinrotes Kleid und einen Lippenstift in derselben Farbe.

»Nein, danke, nur einen Espresso. Und einen Rat. Was denkst du, wo kann ich ein Empire-Kleid und einen weiten

Frühlingsmantel kaufen? Und was für Schuhe würdest du zu so einem Kleid tragen?«
Meine Frage scheint sie nicht zu überraschen.
»Ich lasse dir den Espresso zum Tisch bringen, setz dich, in einer Minute bin ich bei dir.«
Das Lokal ist voller alter Damen, die Tee trinken, und Müttern, die ihre Kinder im Wagen mit Windbeuteln und gefüllten Cannoncini füttern.
Ich hoffe, dass Ada schnell laufen lernt. Kinderwagen wirken auf mich wie reichlich unpraktische Objekte, und ich habe wenig Lust, mich mit so einem Klappergestell über die Stufen der Säulengänge Bolognas zu quälen. Ich werde sie lieber am Körper tragen, mein Mädchen, wie die Frauen, die ich im Senegal gesehen habe, auf meiner ersten Reise alleine.
»Entschuldige, ich kann nicht bleiben, es ist Kaffeezeit und alle drehen durch«, sagt sie und deutet mit dem Kinn auf die anderen Kundinnen. »Geh in die Via Contrari, weißt du, die Straße hier entlang und dann die letzte links? Da gibt es zwei Vintage-Läden. Ich kaufe immer in dem zweiten, dem größeren. Ungefähr in der Mitte der Via Bersaglieri del Po gibt es einen indischen Laden, die haben auf jeden Fall auch lange Kleider. Und wenn du bis Montag bleibst, gehe ich mit dir auf den Markt auf der Piazza Travaglio, da gibt es einen Stand mit tollen amerikanischen Secondhand-Sachen. Nach den Schuhen kannst du in der Via Mazzini schauen, und in der Via San Romano; unter einem knöchellangen Kleid würde ich spitze Schuhe mit Trichterabsatz tragen, wie Mary Poppins, verstehst du? Aber deine Stiefel sollten auch gehen.«
Wie ich mir schon dachte, kennt Isabella sich bestens aus, was Kleidung betrifft. Und der Kaffee ist ausgezeich-

net. Heute fühle ich mich klarer und bin Herrin der Situation. Ich habe ein paar Tage gebraucht, um mich einzugewöhnen, aber jetzt bin ich bereit, ernsthaft mit den Ermittlungen zu beginnen, mir fehlt nur noch das Theaterkostüm.

»Danke. Ich zahle auch noch die beiden Pasteten von gestern. Montag sollte ich schon zurück in Bologna sein, aber ich sage dir Bescheid. Arbeitest du jeden Nachmittag hier?«

»Von Montag bis Freitag, ich gebe dir meine Handynummer. Die Maronenpasteten hat heute Morgen Kommissar D'Avalos bezahlt. Er ist vorbeigekommen, um zu sagen, dass wir alle Maronenpasteten, die du isst, auf seine Rechnung setzen sollen. Aber nur die.«

Ich weiß nicht, was ich sagen soll, Isabella scheint jedoch auch nichts Seltsames an D'Avalos' Ansinnen zu finden.

»Seid ihr befreundet?«, frage ich sie.

»Er ist großartig«, antwortet sie mit ernstem Gesicht und schüttelt den Kopf. Sie trägt die Haare heute offen und sieht noch hübscher aus. »Ich muss gehen, an der Kasse ist eine Schlange, aber komm doch später vorbei und zeig mir, was du gekauft hast.«

Isabella erinnert mich an ein Mädchen, das ich in Amerika kennengelernt habe, ihr Vater war Inder und die Mutter Schottin. Ich war damals dreizehn und Tishani fünfzehn, sie hat mir beigebracht, wie man sich die Augen schminkt, einen Sari drapiert und mit Blicken mit den Jungs flirtet. Sie hatte eine unfehlbare Technik.

Die Via Bersaglieri del Po bin ich heute Morgen entlanggegangen, um zum Haus meiner Mutter zu gelangen. Ich komme an dem kleinen Laden mit indischen Kleidern vorbei, aber sie sind mir zu bunt. Ich muss darauf achten, dass mich die Inspiration nicht verlässt. Ich habe selten Lust, einkaufen zu gehen, kann jedoch jahrelang von den Einkäufen zehren, die ich an einem einzigen Tag tätige, wenn ich motiviert bin wie heute. Üblicherweise habe ich diese Anfälle, wenn ich verliebt bin. Das letzte Mal hatte ich gerade Leo kennengelernt.

Vor unserem ersten Treffen durchkämmte ich ganz Bologna nach einer enganliegenden schwarzen Lederhose. Sie passte gar nicht zu mir, aber ich spürte, dass sie ihm gefallen würde.

»Du siehst umwerfend aus«, sagte er, als ich das Café betrat, in dem wir uns verabredet hatten, in der Lederhose, einer weißen Bluse und Sandalen mit hohem Absatz. Seitdem trage ich immer dunkle, knallenge Jeans, aber in letzter Zeit habe ich die Absätze aufgegeben und spare sie mir für besondere Gelegenheiten auf.

Inzwischen sind mehr Leute auf der Straße, und alle, Fußgänger wie Radfahrer, bewegen sich langsam, mit Blick auf die Schaufenster. Der erste Vintage-Laden hat wenige Kleider und ein paar mickerige Jäckchen, aber die Schaufenster des zweiten sind sehr schön dekoriert, und die Auswahl der Accessoires zeugt von gutem Geschmack: abgewetzte Krokodilledertäschchen, alte Schals von Gucci und Hermès, Modeschmuck und Kleidung von den 40er Jahren aufwärts.

Ich habe den Laden kaum betreten, da verwickelt mich die stark geschminkte Verkäuferin in ein Gespräch, wobei sie mich sofort duzt. Sie trägt ein bedrucktes Kleid mit Tellerrock, Wildlederschuhe mit Keilabsatz über schwarzen Strümpfen und eine aufwendige Frisur, ähnlich wie Isabella. Sie ist sehr jung und keine Schönheit, aber sie bleibt sicher nicht unbemerkt.

»Ein originales Empire-Kleid haben wir nicht, da müsstest du in eine Theaterschneiderei gehen, vielleicht in Bologna, aber ich habe noch etwas Besseres, Kreationen einer spanischen Designerin, die hochwertige Stoffe recycelt. Sie haben den Schnitt, den du suchst. Schau her«, sagt sie und deutet auf eine Metallstange, auf der ein Dutzend elfenbeinfarbene lange Kleider hängen. Ich probiere einige an, und mit ihrer Hilfe wähle ich eins, das mir beinahe bis zu den Knöcheln reicht, aus einem hübschen Stoff, der, wie ich vermute, einmal eine Gardine war. Während ich in der Umkleidekabine beschließe, das Kleid gleich anzubehalten, stellt sich die Verkäuferin als Betti vor, bewundert meinen kompakten Bauch, macht Kommentare über meine Statur, die sie als »zeitgenössisch« bezeichnet, und plappert einen Haufen weiterer banaler, schmeichelhafter Dinge. Um meine Verwandlung komplett zu machen, fehlt mir jetzt noch ein Mantel, und Betti schlägt einen dreiviertellangen englischen Regenmantel vor, ohne Gürtel, ein »Original aus den Sechzigern«. Er ist eiförmig, ideal für meinen Bauch.
»Lässt du die Haare offen?«, fragt sie. »Sie sehen schön aus, wie sie sind, aber zu diesem Outfit würde ich sie hochstecken. Und ich rate dir zu einem beigefarbenen Pashmina-Schal, der kleidet ungemein, und obendrein hält er warm.«
»Er kleidet ungemein« … Ich liebe diesen Jargon, das frivole Geschwätz über Kleidung, Schminke und Frisuren: Außer damals mit Tishani habe ich selten Gelegenheit dazu. Ich habe wenige Freundinnen, vielleicht überhaupt keine. Wie Alma. Und Alma ist unempfänglich für Mode. Sie hat immer etwas Wichtigeres zu tun, als Kleidung auszusuchen. Sie hat das Glück, dass ihr alles steht, groß wie sie ist. Ich bin nicht so groß, und ich sehe nicht immer gut aus. Als ich klein war, beneidete ich meine Klassenkameradin-

nen, die samstags mit ihren Müttern zum Shoppen gingen; Alma hat mich immer überall mit hingenommen, aber nie zu solch eitlen Unterfangen. Ausstellungen, Spaziergänge, Filme, Reisen, Museen. Alma weiß nicht, was Leichtigkeit ist. Sie ist keine schwermütige Person, nur eine ... intensive. Konzentriert. Tiefgründig. Immer, pausenlos.

Bei Betti höre ich das langgezogene »l« Ferraras nicht, und ich frage sie, woher sie kommt. »Cesena, in der Emilia-Romagna, nur hundert Kilometer von hier, und trotzdem ist es eine andere Welt. Ferrara ist seltsam, aber die Uni ist toll, ich studiere Jura. Hier im Laden bin ich drei Nachmittage die Woche. Ich wollte Designerin werden, aber mein Vater verlangt, dass ich erst mal ein Studium mache, du weißt schon ...«

Und sie zieht eine Grimasse, die die Vermutung nahelegt, dass sie ihr Studium nicht allzu ehrgeizig verfolgt.

»Warum ist Ferrara seltsam?«

»Keine Ahnung, vielleicht sind es die Leute, man fühlt sich ständig beurteilt. Du bist nicht aus Ferrara, oder?«

»Nein, aus Bologna.«

»Eben.«

Ich frage nicht »Was eben?«, sondern ob sie Isabella kennt, die in der Konditorei am Corso Giovecca arbeitet, und ihr Gesicht hellt sich auf: »Klar! Auch sie ist anders, obwohl sie von hier kommt. Sie hat einen verrückten Geschmack. Bis vor sechs Monaten hat sie eine Menge Sachen gekauft, bevor ...«

Sie unterbricht sich. Dann beißt sie sich auf die Unterlippe, wie ein Kind.

Ich bluffe: »Bevor ihr Freund geschnappt wurde, keine Sorge, ich weiß davon ... Wegen dieser Geschichte ...«, und ich lasse sie weiterreden, als wüsste ich bereits alles.

»Entschuldige … ich wusste nicht, ob ihr Freundinnen seid … ich rede immer zu viel … weißt du, Ricky ist wirklich ein ganz Lieber, ich kann nicht fassen, dass er jetzt in Arginone sitzt … der Arme …«
Ich tue so, als wüsste ich, was Arginone ist, und werfe ihr ein »Ja, es ist absurd. Aber was denkst du …?« vor die Füße, um zu sehen, ob sie mir noch mehr erzählt.
Sie beißt sofort an.
»Er hat hier in einem Jahr sicher für dreitausend Euro eingekauft und immer in bar bezahlt, aber Falschgeld war nie dabei. Und ich prüfe jeden Fünfziger mit dem Apparat. Ich glaube, es ist ein Versehen. Jemand hat ihn in die Pfanne gehauen. Er ist ein großzügiger Mensch, einer von den Guten.«
Falschgeld also, sieh einer an. Ich kann mir Isabella nicht mit einem vorstellen, der etwas mit gefälschten Scheinen zu tun hat.
Betti schlägt meine alten Kleider in Seidenpapier ein und schiebt sie in eine große weiße Papiertüte. Der Pashmina-Schal war eine gute Idee, er ist warm und leicht.
»Zahlst du bar?«
»Geht auch EC?«
»Klar, ist mir sogar lieber, dann geht abends die Abrechnung schneller.«
»Und man hat keine Probleme mit Falschgeld«, sage ich.
Betti lacht über meinen schlechten Witz und besteht darauf, dass ich ein Paar Totenkopfohrringe aus gelbem Plastik als Geschenk annehme, »Um deinen neuen Look ein wenig zu brechen«. Ich bedanke mich und stecke sie in die Tasche.
Als ich den Laden verlasse, ist es sieben Uhr und dunkel. Inzwischen sind weniger Fußgänger unterwegs, und es ist

ein leichter weißer Nebel aufgestiegen, aber mir ist nicht kalt, obwohl ich den Mantel ausgezogen und durch den neuen Regenmantel ersetzt habe. In meinen Stiefeln trage ich Kniestrümpfe, und das Gefühl meiner nackten Knie am Stoff des Rockes ist überraschend und angenehm. Ich bekomme Lust, am Haus meiner Mutter vorbeizuspazieren, das ganz in der Nähe liegt. Es am Abend zu sehen.
Die Via Vignatagliata ist nur schwach beleuchtet von ein paar schmiedeeisernen Laternen, die das Kopfsteinpflaster in ein diesiges gelbes Licht tauchen. Seit heute Morgen, als ich Signora Cantoni und ihren weißen Spitz kennengelernt habe, scheint immens viel Zeit verstrichen zu sein. Jetzt würde ich mich trauen, sie zu fragen, was sie mit diesem Satz meinte über die Fehler, für die man bezahlt.
Das Licht in ihrer Küche brennt, und ich stelle mir vor, wie sie in ihrem Sessel sitzt, den Hund zu ihren Füßen. Ich vermute, dass sie fernschaut, obwohl ich keinen Widerschein eines Bildschirms erkennen kann. Ich bin versucht, unter irgendeinem Vorwand bei ihr zu klingeln. Ich trete näher an das Fenster heran und höre von drinnen Musik. Es klingt wie der Walzer Nr. 2 von Schostakowitsch, ein Stück, das mir immer gefallen hat. Das erste Mal hörte ich ihn im Vorspann zu *Eyes Wide Shut*, am Tag meines achtzehnten Geburtstags, in einem kleinen Programmkino. Alma hatte mich auf ihn aufmerksam gemacht.
»Aber er wird dich enttäuschen«, hatte sie prophezeit. Und recht behalten, der Film gefiel mir nicht, aber der Soundtrack hatte mich begeistert.
Ich höre mir den Walzer bis zum Ende an und singe leise »Pappappaparaparapapparaparapa«. Als er zu Ende ist, höre ich den Spitz bellen, und danach ihr »Baschta«.
Ich beschließe zu klingeln.

Alma

Das Schlimmste ist die Einsamkeit. Außer als Antonia klein war und Franco und ich uns von all ihren Unternehmungen berichteten, habe ich nie wieder die Erfüllung erfahren, jeden Moment, jeden Tag, alles, was geschieht mit jemandem zu teilen, habe nicht mehr das unbedingte Verlangen gespürt, jemanden aufzusuchen, nur um zu reden, sich alles zu erzählen. Seit Maio anfing zu fixen.

Franco hat sein Leben aus Studium und Büchern, Antonia ist sehr schnell unabhängig geworden. Sie brauchen mich nicht, um sich selbst zu definieren. Aber Maio, Michela und ich brauchten einander, um zu wissen, wer wir waren.

Das schönste Jahr war das vorletzte, wir drei waren immer zusammen. Im Kino, bei Demos, in Michelas Zimmer, wo wir stundenlang redeten. Zusammen fühlten wir uns stark. Unbesiegbar. Wir waren intelligent, jung, vollkommen. Wir hatten alles.

Michela hatten wir auf einer Party von Laura Trentini kennengelernt, der Einzigen, die zu sich nachhause auch neue Leute einlud, nicht nur die aus ihrem engsten Freundeskreis. Lauras Vater war ein bekannter Arzt, sie lebten in einer Villa mit Statuen im Garten, direkt hinter der Stadtmauer, sie unternahmen Reisen ins Ausland und beherbergten die Freunde ihrer vier Kinder. Lauras Mutter war Französin, vielleicht war ihre Familie deshalb offener.

Die Menschen aus Ferrara sind anders als die übrigen Bewohner der Emilia-Romagna, das wurde mir klar, als ich nach Bologna zog und Studenten aus anderen Teilen der Region kennenlernte: Die Ferraresen sind ein Völkchen für sich. Und ich habe nie verstanden, ob ihr schüchterner Hochmut Unsicherheit oder Misstrauen ausdrückt. In Ferrara wird alles von irgendetwas verborgen, versteckt. Das Schloss ist umgeben vom Schlossgraben, das Stadtzentrum von den Stadtmauern, die Gärten befinden sich alle in Innenhöfen, umgeben von Häusern, und sogar die terrakottafarbenen Vorhänge scheinen eigens dafür gemacht, mit den Mauern zu verschmelzen und Geheimnisse zu verbergen.

Michela war eine Klassenkameradin von Lauras jüngerem Bruder, einer der wenigen Jungen, die die Erzieherfachschule besuchten. Mir war sie aufgefallen, weil sie lachte und tanzte wie jemand, der wirklich Spaß hatte. Es passierte selten, dass ich mich auf Partys wirklich vergnügte.

Darum beobachtete ich sie.

Ich machte Maio auf sie aufmerksam, er forderte sie auf, ein langsames Lied mit ihm zu tanzen, und kitzelte sie die ganze Zeit dabei, um zu hören, wie sie lachte.

Danach verschwanden die beiden, und ich fand sie erst kurz vor dem Heimgehen wieder, wie sie auf dem Fußboden von Lauras Mansardenzimmer saßen. Sie redeten, rauchten und lachten. Als Michela mich sah, stand sie auf und fiel mir um den Hals: »Du bist Alma!«

Bei jedem Wetter und zu jeder Tages- oder Nachtzeit waren wir mit dem Fahrrad unterwegs. Wenn einer von uns dreien etwas in der Innenstadt zu erledigen hatte, verabredeten wir uns direkt danach am Greif vor der Kathedrale, um uns auszutauschen, eine Lagebesprechung abzuhalten. Wir wollten alles teilen, uns gegenseitig immer auf dem Laufenden halten. Es genügte uns zusammen zu sein, mehr brauchten wir nicht. Ich lernte mehr als die beiden und ging erst nach sechs Uhr zu Michela, wo ich sie mit vom Küssen gerötetem Kinn und ihn übersät mit Knutschflecken antraf. Doch in dem Augenblick, wo ich kam, hörten sie auf, ein Paar zu sein, und Maio und ich Bruder und Schwester: Wir waren wir drei. Drei unzertrennliche Freunde.

Wir diskutierten ununterbrochen, stundenlang, über Filme, Bücher, Politik, uns selbst. Wir selbst waren unser Lieblingsthema.

Michela wirkte sanft, doch sie gab niemals klein bei. Ihre Eltern hatten eine Bar und waren nie zuhause, darum trafen wir uns bei ihr. Sie arbeiteten wie verrückt, um ihre Schulden abzuzahlen. Sie wohnten in der Wohnung über einer von Michelas Tanten, die sie sehr mochte, und oft aß sie bei ihr und ihrer chaotischen Familie, die ständig irgendein Problem hatte. Der Onkel war Invalide, der Cousin in einer Entzugsklinik für Drogenabhängige, doch es war eine warmherzige, liebevolle, einträchtige Familie. Ich sagte zu Michela, sie sei wie eine Gummimauer, an der alles abprallte. Sie nahm nie etwas krumm.

Ich habe danach nie wieder Freunde gehabt.

Ich weiß nicht, warum.

Ich habe darüber nachgedacht und bin zu dem Schluss gekommen, dass es nicht meine Schuld sein kann: Ich bin ein einsamer Mensch, der an der Einsamkeit leidet.

Nur beim Kontakt mit meinen Studenten tue ich mich leicht. Sie haben kein Recht, Freundschaft zu erwarten, und so befreunde ich mich mit ihnen ebenso wenig wie mit allen anderen.

Ich hatte auch nie Liebhaber. Das wäre eine Möglichkeit gewesen, mit anderen Menschen intim zu werden. Doch außer in den verrückten Monaten, während meine Mutter im Sterben lag, hatte ich keine anderen Männer außer Franco.

Als Vincent mir schrieb, dass er aus dem Gefängnis käme und mich sehen wolle, habe ich mir ausgemalt, dass ich das Verhältnis mit ihm und seinem Bruder wiederaufnehmen und ein Leben aus Sex und heimlichen Treffen führen könnte. Dass ich es nicht getan habe, hat nichts mit Reife zu tun, sondern nur mit Angst. Nicht vor ihm, nicht vor ihnen, einzig und allein vor mir selbst, davor, wie ich damals war.

Antonia

Beim Klang der Türklingel beginnt der Spitz zu bellen, und Signora Cantoni ihm ihr »Baschta« entgegenzuschleudern. Sie hat keinen prüfenden Blick aus dem Fenster geworfen, doch die Haustür ist mit einem Klicken aufgesprungen, wie heute Morgen.

Ich sehe, wie sie die Tür am Ende des Flurs öffnet. Statt der Hackenschuhe trägt sie jetzt Pantoffeln, ansonsten ist sie ebenso tadellos angezogen wie zuvor.

»Ich bin's, Antonia«, sage ich, »die Tochter von Alma. Kann ich einen Moment reinkommen?«

»Komm«, antwortet sie und dreht mir den Rücken zu, schon wieder auf dem Weg in die Küche. Der Hund läuft mit wedelndem Schwanz voraus.

Abends wirkt ihre Wohnküche weniger kühl, sie ist angenehm beleuchtet durch drei strategisch verteilte Lampen: eine neben dem Sessel, eine auf dem Tisch, und die dritte in einer Ecke am Boden. Der Fernseher ist ausgeschaltet, aber ein kleiner Schrank mit einem hübschen Plattenspieler darin, der mir heute Morgen nicht aufgefallen war, steht offen. In den Fächern darüber stehen Dutzende perfekt geordneter Schallplatten.

»Ich mag diesen Schostakowitsch-Walzer, den Sie gerade gehört haben«, sage ich.

»Bist du gekommen, um mir das zu sagen?«, antwortet sie. Doch sie hat ein Funkeln in den Augen, als erlaube sie sich

einen Scherz mit mir. Sie wirkt entspannter als heute Morgen.
»Willst du eine Orangenlimonade?«, fragt sie.
Seit der Mittelschule habe ich keine Orangenlimonade mehr getrunken, aber ich nehme die Einladung begeistert an. Mit so einem Empfang hätte nicht gerechnet.
Sie nimmt zwei hohe grüne Gläser aus einem Geschirrschrank, stellt sie auf ein Tablett und gießt Orangenlimonade aus einer gigantischen Flasche hinein, die sie aus dem Kühlschrank holt.
»Chips?«
»Gerne.«
Sie benimmt sich vollkommen anders. Ist es mein neues Kleid? Hat sie noch einmal über unser Treffen nachgedacht und bereut ihre Härte? Oder freut sie sich einfach über einen unerwarteten Gast zum Aperitif?
Aus einem Schrank holt sie eine große Tüte Chips und füllt sie in eine blaue Schale, die sie neben die Gläser auf das Tablett stellt, dann holt sie zwei bestickte Servietten aus einer Schublade und reicht mir eine davon. Der Spitz verfolgt jede ihrer Bewegungen mit der Schnauze.
»Wie heißt sie?«, versuche ich es noch einmal und deute mit dem Kinn auf den Hund.
»Mina«, antwortet sie.
»Sie ist sehr niedlich«, sage ich höflich.
Ich befürchte, dass sie von einem Moment zum anderen wieder so werden könnte wie heute Morgen, und ich wähle meine Worte mit Bedacht. Ich vermute, dass die alte Dame es schätzt, wenn man ihr mit Zurückhaltung begegnet, so wie sie selbst es auch tut. Ich trinke einen Schluck Limonade, esse eine Handvoll Chips und lächle sie an. Auch sie lächelt schwach.

Ich fasse mir ein Herz. »Darf ich Sie fragen, welche Fehler Sie meinten, als Sie von meinen Großeltern sprachen?«
Sie scheint nicht verärgert über meine Frage, aber sie schweigt einige Augenblicke, als suche sie nach den richtigen Worten. Sie senkt leicht ihr hübsches, schmales Gesicht, dann sagt sie: »Ich meinte damit die Fehler, die er begangen hat, bevor …«
Sprach sie von den Fehlern meines Großvaters Giacomo? Ich dachte, sie beziehe sich auf den Ehebruch meiner Großmutter. Das verwirrt mich.
Ich mache einen Rückzieher. »Kannten Sie meine Großeltern gut?«
Sie hat sich mir gegenüber auf einen Stuhl gesetzt, die dünnen Beine übereinandergeschlagen. Sie muss eine sehr schöne Frau gewesen sein, von einer anderen Schönheit als der, die zu ihrer Zeit in Mode war: hoch gewachsen und gertenschlank. Eine aristokratische Schönheit.
»Mit deinem Großvater bin ich zur Schule gegangen, wir waren im gleichen Alter. Deine Großmutter und ich, wir grüßten uns auf der Straße, aber wir haben uns nie unterhalten. Und nach der Geschichte mit meinem Bruder habe ich sie auch nicht mehr gegrüßt.«
Sie sitzt mit geradem Rücken auf ihrem Stuhl, und doch wirkt sie nicht mehr streng, nur kultiviert und elegant. Ich könnte sie jetzt fragen, was sie mit der »Geschichte mit ihrem Bruder« meint, aber ich fürchte, sie zu verärgern oder von dem abzulenken, was sie mir sagen will.
Der Blick aus ihren blauen Augen ist nicht länger feindselig.
»Wie geht es deiner Mutter?«, fragt sie.
Ich beschließe, dass der Moment gekommen ist, um die Wahrheit zu sagen.
»Es geht ihr nie richtig gut, auch wenn sie so tut als ob. Ich

habe erst vor ein paar Tagen von Großvaters Selbstmord und Maios Verschwinden erfahren, sie hat mir nie davon erzählt. Ich wusste nur, dass alle tot sind. Jetzt wird mir vieles klar, auch warum meine Mutter immer so schwermütig ist. Ich bin nach Ferrara gekommen, weil ich mehr herausfinden möchte. Darf ich Sie nach Ihrem Vornamen fragen?«

Sie schaut mich freundlich an. Großherzig, möchte ich sagen. Ich bemerke, dass ich nicht anders kann, als die Dinge, die ich durchlebe, zu bewerten, als wollte ich darüber schreiben, nicht mal in den bedeutendsten Momenten. Vor allem in den bedeutendsten Momenten. Als wäre es eine Art, mich zu schützen, um der Realität die Schärfe zu nehmen. Vielleicht suche ich genau das beim Schreiben, die Realität auf Abstand zu halten, sie in ihre Schranken zu verweisen. Distanz zu wahren und von dem Erlebten zu erzählen hilft dabei, von dem, was geschieht, nicht verletzt oder verängstigt zu werden. Und diese Frau ängstigt mich ein wenig.

Doch es scheint, als habe jetzt sie Lust zu erzählen, in Erinnerungen zu schwelgen.

»Ich heiße Lia. Mein Bruder hieß Giordano. Alma, deine Mutter, war ein brillantes Mädchen, sie hatte immer ein Buch in der Hand. Meinem Sohn Davide gefiel sie sehr, doch sie würdigte ihn keines Blickes. Zu dumm für sie«, sagte sie mit dem Schatten eines Lächelns in den Augen.

»Der Richter? Zu dumm?«

Jetzt lächelt sie wirklich.

»Ein wenig war er das. Er mochte Fechten, war Fahnenschwinger beim Wettlauf, solche Sachen. Deine Mutter war eine Intellektuelle.«

»Oh ja, das ist sie noch immer«, antworte ich.

»Auch er engagierte sich politisch, aber er war angepasster. Er hat mir einmal von einer Rede Almas während einer Besetzung erzählt, die die Schule zum Beben brachte, in der sie den Konservatismus der Kommunistischen Partei anprangerte.«
»Kann ich mir vorstellen.«
Alma kann Institutionen nicht ausstehen. Darum hat sie an der Uni keine Karriere gemacht und wird ewig Privatdozentin bleiben, trotz all ihrer Veröffentlichungen. Mein Vater war in ihrem Alter bereits ordentlicher Professor, aber er war auch ein entgegenkommender Typ. Alma ist eine Nervensäge.
Ich sehe sie vor mir, siebzehnjährig, glühend, wie sie vor dem Kollektiv spricht und sie allesamt als steif und borniert beschimpft. Nicht, dass sie unrecht hätte, aber mit ihrer Art ist sie nicht weit gekommen, außer sich in ihrem Mikrokosmos aus Studenten und dem Fachbereich einzuigeln.
Lia wirkt so unbeschwert, dass ich beschließe, mit offenen Karten zu spielen.
»Können Sie mir sagen, welche Fehler mein Großvater begangen hat? Ich versuche herauszufinden, was mit Maio passiert ist ... ich meine, mit Marco. Jede Kleinigkeit kann mir weiterhelfen.«
»Ich weiß, dass sie ihn Maio nannten. Sie wohnten schließlich gegenüber. Als Davide klein war, spielte er mit Alma und Maio ... Baschta!«, schleudert sie Mina entgegen, die angefangen hat zu bellen. Dann fährt sie etwas leiser fort: »Giacomo hat eine Entscheidung getroffen, die in meinen Augen nichts Gutes bringen kann: Er hat sich zum Katholizismus bekehrt, um Francesca heiraten zu können.«
Nachdem sie das gesagt hat, steht sie auf und geht wieder

zur Anrichte, aus der sie einen Sack mit Trockenfutter holt, das sie dem Hund in sein Schüsselchen füllt. Sie wirkt unangenehm berührt. Das bin ich auch.

Mein Großvater war Jude und ist konvertiert? Kann es sein, dass meine Mutter mir das nie erzählt hat? Unmöglich, dass sie selbst nichts davon weiß, selbst wenn es vor ihrer Geburt geschah. Ich meine mich zu erinnern, dass sie einmal erzählt hat, ihre Eltern seien in Religionsfragen ziemlich gleichgültig gewesen, keine Atheisten wie sie und Franco, aber beinahe. Jetzt verstehe ich überhaupt nichts mehr.

»Und ist es denn so schlimm, zu konvertieren? Ich vermute, dass Sie Jüdin sind? Entschuldigen Sie, in Religionsangelegenheiten bin ich nicht sehr bewandert, ich bin nicht einmal getauft …«

»Ja, ich bin Jüdin. Allerdings nehme ich es mit den Regeln nicht allzu genau. Außer zu Ostern, wenn mein Sohn kommt, denn alleine … Hör zu, Antonia, mag sein, dass es nicht weiter schlimm ist, wenn man konvertiert, um die Frau kirchlich heiraten zu können, die man liebt, wenn es ihr etwas bedeutet und man selbst nicht besonders gläubig ist, aber wenn einem passiert ist, was Giacomo damals passiert ist, dann schon.«

»Und was war das?«

Lia schüttelt den Kopf, und der Spitz mit ihr.

»Ich kann nicht fassen, dass du das nicht weißt. Es waren deine Urgroßeltern.«

»Bitte, sagen Sie es mir.«

Mina ist verstummt, als spüre sie die Spannung, die plötzlich über dem Zimmer liegt. Lia Cantoni seufzt und steht auf, wie um eine Messe zu feiern. Sie sieht mich an und sagt langsam: »Die Eltern deines Großvaters waren unter den Dutzenden Einwohnern Ferraras, die Vierundvierzig verhaftet, nach Fossoli gebracht und in die Konzentrationslager der Nazis verteilt wurden. Dein Urgroßvater Amos verschwand nach Mauthausen, deine Urgroßmutter Anna nach Ravensbrück, zusammen mit ihrer Tochter Rachele. Giacomo war neunzehn und gerade auf dem Land, am Po, so haben sie ihn nicht gefunden, und er konnte entkommen. Das kann man ihm natürlich nicht vorwerfen, keinesfalls. Aber wenn einem die Familie ausgelöscht wird, muss man die Erinnerung an sie in Ehren halten. Daran führt kein Weg vorbei. Tut mir leid, dass ich diejenige bin, die dir das erzählt.«

Lia nimmt das Tablett mit den leeren Gläsern vom Tisch und stellt es in der Küche auf der Arbeitsfläche ab. Dann setzt sie sich in ihren Sessel, etwas weiter von mir entfernt. Jetzt herrscht vollkommenes Schweigen. Ich betrachte die roten und weißen Bodenfliesen. Betrachte Lias schlanke Knöchel, ihre blauen Lederpantoffeln. Alles an Lia und ihrem Haus, ihrer Art zu reden, ihrem Verhalten ist anständig. Ich hebe den Blick zu ihren gefleckten Händen, den knotigen Fingern mit den schönen alten Ringen. Sie hält sie unter der Brust gefaltet. Sie könnte meine Großmutter sein. Doch meine Großmutter ist mit fünfzig gestorben. Meine Urgroßeltern sind im Konzentrationslager gestorben, und ich weiß nichts davon? Am liebsten würde ich sofort mit Alma darüber sprechen. All diese Toten. Großeltern, Urgroßeltern, mein einziger Onkel. Und es gibt noch eine Großtante, Rachele, von der ich nie gehört habe, die Schwester meines Großvaters.

Ich brauche Leo. Ich muss jetzt gehen. Auf so etwas war ich nicht vorbereitet.

Lia Cantoni blickt auf den Fußboden vor meinen Schuhen.

Alma

Carlotta lebt mit ihrem Freund in Bologna, sie ist im fünften Monat schwanger, beinahe wie Antonia, aber sie ist erst dreiundzwanzig. Sie ist eine meiner Lieblingsstudentinnen, intelligent, aber chaotisch, lustig, fröhlich. Sie ist gekommen, um mich zu fragen, ob ich ihre Abschlussarbeit über Boccaccio betreue.

»Ich habe meine Tochter auch sehr früh bekommen«, habe ich zu ihr gesagt.

Wer weiß, warum ich ihr nicht auch erzählt habe, dass meine Tochter ebenfalls ein Kind erwartet, wie sie.

Carlotta ist ein Jahr zurück, sie macht tausend Dinge, unter anderem singt sie in einer Band. Sie hat mich in ihrer gedankenverlorenen und zugleich detailversessenen Art zur Hochzeit eingeladen: »Sie müssen unbedingt kommen, Prof. Die Trauung ist in Rimini, um zwölf im Standesamt, dann gehen wir am Strand essen, im Strandbad meines Vaters, auch wenn es regnet. Krebsrisotto, gemischte Fischplatte und Wodkasorbet. Keine Torte. Dann spielen wir und es wird getanzt.«

»In Ordnung. Wann?«, fragte ich sie, in Erwartung eines Datums irgendwann im Sommer.

»Nächsten Sonntag.«

Ich habe sie nicht gefragt, warum sie mich erst jetzt eingeladen hat, und auch nicht, welche Eile es gebe, sich zu trauen. Ich habe mich zurückgehalten. Ich habe gesagt, ich würde kommen. Ich muss mich am Sonntag irgendwie beschäftigen, der Gedanke an Antonia in Ferrara lässt mir keine Ruhe. Tagsüber füllt mich die Arbeit aus, aber abends packt mich die Unruhe. Ich will nicht anrufen. Ich will Antonia nicht beunruhigen, sie nicht wissen lassen, wie es mir geht. Andererseits befürchte ich auch, die Geduld zu verlieren, und dann vielleicht etwas zu sagen, das ich nicht sagen sollte.

Was will Antonia in Ferrara?

Ich hätte nie gedacht, dass sie das tun würde, als ich ihr von Maio erzählte. Ich kann sie mir nicht vorstellen in diesen stillen, nebeligen Straßen. Wen hat sie getroffen? Ich frage mich, was Michela ihr über mich erzählen könnte, und über die Art, wie ich aus ihrem Leben verschwunden bin. Wer weiß, ob Leo bei ihr war. Ich könnte ihr eine Nachricht schreiben. Ich würde ihr gerne irgendwie helfen, ihr Vertrauen gewinnen. Aber was kann ich tun?

»Bringen Sie Ihren Mann mit«, sagt Carlotta.

Ich kann mir kaum vorstellen, wie ich Franco auf eine Studentenhochzeit nach Rimini schleppen soll, aber ich werde es versuchen. Sonst gehe ich allein hin, wie üblich.

»Nächstes Jahr machst du aber deinen Abschluss«, sage ich.

»Natürlich«, verspricht sie mir. Unerwartet umarmt sie mich.

Ich spüre, wie ihr runder Bauch gegen meinen drückt. Antonia und ich umarmen uns nicht häufig, sie kommt nach ihrem Vater. Oder vielleicht bin ich diejenige, die nicht mehr weiß, wie sie sich ihr gegenüber verhalten soll, seitdem sie kein Kind mehr ist.

Als sie klein war, hatte ich sie ständig im Arm, doch als wir nach Amerika gingen, verwandelte sie sich plötzlich in ein reserviertes, gleichmütiges junges Mädchen. Wenn die Sonne scheint, könnte ich sie mit zu Carlottas Hochzeit nehmen.

Antonia

Als ich Lia Cantonis Haus verlasse, ist es erst kurz nach acht, aber die Straßen Ferraras sind bereits wie ausgestorben. Ich muss mir ein wenig die Beine vertreten und nehme den längeren Weg zurück ins Hotel, vorbei an der Kathedrale, dem Schloss und dem Kommunaltheater. Auf der Piazza Savonarola trinkt eine Gruppe Jugendlicher Bier vor einer Bar. Sie unterhalten sich mit lauten Stimmen. »*Sa vot?*«, »Was willst du?«, brüllt ein Sechzehnjähriger mit Locken und Daunenjacke einem anderen blonden Sechzehnjährigen mit identischer Daunenjacke zu, er klingt aggressiv. Sie wirken betrunken und als stünden sie kurz vor einer Schlägerei, doch die Gruppe um sie herum lacht, als gäbe es nichts zu befürchten.

Auf der Hälfte des Weges begann ich zu frösteln, und mir fiel auf, dass ich die Tüte mit meinen Einkäufen bei Lia liegen gelassen hatte, doch ich ging nicht zurück.

Die Konditorei, in der Isabella arbeitet, ist geschlossen, ich gehe ins Hotel, und der diensthabende Portier reicht mir mit einem Kopfnicken den Schlüssel mit der Nummer eins. Ich gehe die Treppe hinauf, betrete mein Zimmer, ziehe die Stiefel aus und öffne den Kühlschrank. Ich muss jetzt etwas trinken, dafür wird Ada Verständnis haben. In der Minibar finde ich zwei Flaschen Mineralwasser, zwei Biere, zwei Fruchtsäfte und zwei niedliche Fläschchen Martini Rosso. Ich erfinde einen Cocktail aus Ananassaft und Mar-

tini und strecke mich auf dem Sofa im Wohnzimmer aus. Die Familie Bonaparte betrachtet mich ungerührt von den Wänden. Was für ein Leben die da oben führen.
Ich rufe Leo an, der zum Glück beim ersten Klingeln rangeht.
»Ich habe gerade an dich gedacht.«
Wie schön es ist, seine Stimme zu hören.
»Kommst du heute Abend?«
Bitte sag ja.
»Ich kann nicht. Ich versuche, das Chaos im Pilastro-Viertel zu lichten. Hast du gelesen, was hier los ist?«
»Ehrlich gesagt, nein.«
Er muss die Enttäuschung in meiner Stimme gehört haben, obwohl ich mich bemühe, sie zu verstecken.
»Wie geht es dir?«, fragt er.
Ich überlege, dass ich Leo lieber nicht sage, wie es mir wirklich geht, wenn er nicht kommen kann, sonst wird es ihm leidtun, oder er kommt, obwohl er eigentlich nicht kann. Ich versuche, ruhiger zu wirken, als ich bin, und schinde Zeit, indem ich ihn sprechen lasse: »Was ist denn los, erzähl mal.«
»Drei Tote, eine alte Rechnung. Und die Presse versteigt sich zu Überschriften wie ›Bologna nach Neapel Italiens gefährlichste Stadt‹ ... Eine hässliche Geschichte mit Drogen, Scheckbetrug und Falschgeld, und es sind ein paar üble Gestalten darin verwickelt. Ein Clan aus Kalabrien und ein paar Kriminelle von hier. Das Präsidium steht Kopf.«
Plötzlich habe ich eine Idee.
»Weißt du, was Arginone ist?«
»So heißt die Straße in Ferrara, wo das Gefängnis steht, wieso?«

»Mir hat heute jemand gesagt, dass ein gewisser Ricky wegen Falschgeld in Arginone sitzt, kann es da einen Zusammenhang geben?«
»Hat dir D'Avalos das erzählt?«
»Nein, eine Verkäuferin in einem Laden …«
Ich höre das glucksende Geräusch, das Leo macht, wenn er etwas lustig findet.
»Das Falschgeld drucken sie in Neapel, aber die Kalabrier kontrollieren den Handel. Drei Tote bedeuten, dass jemand versucht hat, jemand anderen aufs Kreuz zu legen. Und du? Was hast du heute herausgefunden?«
»Eine Menge Sachen, aber das würde ich dir gerne persönlich erzählen. Wenn ich noch verlängere, glaubst du, du könntest Freitagabend kommen? Und bis Samstag bleiben?«
»Ich denke schon. Wenn sich die Sache hier beruhigt.«
»Dann erzähle ich es dir, wenn wir uns sehen. Ich habe mir übrigens ein neues Kleid gekauft.«
»Gut gemacht, es gefällt mir, wenn du kokett bist …«
»Leo?«
»Was ist?«
»Nichts. Hast du schon gegessen?«
»Noch nicht. Und du?«
»Chips, Orangenlimo und einen Martini Rosso.«
»Du hast eine Party gefeiert? Da hatte Ada sicher ihren Spaß. Was machst du jetzt?«
»Telefonieren. Ich rufe meinen Vater an, der heute versucht hat, mich zu erreichen, was einem Wunder gleichkommt. Und meine Mutter. Abgesehen von einer SMS habe ich seit Montag nichts von ihr gehört.«
»Ich habe sie heute zum Mittagessen getroffen.«
»Schon wieder? Hast du sie nicht gestern erst gesehen?«

»Sie hat mich eingeladen, ich bin hingegangen.«
»Was hat sie gesagt?«
»Wir haben über dies und das gesprochen, Familiengeschichten ausgetauscht. Ich erzähle dir mehr, wenn ich komme.«
»Ich kann nicht fassen, dass du Alma an zwei Tagen hintereinander alleine getroffen hast.«
»Wir schließen Freundschaft.«
»Das würde mich freuen, selbst wenn ...«
»Was?«
»Nichts.«
»Los, raus damit, du weißt doch, du kannst mir alles sagen. Mein Robbenfett lässt nichts an mich ran ...«
»Es ist nur ... ich möchte nicht, dass sie sich so benimmt, nur weil ich weg bin ... dass sie dich benutzt, um ihre Nerven zu besänftigen, und dass sie wieder damit aufhört, wenn ich zurück bin, und dich vor den Kopf stößt. Alma hat keine Freunde.«
»Liebling, ich bin schon groß und ich kenne deine Mutter. Glaubst du wirklich, ich bin traurig, wenn sie mich nicht mehr anruft? Hältst du mich für einen pubertierenden Jungen?«
»Ich liebe dich.«
»Ich dich auch, Toni.«
»Dann gute Nacht. Ich schicke dir eine Nachricht, wenn ich ins Bett gehe.«
»In Ordnung. Grüß mir den Professor, wenn du mit ihm sprichst.«
»Mach ich. Ciao.«

Alma

Antonia ruft nicht an. Wann kommt sie zurück aus Ferrara? Leo hat recht, es nützt nichts, ihr etwas aufzwingen zu wollen, aber ich kann nicht einfach nur abwarten. Ich habe keine Geduld, das hatte ich noch nie.
Ich streiche mir über das Gesicht, und mir fallen die Osterferien ein, als ich mit Maio und Michela zum Zelten nach Elba fahren wollte – unser erster gemeinsamer Urlaub – und stattdessen mit Windpocken zuhause blieb.
Die beiden fuhren alleine los, mit Maios weißer Vespa statt mit dem Zug. Sie riefen kein einziges Mal an, damals führte man noch nicht so viele Ferngespräche.
Als sie eine Woche später nachhause kamen, sonnenverbrannt, erkältet von dem Regen, der sie in den Apenninen überrascht hatte, und offenbar glücklich und schwer verliebt, fanden sie mich übersät von Narben, die ich mir zugefügt hatte, indem ich die Krusten der Pusteln abkratzte. Ich hatte nicht genug Geduld gehabt, sie verheilen zu lassen.
Diese Narben habe ich noch heute, sie sind nur blasser geworden: eine am Kinn, eine auf der Stirn, zwei über der Brust, drei auf dem Bauch und einige an den Beinen. Als Maio die Narben sah, bestand er darauf, sie mit dem Filzstift zu verbinden, wie bei dem Spiel im Rätselheft, das wir als Kinder spielten. Ich erinnere mich noch an die freudige Erregung, die ich spürte, als er mich mit dem blauen

Filzstift in der Hand jagte, während Michela lachend zusah, und gleichzeitig an den hauchfeinen Stachel der Eifersucht bei dem Gedanken, dass sie ohne mich mehr Spaß gehabt hatten.

Wie Michela hat Antonia eine ganz eigene Art, sanft, aber bestimmt, das zu tun, was sie will. Als sie das Gymnasium abgeschlossen hatte und begann, Krimis zu schreiben, anstatt sich an der Uni zu immatrikulieren, versuchte ich sie zu überreden. Dass die Tochter zweier Professoren, ein Mädchen mit ihrem Talent darauf verzichtete, zu studieren, um Kriminalgeschichten zu schreiben, schien mir eine Sünde.

Wir stritten nicht, man kann mit ihr ebenso wenig streiten wie mit Franco. Die beiden sind sich ähnlich: Sie vermeiden Konflikte, sie entziehen sich. Als ich zum dritten Mal versuchte, Antonia zu überzeugen, teilte sie mir freundlich mit, dass sie ausziehen werde, dass sie drei Mal in der Woche hinterm Tresen in einer Bologneser Schwulenbar, die bekannt für ihre wilden Livemusikabende war, arbeiten und den Rest der Zeit schreiben werde.

Sie hatte eine Wohnung am anderen Ende der Stadt gefunden: zwei helle Zimmer in einer kleinen Jugendstilvilla mit Garten. Ein Traum, zu einem lächerlich niedrigen Preis.

Ich wusste, dass sie um fünf Uhr morgens nachhause kam, und konnte nichts dagegen tun. Sie war erwachsen. Sie arbeitete, schrieb, tat, was sie beschlossen hatte zu tun, mit der größten Selbstverständlichkeit.

Ihr erster Roman spielte in dieser nächtlichen, unkonventionellen Welt; kurz nach der Veröffentlichung wechselte sie die Arbeitsstelle und begann, Kleidung von einem Label aus Reggio Emilia zu verkaufen. Nachdem sie ein Jahr als Handelsvertreterin gearbeitet hatte, verdiente sie mehr als Franco und ich. Nach einem weiteren Jahr beendete sie ihren zweiten Roman, über den Mord eines Industriellen aus der Textilbranche. Als er rauskam, bekam er mehr Aufmerksamkeit als der erste, Antonia kündigte ihren Job und begann mit der Recherche für den folgenden, inspiriert von einem wahren Verbrechen, das in Bologna geschehen war. Dabei lernte sie Leo kennen.

Jetzt, da ich ihn besser kenne, beginne ich Antonia zu verstehen. Leo ist intelligent. Anders als Franco und ich ist er ein praktischer Mensch, doch was ihn mehr als alles andere anziehend macht, ist der Kontrast zwischen seiner Ruhe und seiner Unvorhersehbarkeit. Ich würde wirklich gerne etwas für ihn tun, ihn überraschen. Seit er bei mir gewesen ist, denke ich darüber nach, und mir ist eine Idee gekommen. Vincent hat mir geschrieben, dass er in Bologna lebt und mich sehen will. Ich habe nie geantwortet, aber jetzt könnte ich ihn anrufen. Er und sein Bruder sind Kalabrier, sie könnten etwas über die Verbrechen im Pilastro-Viertel wissen, etwas, das Leo nützt. Seit mir das eingefallen ist, werde ich den Gedanken nicht mehr los.

Antonia

»Papa, ich bin's, Antonia. Du hast angerufen?«
Im Salon Bonaparte, der hier in Ferrara zu meinem Zuhause geworden ist, gibt es außer meinem Handy kein einziges elektronisches Gerät, es ist mir beinahe unangenehm, es zu benutzen.
Ich sitze auf dem Sofa, die Füße auf dem Tisch, und erwidere die Blicke von Napoleon und Joséphine. Mein selbstkreierter Cocktail hat mich beruhigt. Ich habe mit dem Telefon ein Bild von mir gemacht, das ich Leo schicken will: Mit dem neuen Kleid füge ich mich hier drinnen hervorragend ein.
»Wie geht es dir?«
»Alles in Ordnung. Und bei dir? Was wolltest du denn?«
»Ich wollte wissen, wie es dir geht, wie es so läuft in Ferrara. Findest du das seltsam?«
»Ein bisschen schon, ich glaube, du hast mich überhaupt noch nie angerufen.«
»Du übertreibst, du klingst wie deine Mutter. Ich habe dich schon oft angerufen, zuletzt vorige Woche.«
»Da habe ich dich angerufen, um zu fragen, um wie viel Uhr wir uns treffen, aber das macht auch nichts. Also, was gibt's?«
Normalerweise beklage ich mich nicht über meinen Vater. Oder bei meinem Vater. Wir haben ein liebevolles, freundschaftliches, respektvolles Verhältnis. Er hat mir beige-

bracht, unabhängig zu sein. Dass es gut ist, unabhängig zu sein.

»Oheiligemadonna, nichts weiter, ich wollte nur wissen, wie es dir in Ferrara geht, was du so machst, was du herausgefunden hast. Hast du vergessen, dass du meine Penthesilea bist?«, brummelt er mit gespielter Wut. In Wirklichkeit ist er nie wütend.

»Mit deiner Penthesilea hat es kein gutes Ende genommen. Kann ich nicht lieber, ich weiß nicht, Bradamante sein? Stammt von ihr nicht die Familie Este ab, und damit eigentlich alle, die hier in Ferrara etwas zählen?«

»Du Größenwahnsinnige. Was hast du denn mit Bradamante am Hut ... ich glaube nicht, dass wir dir verboten haben, deinen Ruggero zu heiraten ...«, sagt er lachend.

»Erstens habe ich ihn nicht geheiratet, und zweitens kann ich auch nicht behaupten, dass Mama und du meinen Ruggero allzu begeistert aufgenommen habt ... wenn wir schon mal beim Thema sind.«

Ich weiß nicht, warum ich diesen ernsthaften Ton anschlage. Dieser Abend ist seltsam. Dieses Zimmer ist seltsam. Wie aus der Zeit gefallen. Ein Ort, an dem nichts, und darum alles von Bedeutung ist. »Hört, hört ... ist das der Tag der Abrechnung? Es bekommt dir wohl nicht, dieselbe Luft zu schnuppern wie die Familie Este? Meinetwegen, dann bist du eben meine Bradamante. Und was deinen Ruggero betrifft ... hab ein wenig Geduld ... für zwei wie uns war es ein wenig überraschend, plötzlich einen Polizisten in der Familie zu haben. Als wir jung waren, haben wir gegen sie gekämpft. Aber ich mag Leo. Ich glaube, das weißt du.«

»Mehr oder weniger ... wusstest du, dass Mama ihn jetzt auch mag? Sie haben sich schon zweimal getroffen, hat sie dir das erzählt?«

»Wir haben uns in den letzten Tagen nicht oft gesehen, nur morgens, und du weißt ja, dass ich am Morgen …«
»Stumm bist, ich weiß. Sie haben sich gestern und heute zum Mittagessen getroffen.«
»Da siehst du, dass wir sehr wohl mit Ruggero Umgang pflegen.«
»Papa?«
»Was ist?«
»Ich habe eben etwas erfahren, das ich kaum glauben kann. Ich kann nicht glauben, dass Mama nichts davon weiß, und auch nicht, dass sie davon weiß und mir nichts erzählt hat.«
»Über ihren Bruder?«
»Über Maio habe ich wenig herausgefunden. Nein, es ist etwas anderes, aus fernerer Vergangenheit.«
»Was denn?«
Ich hole tief Luft. Der einzige Defekt dieses herrlichen Zimmers ist, dass man die Autos von der Straße unten hört.
»Wusstest du, dass Mamas Großeltern väterlicherseits … im Konzentrationslager gestorben sind?«
»Wie bitte?«
Franco verliert nie die Fassung, aber er wirkt verblüfft.
»Du wusstest es nicht?«
»Nein, nichts dergleichen. Wer hat dir das erzählt? Alma weiß davon auch nichts, da bin ich sicher.«
Mein Vater ist sich sonst nie einer Sache sicher, darum überrascht mich diese Bestimmtheit.
»Eine Nachbarin hat es mir heute erzählt. Eine alte Dame, die gegenüber wohnte und die mit Großvater zur Schule ging. Auch sie ist Jüdin, wie er.«
»Almas Vater war Atheist, wie sie mir erzählt hat, Weihnachten und andere religiöse Feste feierte er nur, um sei-

ner Frau einen Gefallen zu tun. Woher weißt du, dass es wahr ist, was diese Nachbarin erzählt? Vielleicht phantasiert sie ja ... oder irrt sich ... oder lügt ganz einfach?«
»Das glaube ich nicht. Du hast sie nicht kennengelernt, sie ist eine hellwache Person, und sie wirkt ehrlich. Sie hat erzählt, dass Giacomo konvertiert ist, um Großmutter kirchlich heiraten zu können. Und sie hat gesagt, dass so eine Entscheidung inakzeptabel ist, wenn einem die ganze Familie im Konzentrationslager ausgelöscht wurde.«
Franco schweigt. Ich bespreche diese Sache nicht gerne am Telefon mit ihm, aber anders geht es heute nicht. Mit Mama muss ich persönlich darüber reden. Ich will verstehen, warum sie mir nichts davon gesagt hat.
»Es kann nicht sein, dass Mama nichts davon weiß, Papa. Wenn du die Enkelin zweier Menschen bist, die von den Nazis umgebracht wurden, kannst du es nicht *nicht* wissen, noch dazu in einer Stadt wie Ferrara. Selbst wenn ihr Vater es ihr verschwiegen hätte. Wie viele Juden aus Ferrara sind wohl in den Konzentrationslagern gestorben? Fünfzig? Hundert? Und selbst wenn es zweihundert waren, glaubst du, wenn dein Großvater dabei war, erfährst du es nicht? Es gibt den Gedenktag, es gibt Publikationen, Zeremonien ...«
»Du hast recht, es ist seltsam. Außer ...«
»Was?«
»Es waren die Siebziger, politische Jahre. Damals herrschte der Geist der Revolution, nicht der des Gedenkens. Und Alma war noch ziemlich jung, als sie aus Ferrara wegging. Ich glaube, es ist durchaus möglich, dass sie es nie erfahren hat, wenn ihre Eltern beschlossen hatten, es vor ihr geheim zu halten.«
»Morgen wühle ich mich durch alle Dokumente.«

»In der Bibliothek findest du alles, was du brauchst: die Anzahl der Deportierten, der Toten. Es gibt in Ferrara auch ein jüdisches Museum, ich bin einmal dort gewesen. Und ich habe gelesen, dass sie vor kurzem ein Shoah-Museum eröffnet haben, da könntest du auch hingehen ...«
»In Ordnung, Herr Professor. Aber das alles finde ich auch im Internet.«
»Alles nicht, meine Liebe.«
»Vielleicht nicht alles, aber bestimmt wesentlich schneller. Papa ...?«
»Sprich, Antonia.«
Ich bin nicht daran gewöhnt, meinem Vater mein Herz auszuschütten, aber ich war auch noch nie in so einer Situation.
»Warum gibt es in unserer Familie all diese tragischen Todesfälle? Die Großeltern ... und sogar die Urgroßeltern. Das schockiert mich ein bisschen.«
Eigentlich macht es mich traurig. Aber ich will meinem Vater nicht sagen, dass ich traurig bin.
»Das kann ich mir vorstellen. Du hast nie etwas davon gewusst, und plötzlich ... Ich kann nachvollziehen, dass du durcheinander bist. Aber tragische Todesfälle sind der Stoff, aus dem Geschichte gemacht ist. Denk nur an die *Aeneis* ...«
Nein, jetzt nicht die *Aeneis*.
»Ich will jetzt nichts von der *Aeneis* hören, und auch nichts von Orlando Furioso. Niemand, den ich kenne, hat so eine Familiengeschichte. Selbst du bist ja eine Art ...«
»Eine Art was?«
»Eine Art Emigrant, ich weiß nicht ... ein Heimatloser. Ich habe nie jemanden aus deiner Familie kennengelernt, abgesehen von diesen Cousins in Turin.«

»Ich kann dir versprechen, dass sie alle ganz langweilig an irgendwelchen Krankheiten gestorben sind, wenn dich das beruhigt. Du hast eben einen alten Vater, ein Einzelkind. Das genügt, um die Verwandtschaft zu minimieren und die Abstammung zu verschleiern.«
»Papa ...?«
»Ja?«
»Findest du es wirklich normal, mit dreißig herauszufinden, dass man einen Selbstmörder zum Großvater hat, einen verschwundenen Onkel, dazu zwei Großeltern und eine Großtante, die im Konzentrationslager gestorben sind?«
»Habe ich gesagt, dass ich das normal finde? Das habe ich nicht gesagt.«
»Sie hießen Anna und Amos. Und Rachele. Ich muss Ada einen anderen Namen geben. Genug mit diesem A.«
»Du hast recht. Nenn sie doch Bradamante.«
»Fängst jetzt auch du noch damit an?«
»Womit?«
»Ich habe hier jemanden kennengelernt, der gesagt hat, ich soll das Kind Ariosto nennen, wenn es ein Junge wird ...«
»Sehr sympathisch, wer war das?«
»Ein neapolitanischer Polizist.«
»Noch ein Kommissar? Du bist besessen ...«
Auch diesmal ist es ihm wieder gelungen, das Thema zu wechseln und alles ins Heitere zu ziehen.
»Wie schaffst du es nur, immer allem die Dramatik zu nehmen?«
»Ich lebe seit dreißig Jahren an der Seite des personifizierten Dramas, ich kann gar nicht anders.«
Diesmal lasse ich ihn damit nicht davonkommen.
»Abgesehen davon, dass Alma meiner Meinung nach wirk-

liche Dramen durchlebt hat, und dass jedem an deiner Seite danach zumute wäre, die Dinge zu dramatisieren, als Gegenreaktion ... Entschuldige, wenn ich dir das sage. Du weißt ja, dass auch ich dazu neige, alles herunterzuspielen, aber du übertreibst es damit.«

»Ich habe es ja gewusst, das ist der Tag der Abrechnung. Ich werde ihn mir im Kalender anstreichen.«

»Siehst du? Entweder machst du einen Witz, oder du rationalisierst, oder du fängst an zu predigen. Einen anderen Modus gibt es bei dir nicht.«

Schweigen. Vielleicht habe ich ihn getroffen.

»Welchen Modus meinst du denn, Antonia?«

»Begeisterung ... Empfindsamkeit ... Mitgefühl ... Ich verstehe, warum Mama sich einsam fühlt.«

Diesmal schweigt er ein wenig länger.

Dann spricht er in seinem üblichen Tonfall weiter.

»Ich tue, was ich kann, Antonia. Ich versuche, da zu sein, wenn es nötig ist. Ich verstehe, dass du heute Abend verletzt bist und ein wenig verängstigt. Aber was nützt es, wenn ich sage: ›Oh, du Arme‹, oder versuche, dich zu trösten? Ich denke, dass Rationalisieren oder einen Scherz zu machen der beste Weg ist, damit es dir besser geht ... Was erwartest du dir denn von mir? Was fehlt dir?«

»Ich weiß auch nicht, Papa. Vielleicht würde ich gerne weinen. Dich umarmen. Was machen wir denn jetzt mit Mama? Ich kann nicht am Telefon mit ihr darüber sprechen. Und nicht nur, weil ich inzwischen gar nichts mehr verstehe ... Ich wollte herausfinden, ob Maio noch lebt, oder wie er gestorben ist, und dann das! Und ich habe dir noch nicht einmal alles erzählt.«

»Es gibt noch mehr?«

»Ja, und du wirst es melodramatisch finden.«

»Erzähle es mir.«
»Es scheint, als wäre Maio gar nicht der Sohn seines Vaters Giacomo gewesen, sondern der eines Liebhabers, den Großmutter Francesca vor vielen Jahren hatte. Die Affäre wurde noch vor Maios Geburt beendet. Es war der Präfekt, ihr Nachbar. Der Bruder der alten Dame, die ich heute getroffen habe.«
Franco schweigt.
»Du sagst ja gar nichts?«
»Ich fürchte mich davor, wie du jeden meiner Kommentare deuten könntest. Und ich bin … sprachlos, ja. Bist du sicher?«
»Willst du die Bibliografie hören? Ich habe drei verschiedene Quellen.«
»Wen denn?«
»Die Nachbarin, die tote Tante einer Freundin von Mama und den neapolitanischen Kommissar, dem der Präfekt es damals persönlich anvertraut hat.«
»Ein jüdischer Präfekt?«
»Anscheinend, ja.«
»In welchen Jahren war das?«
»Keine Ahnung, Papa. Morgen mache ich meine Hausaufgaben fertig und schicke sie dir zur Korrektur, einverstanden?«
Es irritiert mich jedes Mal, wenn er anfängt, mich auszufragen.
»Siehst du, dass ich es dir gar nicht recht machen kann? Darum rufe ich dich nicht an: Am Telefon klinge ich viel professorenhafter, als ich bin. Aber ich kann verstehen, dass das gerade eine außergewöhnliche Situation ist. Und du bist ein bisschen außer dir. Du Arme …«
Sein »Du Arme« bringt mich schließlich doch noch zum

Lachen. Ich habe nie erlebt, dass mein Vater die Kontrolle verliert, nicht einmal, dass er sich aufregt. Was auch geschieht, er bleibt ruhig, reißt seine Witzchen. Das ist fantastisch, wenn man nicht gerade seine Tochter ist, oder seine Frau. Vor allem seine Frau, denn normalerweise komme ich gut mit meinem Vater aus, außer heute Abend. Aber es ist wirklich ein ungewöhnlicher Abend, da hat er tatsächlich recht. Und der Martini Rosso hatte wohl mehr Alkohol, als ich dachte, noch dazu auf leeren Magen.

»Glaubst du, Mama kann davon gewusst haben, von der Herkunft ihres Bruders und ihrer Familie?«

»Ich glaube nicht, dass sie sich je Fragen über die fernere Vergangenheit gestellt hat. Ihr genügte die Gegenwart. Die war schon beängstigend genug. All ihre Fragen, all ihre Qualen konzentrieren sich auf dieses eine Jahr, in dem Maio verschwand. Was dort geschehen ist, war so gewaltig und passierte so schnell ... es ist, als ob alles, was vorher geschah, keine Bedeutung für sie hätte. Als ginge es sie nichts an. Das war immer mein Gefühl.«

»Oh, ein Gefühl, also bist du doch ein Mensch.«

Mein Vater schweigt einige Sekunden. Als er weiterspricht, ist seine Stimme tiefer. Wenn ich es nicht besser wüsste, würde ich sagen, er ist aufgewühlt.

»Antonia, ich habe ein Kind mit einer meiner Studentinnen gemacht, drei Monate nachdem ich sie kennengelernt hatte. Ein von tragischen Vorfällen gebeuteltes Mädchen. Findest du das vernünftig?«

»Nein, in der Tat ...«

»Kannst du dir vorstellen, wie sehr ich sie geliebt habe?«

Es rührt mich, ihn so reden zu hören. Und ich fange sofort an, Witze zu machen, genau wie er, um meine Gefühle im Zaum zu halten.

»Ja, in der Tat … Das heißt nein, ich kann es mir nicht vorstellen. Aber jetzt, wo du es sagst, verstehe ich es. Ich habe nie darüber nachgedacht. Auch weil ich nie wusste, was ihr zugestoßen war. Papa … wir reden gerade über Liebe, über Gefühle! Merkst du das? Ein Skandal.«
»Du herzloses Kind, dass du in einem solchen Augenblick Scherze machst … von wem hast du das nur?«, kichert er.
Er ist stolz auf mich, das spüre ich. Dass ich verstanden habe, wie ich ihn nehmen muss. Dass ich nach ihm komme.
»Eins noch, Papa.«
»Ja, Antonia?«
»Liebst du sie immer noch?«
Ich hätte nie gedacht, dass ich ihn so etwas einmal fragen könnte. Ich höre eine Sirene, die langsam näher kommt, ein Polizei- oder Rettungswagen. Doch seine Stimme übertönt sie, deutlich und bestimmt.
»Ich werde sie immer lieben.«

Alma

Im August fuhren wir ans Meer, in ein weißes Haus mit zwei Stockwerken. Im Garten voller Zapfen und Piniennadeln stand ein Grill.

Unsere Eltern sagten, es koste nicht viel, weil es abseits der Geschäfte und nahe am Binnensee lag, wo es von Mücken wimmelte, gleich hinter dem Deich des öffentlichen Strandes, doch wir hätten es uns auch ausgesucht, wenn es teuer gewesen wäre, eben wegen dieser Lage. Viele Leute aus Ferrara hatten Angst, in jenem abseits gelegenen Teil des Lido zu wohnen, der an den großen Pinienwald angrenzte, aber nicht meine Eltern, die ihr Haus am Flussdeich gewohnt waren, das noch einsamer lag.

Maio und ich durften uns herumtreiben, wo wir wollten, aber wir machten schließlich doch jeden Tag dasselbe: Strand, endlose Bäder, Flipperautomat, Wassereis, Murmelbahnen, die wir mit irgendwelchen anderen Jungs bauten. Zum Mittagessen gingen wir nachhause, hielten lange Siestas, lasen hinter halb geschlossenen Fensterläden Comics, um dann wieder bis zum Sonnenuntergang zum Meer zu gehen.

Eines Samstags bereitete Mama einen Reissalat, hartgekochte Eier und mit Mandelmakronen gefüllte Pfirsiche zu und schlug vor, ein Picknick im Pinienwald zu machen. Mein Vater packte zwei karierte Decken, eine Tischdecke, drei Wasserflaschen und ein großes Messer für die Wasser-

melone in einen Korb. Maio sollte die Wassermelone transportieren, ich die Teller und Papierservietten.
Wir fuhren im Gänsemarsch mit den Fahrrädern los, wichen Schlaglöchern und Baumwurzeln aus, um nicht den Inhalt unserer Taschen und Körbe zu verschütten, die wir an die Lenker gehängt hatten, und steuerten auf den Trampelpfad zu, der von unserem Haus durch den riesigen, wilden Pinienwald bis nach Ravenna führte. Er war menschenleer.
Gleich nachdem wir den See hinter uns gelassen hatten, lehnten wir die Fahrräder an eine Pinie, ohne sie anzuschließen, und drangen zu Fuß in das Dickicht aus Bäumen, Wacholder- und Ligustersträuchern vor, um einen Platz zu suchen, der uns gefiel. Wir hörten nichts als den Gesang der Buchfinken und das Quaken der Frösche am See, und wir atmeten den Duft des Sommers: den Geruch von Sonne, die das Harz der Pinien wärmt. Es war nicht leicht, einen passenden Ort zu finden, an dem wir uns niederlassen konnten, ein Quell langwieriger Diskussionen zwischen mir und meinem Vater. Maio und meiner Mutter war alles recht, aber ich wollte einen Platz im Schatten, ohne Ameisenhaufen, ohne allzu viele Zweige und Pinienzapfen, die man erst beiseite fegen musste, der weder zu weit entfernt von den Dünen und dem Meer noch vom See lag.
Nach dem Essen legten wir uns hin, um auszuruhen, jeder mit dem Kopf auf dem Bauch eines anderen, im Quadrat. Unser Vater fing an, uns die Handlung eines Krimis zu erzählen, den er gerade las, Mama versuchte zu erraten, wer der Mörder war, und er rief immer wieder: »Nein, nicht verraten!«, begleitet von unserem Gelächter.
Später überließen Maio und ich die beiden ihren Gesprä-

chen und gingen Pinienkerne sammeln. Die dunkelbraune, staubige Schale färbte uns die Hände und das Gesicht. Die meisten Kerne steckten wir in eine Tüte, aber einige öffneten wir auch direkt mit einem Stein und aßen sie sofort. Sie schmeckten köstlich.

Wir befanden uns wieder in der Nähe des Sees, als auf dem Weg plötzlich ein älterer Junge in Badehose und Gummisandalen angerannt kam, verschwitzt und pummelig, mit zwei Speckfalten am Bauch. Mit einem Akzent, den wir für Römisch hielten, fragte er uns keuchend, ob wir ein Stachelschwein gesehen hätten. Wir verneinten und folgten ihm. Er sprach seltsam und war anders als alle anderen Jungs am Strand. Er erzählte uns, dass er mit seinen Eltern und einigen Freunden von ihnen auf einem Campingplatz in der Nähe wohne. Wir wussten von der Existenz dieses Campingplatzes, aber wir waren nie dort gewesen und kannten niemanden, der da wohnte. Der Junge hieß Valerio und war dreizehn, so alt wie ich, ein Jahr älter als Maio. Er sagte, dass die Jungs vom Campingplatz bei Sonnenuntergang ein Fußballspiel am öffentlichen Strand organisierten, und lud uns ein zu kommen. Maio war ein begeisterter Fußballspieler, er warf mir einen Blick zu und ich sagte, wir würden kommen. Das Stachelschwein trafen wir nicht, aber Maio war trotzdem zufrieden, weil ich ihm am Ufer des Sees einen weißen Reiher zeigte, und einen großen Eichelhäher, der auf dem geborstenen Stamm einer Pinie saß.

Als wir zu der Lichtung zurückkehrten, fanden wir unsere Eltern Arm in Arm schlafend. Als sie aufwachten, erzählten wir ihnen nichts von unserem Zusammentreffen mit Valerio. Es gab keinen Grund, es ihnen zu verschweigen, doch wir hatten gerne unsere Geheimnisse.

Zur ausgemachten Uhrzeit folgte ich Maio zu seiner Verabredung in die Dünen. Obwohl er nicht weit von unserem Haus entfernt lag, gingen wir nie zu diesem Abschnitt des Strandes, nicht so sehr weil es hieß, er werde von Schwulen und Nudisten besucht, sondern eher weil wir an unser übliches Strandbad mit dem Flipperautomaten, dem Volleyballnetz und der Jukebox gewöhnt waren, für die Maio schwärmte, und an den einen oder anderen Jungen, den wir schon ewig kannten.

Am Strand waren ein Dutzend Personen: eine Gruppe Jungs aller Altersstufen, darunter auch drei Kinder von sieben oder acht Jahren, und zwei Mädchen. Ich beobachtete, wie Maio sich selbstbewusst mit seinen Mitspielern bekannt machte, legte mich in den Sand und sah dem Spiel zu. Maio rannte, und die anderen feuerten ihn an: *»a Ma'!«*. Er schoss dreimal ins Netz in diesem Spiel, in dem massenhaft Tore fielen. Irgendwann kamen die beiden Mädchen zu mir herüber, und die ältere, die denselben Akzent hatte wie Valerio und einen viel größeren Busen als ich, fragte mich, ob der Süße – sie deutete auf Maio – mein Freund sei. Instinktiv antwortete ich mit Ja.

Sie sah zu ihrer Freundin hinüber, sie lächelten sich an und blieben bei mir sitzen, dabei malten sie die ganze Zeit mit den Fingern im Sand. Nach einer Weile standen sie wieder auf und verabschiedeten sich. Nach dem Spiel ging Maio mit seinen Mitspielern baden, dann warf er sich bäuchlings neben mich in den Sand, nass wie er war. Er atmete schwer und war rot im Gesicht. Er hatte Spaß gehabt, er war glücklich.

»Hast du dich sehr gelangweilt?«

Ich verneinte, und er rollte sich auf den Rücken, komplett voll von Sand.

»Was für Bälle!«, rief er.
»Welche meinst du?«, antwortete ich verwirrt. Er drehte sich auf die Seite, stützte sich auf den Ellenbogen und sah mich an.
»Ich meine das Mädchen, mit dem du vorhin gesprochen hast. Was hat sie gesagt?«
Statt mich zum Lachen zu bringen, verstörte mich dieser Satz. Es war das erste Mal, dass er Interesse für ein Mädchen zeigte.
»Ach, nichts weiter. Ich habe Hunger. Komm, lass uns nach Hause gehen.«

Antonia

Ich muss die Tüte abholen, die ich bei Lia vergessen habe. Es ist Mittag, keine besonders passende Uhrzeit, auch wenn ich sie bisher noch nicht Kochen gesehen habe. Ich versuche es.

Als ich heute Morgen die Fenster geöffnet habe, konnte ich die Backsteinfassade der Theatinerkirche nicht mehr ausmachen, so nebelig war es, doch inzwischen scheint durch einen Schleier die Sonne. Ich beginne langsam zu verstehen, dass Sonne und Nebel in Zusammenhang stehen. Wie kann es sein, dass sich in Bologna, das nur sechzig Kilometer von hier entfernt liegt, so viel seltener Nebel bildet? Ist es die Nähe der Hügel?

Die Via Vignatagliata ist auch um diese Uhrzeit menschenleer. Durch Lias geschlossenes Fenster dringt heute keine Musik, kein Hundebellen nach draußen. Ich klingle und warte, dabei betrachte ich die Eingangstür des Hauses, in dem meine Mutter aufgewachsen ist. Ich versuche, sie mir vorzustellen, wie sie aus dieser Tür tritt, zusammen mit Maio, um zur Schule zu gehen. Als junges Mädchen muss Alma ebenso außergewöhnlich wie unausstehlich gewesen sein.

Es kommt eine alte Dame auf dem Fahrrad vorbei, sie dreht sich nach mir um, es scheint, als wolle sie etwas sagen, doch dann fährt sie weiter. In dieser Stadt fahren Leute jeden Alters mit dem Fahrrad, egal bei welchem Wetter.

Die Tür geht nicht auf. Ich klingle noch einmal länger. Diesmal ist Lia nicht zuhause, oder sie will nicht öffnen. Ich beschließe, wieder zu gehen, und es später noch einmal zu probieren. Ich habe keine Pläne für heute gemacht, ein idealer Zustand. Improvisieren, den Gefühlen und Instinkten freien Lauf lassen, dabei passieren immer die interessantesten Dinge. Jetzt zum Beispiel hätte ich Lust zu schreiben. Seit ich meinem Verleger das vierte Abenteuer der Inspektorin Emma Alberici in die Hand gedrückt habe, befinde ich mich in der Schwebe zwischen der beendeten und der noch nicht begonnenen Geschichte. Sie könnte in Ferrara spielen, doch im Augenblick werde ich zu sehr von der Geschichte in Beschlag genommen, die ich tatsächlich erlebe. Leben und Schreiben sind für mich zwei Gegenpole. Entweder lebt man, oder man schreibt. Eins nach dem anderen.

Ich lenke meine Schritte Richtung Piazza, und nach wenigen Metern sehe ich sie, an der Kreuzung der Via Contrari: Lia und Mina. Sie kommen auf mich zu, aufrecht und elegant. Lia trägt einen herrlichen Kamelhaarmantel und einen lilafarbenen Seidenschal um den Hals, Mina dagegen einen karminroten Umhang, der sich deutlich von ihrem weißen Fell abhebt. Ich gehe ihnen entgegen, Lia lächelt, und Mina wedelt mit dem Schwanz. Offenbar freuen sie sich, mich zu sehen.

»Wolltest du deine Tüte holen? Wir hätten sie dir auch vorbeigebracht, aber wir wussten nicht, wo du wohnst ...«, sagt Lia, als ich bei ihr angelangt bin.

Ich muss darüber lächeln, dass sie den Plural benutzt, auch ich denke inzwischen immer so an sie: Lia und Mina.

»Ganz in der Nähe, auf dem Corso Giovecca. Störe ich, um diese Uhrzeit? Ihr wollt wahrscheinlich mittagessen ...«

Lia winkt ab, so als wäre Essen ihre geringste Sorge. Dann schlägt sie vor: »Wollen wir etwas in der Konditorei da trinken?« Sie deutet auf ein Café an der Ecke.
»Gerne«, antworte ich.
Wir setzen uns an einen Tisch im Freien, auf eine leicht erhöhte Holzterrasse über dem Pflaster. Diese Straße ist etwas breiter und belebter als die Via Vignatagliata. Die Fahrräder fahren kreuz und quer, und einige von ihnen, vor allem Frauen, haben eine Art Horn aus Brot in ihrem Korb. Lia bemerkt meinen Blick und erklärt: »Das sind *coppie*, eine Spezialität Ferraras.«
Auch heute ist es nicht kalt, aber ich bin zu dünn angezogen für die Jahreszeit. Ich trage eine Strumpfhose unter dem Kleid, der Regenmantel wärmt mich allerdings trotz des Pashmina-Schals nicht genug. Lia bemerkt das wohl, denn sie sagt: »Wenn dir kalt ist, gehen wir rein.«
»Mir gefällt es hier draußen. Ich trinke einfach einen heißen Tee.«
»Ich auch«, nickt sie.
Mina hat sich zwischen uns gesetzt, unter den Tisch. Lia hat die Leine an einem Stuhlbein festgemacht, mit der Bemerkung: »Eigentlich wäre das nicht nötig.«
Ein Kellner kommt heraus und nimmt die Bestellungen auf. Er ist kahlköpfig und hat einen schwarzen Schnurrbart. »Darf ich der Signorina auch etwas bringen?«, fragt er Lia mit einem Nicken in Richtung Mina. Sie kennen sich. Natürlich, Lia wohnt schon ihr Leben lang hier, alles andere wäre seltsam.
»Eine Schüssel Wasser, danke, Ares.«
Ares? Ein seltsamer Name. Dann wendet Ares sich an mich. »Die Signora?« Seit ich schwanger bin, nennen die Leute mich »Signora«, daran bin ich nicht gewöhnt. »Zwei Tas-

sen heißen Tee bitte, und haben Sie süße Maronenpastete?«, frage ich.
»Natürlich«, antwortet Ares. »Für Sie auch, Frau Lehrerin?«
»Was haben Sie unterrichtet?«, frage ich Lia.
»Latein«, antwortet sie.
Ich hätte auf Mathematik getippt.
»Schön«, sage ich, um irgendetwas zu sagen. Sie schaut mich an, als kenne sie die Bedeutung des Adjektivs »schön« nicht, oder vielleicht sieht sie auch einfach nicht gut. Sie hat heute ihre Brille nicht auf, und ihr Blick wirkt weniger klar.
Jedes Mal, wenn ich sie treffe, ist Lia Cantoni ein wenig freundlicher. Vielleicht freut sie meine Gesellschaft, oder aber ich beginne einfach, mich an ihre trockene Art zu gewöhnen.
Der Kellner mit dem seltsamen Namen bringt uns eine weiße Teekanne mit zwei Tassen und die süßen Pasteten. Lia beginnt, ihre Pastete mit Messer und Gabel zu essen, und ich, die sie bisher immer mit der Hand gegessen hat, mache es ihr nach, wenigstens werde ich mich so nicht an der heißen Füllung aus Béchamelsauce verbrennen wie sonst.
»Köstlich«, seufze ich. »Ich weiß nicht, was ich tun soll, wenn ich wieder nachhause fahre, in Bologna gibt es so etwas nicht. Und Ada wird mit Appetit auf Maronenpastete auf die Welt kommen.«
Lia stellt keine Fragen. Sie fragt nicht, wer Ada ist.
Wir essen schweigend und trinken dazu eine Tasse Tee.
»Kann ich ihr das geben?«, frage ich und deute auf ein Stück übriggebliebenen Mürbeteig auf meinem Teller, auf das Mina gierig starrt.
»Ausnahmsweise«, antwortet Lia.

Mina ist zufrieden. Sie hat ein ausgesprochen sympathisches Gesicht, es sieht aus, als lächle sie. Ich beschließe, Lia zu fragen, was ich wissen will, im schlimmsten Fall wird sie einfach nicht antworten.

»Lia, hören Sie … Wie gesagt, ich versuche, etwas über das Verschwinden meines Onkels Maio herauszufinden. Glauben Sie … dass es da irgendeine Verbindung zu dem Verhältnis zwischen meiner Großmutter und Ihrem Bruder geben könnte?«

Meine Worte scheinen sie nicht zu verärgern, wie ich gefürchtet hatte. Sie stellt ihre Tasse auf der Untertasse ab, trocknet sich die Lippen mit einer Papierserviette und antwortet: »Verhältnis? Die beiden hatten kein Verhältnis.«

Wie bitte? Sie selbst hat mir doch davon erzählt. Ich kann ihr nicht sagen, was Luigi mir anvertraut hat, aber ich erinnere mich, dass auch sie darauf angespielt hat.

»Entschuldigung … aber Sie haben doch erzählt, dass dieser Ring …«, ich hebe die Hand, um ihr den Saphirring am rechten Ringfinger zu zeigen, »… Ihrer Mutter gehörte. Dass Ihr Bruder ihn meiner Großmutter geschenkt hat. Dass Sie sich wegen der peinlichen Situation nicht mehr grüßten …«

Lia trinkt einen weiteren Schluck Tee und bückt sich hinunter, um Mina den Kopf zu streicheln.

»Brav«, flüstert sie ihr zu, vielleicht weil sie heute nicht bellt.

Dann schaut sie mich an.

»Mein Bruder war in deine Großmutter Francesca verliebt, aber sie hat seinem Werben nie … nachgegeben. Sie ist ihrem Mann treu geblieben.«

Mina wedelt mit dem Schwanz. Jetzt fixiert sie Lias Teller, auf dem noch eine halbe Pastete liegt.

»Als dein Großvater Giacomo Francesca heiratete, wie ich dir erzählt habe, löste das in unserer Gemeinde einen Skandal aus, wegen des Konfessionswechsels. Niemand sprach mehr mit ihm. Sie waren ... isoliert. Mein Bruder und deine Großmutter lernten sich eines Abends kennen, als es meiner Mutter schlecht ging, und mein Bruder deine Großmutter aufsuchte, um nach einem Medikament zu fragen, das unsere Mutter brauchte. Deine Großmutter war sehr freundlich, sie schloss mitten in der Nacht die Apotheke auf, sie bemühte sich sehr. Seitdem unterhielten sie sich manchmal. Irgendwann ... hat mein Bruder sich unsterblich in sie verliebt. Das hat er mir so gesagt. Er sagte, er verstünde, dass ihr Mann konvertiert sei, um sie zu heiraten. Dass er dasselbe getan hätte. Dass sie eine außergewöhnliche Frau war. Wir hatten einen Streit deswegen. Meine Mutter war bereits gestorben, und sein Umzug nach Rom stand kurz bevor ... wegen deiner Großmutter ist er gegangen. Um sie nicht mehr zu sehen.«
Aber ... was ist mit Michelas Tante? Und vor allem ... Luigi? Er hat mir gesagt, dass der Präfekt selbst dem leitenden Ermittler gesagt hat, Maio wäre sein Sohn. Lia fährt inzwischen fort: »Es hat in der Stadt viel Klatsch gegeben. Manch einer hat behauptet, sie seien Geliebte gewesen, aber Giordano hat mir versichert, dass das nicht stimmt. Dass er nichts lieber gewollt hätte, dass er für sie auch seine Frau verlassen hätte, doch Francesca war treu, obwohl ihr Mann an Depressionen litt und ... ein ziemlich schwieriger Mensch war. Ich glaube, auch sie war ein wenig in Giordano verliebt, doch sie hat sich nie darauf eingelassen. Aber als Maio verschwand ...«
Sie schweigt einen Augenblick.
»Was?«

»Da hat sie ihn gesucht. Das weiß ich, weil sie mich nach seiner Telefonnummer in Rom gefragt hat, drei Tage nach Maios Verschwinden. Sie war plötzlich so ... zerbrechlich. Sie kam ganz früh morgens. Ich hatte aus der Zeitung von Maios Verschwinden erfahren. Ich gab ihr Giordanos Nummer, ohne ihr weitere Fragen zu stellen, und tags darauf war er da. Er blieb eine Woche bei mir. Ich glaube, er hat den Kollegen damals weisgemacht, Maio wäre sein Sohn, damit sie alle Kräfte mobilisierten, um ihn zu finden. Für deine Großmutter hätte er alles getan.«

Lia redet, ohne mich anzusehen. Sie schaut zu Mina, die reglos ihren Blick erwidert.

Daher also der Klatsch. Cantoni selbst hat durchblicken lassen, sie seien Liebhaber gewesen. Also haben Maio und Alma doch den selben Vater.

»Mein Bruder hat nie aufgehört, sie zu lieben«, fährt sie fort. »Als Giacomo sich erschoss, kam er nach Ferrara geeilt. Es war Juli, und er war mit der Familie im Urlaub, doch irgendjemand hatte es ihm gesagt, und er war zur Stelle. Er schlief in diesen Tagen bei mir, er war völlig aufgewühlt. Er versuchte, ihr in den praktischen Angelegenheiten zur Seite zu stehen, mit der Beerdigung, den Bankgeschäften. Er sagte mir, Francesca sei die Frau seines Lebens, und dass er die Vorstellung nicht ertrug, sie in dieser Situation alleine zu lassen ... mit dem verschwundenen Sohn, dem toten Ehemann ... wahrscheinlich hoffte er, dass sie mit der Zeit ... doch dann wurde Francesca krank. Giordano kam jede Woche nach Ferrara, um sie zu sehen. Ich glaube, er hat ihr den Ring bei seinem letzten Besuch im Krankenhaus gegeben, kurz vor ihrem Tod. Du weißt ja, dass sie innerhalb von zwei Monaten gestorben ist, oder? Ihre Tochter lief in dieser Zeit herum wie ein Geist. Sie lebte allein, und ich sah sie zu den unmöglichsten Uhrzeiten kommen und gehen, mit den übelsten Typen. Ich glaube, Giordano hielt von weitem seine Hand über sie. Er hatte sie bei der Polizei und den Carabinieri gemeldet, um zu verhindern, dass sie sich in allzu schlimme Schwierigkeiten hineinmanövrierte …«

Arme Alma. Wie einsam sie sich gefühlt haben muss.

Auch während dieser Erzählung bellt Mina nicht.

Zum Glück spricht Lia weiter und stellt mir keine Fragen.

»Ich hätte freundlicher zu deiner Großmutter sein sollen. Niemand ist es gewesen, wir haben sie alleine gelassen. Ich habe eine Weile gebraucht, um das einzusehen. Wir haben sie … für Giacomos Entscheidung bestraft. Und die Geschichte mit Giordano hat ihr auch nicht gerade geholfen. Dabei traf sie gar keine Schuld, in keinerlei Hinsicht. Es tut mir leid, dass ich Alma in diesen Monaten nicht zur Seite gestanden habe, wie ich es hätte tun sollen. Sie war ein einsames Mädchen, ich hätte mich um sie kümmern müssen, sie wohnte gegenüber und war noch sehr jung. Giordano hat mich darum gebeten, aber ich habe es abgelehnt.«

Sie sieht mich an, mit einem undefinierbaren Ausdruck in den trüben Augen.

Ihr Gesicht ist entspannt. Sie scheint über alledem zu stehen. Nichts scheint sie wirklich zu berühren.

»Aber ich empfinde keine Reue, denn das nützt niemandem etwas«, sagt sie, dazu hebt sie mit zum Himmel gekehrten Händen leicht die Schultern.

»Das nicht«, sagt sie mit lauterer Stimme zu Mina und legt eine Serviette über den Rest ihrer Pastete. »Sie verträgt keine Milchprodukte«, sagt sie, um ihre Weigerung zu erklären, »und hier ist außer Kalbsbries und Trüffeln auch noch

Sahne, Butter und Béchamel drin ... Darum schmeckt es so gut.«
Dann steht sie auf, bückt sich mit einer eleganten Bewegung, um die Leine aufzuheben, und wendet sich zu mir.
»Ich will dir etwas hier ganz in der Nähe zeigen.«
»Gehen wir«, antworte ich.
Auch wenn sie jetzt freundlicher ist, verunsichert Lia mich weiterhin. Sie ist so gebildet und elegant, so mit sich selbst im Reinen. Seit ich ihr gesagt habe, dass ich sie nicht verstehe, redet sie keinen Dialekt mehr mit mir, und das finde ich schade. Es hat sie ein wenig menschlicher gemacht.
Ich sehe, dass sie in der linken Hand ein kleines Päckchen mit einer Schleife trägt, von der Konditorei, in der Isabella arbeitet. Ich will sie gerade fragen, was darin ist, als sie verkündet: »Wir sind da.«
Wir sind kaum hundert Meter weit gegangen.
»Wo denn?«
»In der Via Mazzini, die früher einmal Via dei Sabbioni hieß. Das war die Hauptstraße im Ghetto.« Sie deutet auf einen Punkt in Richtung der Kathedrale. »Dort war das Eingangstor, und an der Kreuzung mit der Via Scienze das Ausgangstor. Insgesamt gab es fünf Tore.«
Ich weiß nicht, was ich sagen soll. Ich habe keine Ahnung vom jüdischen Leben.
»Hier befinden sich die Synagogen und das Museum, aber seit dem Erdbeben sind sie geschlossen«, fährt Lia fort und deutet auf die Eingangstür eines Backsteinhauses. »Und siehst du die Gedenktafel dort?«
Neben der Holztür hängen in einem Fries zwei Tafeln aus weißem Marmor. Auf einer der beiden, der größeren, ist eine Namensliste eingemeißelt.

Ich nicke. Ja, ich sehe sie. Und ich fürchte, ich ahne, was sie zu bedeuten hat.
»Das sind die Namen der Deportierten. Hast du die Erzählung von Bassani gelesen?«
Sie nun also auch. Alle reden hier von Bassani, es bleibt mir wohl nichts anderes übrig, als ihn zu lesen.
»Noch nicht«, antworte ich.
»Das wirst du schon noch«, antwortet Lia sanft, wie um mich zu entschuldigen.
Und dann: »Da sind auch die Namen deiner Urgroßeltern und deiner Großtante, siehst du?«
Ich betrachte die Gedenktafel. Eine lange Liste von Namen, die mit Ancona Guglielmo beginnt und mit Zevi Emma endet, in alphabetischer Reihenfolge.
Ich lese sie aufmerksam durch.
In der Mitte der zweiten Spalte finde ich sie.
»Rotstein Giorgio«, »Rotstein Wanda«, und schließlich »Sorani Amos«, »Sorani Anna«, »Sorani Rachele«.
»Wissen Sie, wo sie begraben sind?«, frage ich.
Sie seufzt leicht und schaut mich an wie ein Kind, mit dem man viel Geduld braucht.
»Sie sind nie zurückgekehrt, Antonia.«

Alma

Die bereits gekeimten Samen hatte uns ein Schulkamerad gegeben, der sie bei sich zuhause auf dem Balkon anbaute, und in den Osterferien pflanzten wir sie auf einem Feld nahe am Fluss.
In den darauffolgenden Wochen wunderten sich unsere Eltern, dass wir auf einmal wieder Lust hatten, sie sonntags bei ihren Ausflügen aufs Land zu begleiten, in Wirklichkeit mussten wir kontrollieren, ob die Pflanzen gut wuchsen, mussten sie gießen und mit Niemöl düngen. Es war aufregend, sie von wenigen Zentimetern auf beinahe zwei Meter wachsen zu sehen. Zwei Wochen vor der Ernte hörten wir auf, sie zu düngen, damit sie nicht nach dem Mittel rochen, und an einem Sonntag im September ernteten wir. Irgendetwas ging schief beim Trocknen, denn viele Pflanzen verschimmelten, aber am Ende hatten wir einige hundert Gramm Marihuana zusammen, die wir in einer mit Silberpapier umwickelten Plastiktüte aufbewahrten. Das Bündel steckten wir in eine Truhe auf dem Dachboden, damit unsere Eltern den Geruch nicht bemerkten. Sie hätten ihn sowieso nicht erkannt, aber es war mit das Beste an unseren Aktivitäten, sie heimlich tun zu müssen.
Mit Michela zusammen überlegten wir, wo wir den ersten Joint aus eigener Produktion rauchen sollten. Es sollte ein besonderer Ort sein, und wir hatten ein kleines Ritual geplant.

Die Idee kam schließlich von Maio. Wir waren zuhause bei Michela, in ihrem Zimmer. Die Schule hatte gerade wieder angefangen, und sie saß auf dem Teppich und blätterte in ihren neuen Büchern, während ich Tagore las und Maio auf dem Bett ausgestreckt versuchte, die Gitarre zu stimmen.

»Auf dem jüdischen Friedhof«, sagte er. Und dann schlug er eine tiefe, gedämpfte Saite an.

»Was?«, antwortete ich.

»Gute Idee!«, pflichtete ihm Michela bei, die ihn sofort verstanden hatte.

Ich warf Maio einen bewundernden Blick zu.

Der jüdische Friedhof galt unter uns Jugendlichen als einer der eindrucksvollsten, aufregendsten und geheimnisvollsten Orte Ferraras. Bei jeder Gelegenheit fand sich einer, der damit angab, einmal nachts dort gewesen zu sein, nachdem er Gott weiß wie die drei Meter hohe und mit Flaschenscherben bewehrte Mauer überwunden hatte. Wir waren noch nie dort gewesen, nicht einmal tagsüber, aber wir wussten, dass es ein großes und wenig bewachtes Gelände war, in dem man sich leicht verstecken konnte.

Wir beschlossen, am Nachmittag des folgenden Tages hinzugehen und verabredeten uns vor dem Eingang, in der Via delle Vigne. Maio hatte ein bisschen Gras in eine Blechbüchse mit einem Frosch drauf gesteckt, Michela sollte die Blättchen mitbringen, und ich ein silbernes Feuerzeug. Das Ritual folgte strengen Regeln: Jeder musste etwas beitragen. Maio und ich waren überhaupt noch nie auf einem Friedhof gewesen, nicht einmal auf La Certosa nebenan. Wir hatten in Ferrara keine Verwandten, die Familie meiner Mutter kam zur Hälfte aus Sizilien und zur anderen aus Triest, und auf der Seite meines Vaters wussten wir nicht einmal, wo sie begraben lagen. Wir hatten uns die Frage nie gestellt.

Michela dagegen hatte Großeltern, Großonkel und -tanten auf La Certosa, dem katholischen Friedhof, wie sie uns erzählte.

Wir fanden das Tor verschlossen. Ein Schild wies darauf hin, dass der jüdische Friedhof in der Winterzeit um halb fünf schloss, im Sommer um sechs. Es war ein sehr warmer Oktobernachmittag, aber natürlich galten trotzdem schon die Winteröffnungszeiten. Wir beschlossen, am nächsten Tag direkt nach dem Mittagessen wiederzukommen. Das Auftauchen dieses Hindernisses hatte uns in Aufregung versetzt, eine Blechdose mit Gras durch die Stadt zu tragen erschien uns als abenteuerliches Unterfangen.

Am nächsten Tag war es noch wärmer, ein wunderschöner Tag mit blauem Himmel und wenigen majestätischen weißen Wolken.

Während wir auf Michela warteten, hatten wir das riesige Eingangstor betrachtet, das von einem Granitbogen mit hebräischen Schriftzeichen und zwei Säulen mit sechseckigen Sternen darauf eingefasst war. Unsere Kenntnis des Judentums beschränkte sich auf das *Tagebuch der Anne Frank* und das, was wir in der Schule in Geschichte durchgenommen hatten, doch immerhin reichte es aus, um darin den Davidstern zu erkennen.

Maio sagte, dass auf einem Kerzenständer bei uns zuhause genauso ein Stern abgebildet war.

»Weißt du, dass im Tibetischen Totenbuch ein sechseckiger Stern mit einem Hakenkreuz darin abgebildet ist?«, sagte er.

Auf die ihm eigene willkürliche Art interessierte sich Maio für den Buddhismus, als großer John-Lennon-Fan, der er war, und seit er herausgefunden hatte, dass John Lennon *Tomorrow Never Knows* unter dem Einfluss dieses Buches geschrieben hatte, hatte er es zum Kultstatus erhoben. »Schalte im Zweifel das Gehirn aus, entspann dich und lass dich treiben« war einer seiner Lieblingssätze.

Als wir Michela am anderen Ende der Straße auftauchen sahen, rannte Maio ihr entgegen. Wir schlossen ihr Fahrrad und unsere Räder an einen Eisenpfahl vor dem Eingang, einer kleinen Tür mit einem Schild, das dazu aufforderte, zu klingeln, um die Portiersfrau zu rufen.

Die Frau, die uns öffnete, hatte rote Locken, große, stark geschminkte blaue Augen und trug eine enge zinnoberrote Jacke. Sie musterte uns einen Augenblick mit ihrem aufgeweckten Blick, ließ uns dann in einen kiesgepflasterten Vorhof eintreten und deutete auf Maio. »Männer müssen den Kopf bedecken«, sagte sie. Maio fasste sich instinktiv an den Kopf.

»Setz dir eine von denen hier auf, und dann tragt euch ins Gästebuch ein, bevor ihr hineingeht.« Sie drehte sich um und verschwand. Sie war weniger als eine Minute bei uns, doch ihr Auftreten hatte Eindruck hinterlassen. Wir betraten ein Zimmerchen, in dem auf einem kleinen Schreibtisch aufgeschlagen das Gästebuch lag, daneben ein Korb mit Kopfbedeckungen und Haarnadeln und eine Schale für Offerten. An der Wand hingen Bilder von Bäumen in den vier Jahreszeiten und ein maschinengeschriebenes Gedicht mit dem Titel »Il Sapere«, »Das Wissen«. Maio las laut deklamierend vor: »Sanno, sappiamo di non poter tornare a queste stagioni che ci illudono con sempre nuovi fiori nuove foglie. Sanno, sappiamo che il sonno senza sogni sotto la silenziosa neve o il terso verde è il nostro destino meno impietoso.«**

»Ausgesprochen fröhlich«, bemerkte Michela leise. Und dann, mit einem Blick auf das Gästebuch: »Was sollen wir machen?«

Angesichts unseres Vorhabens war es nicht ratsam, unsere richtigen Namen hineinzuschreiben. Was, wenn uns jemand sah? Wenn uns jemand beim Rauchen erwischte?

Ein Schild im Flur warnte: »Touristen, die den jüdischen Friedhof besuchen wollen, werden gebeten, sich höflich und respektvoll zu verhalten, wie es der Heiligkeit des Ortes entspricht.«

Auch ohne Hinweisschild und ohne Erfahrung mit Friedhöfen wäre uns klar gewesen, dass es als wenig respektvolle Geste angesehen würde, hier einen Joint zu rauchen, obwohl wir keinerlei Absicht hatten, den Ort zu entweihen, vielmehr waren unsere Absichten ästhetischer und spiritueller Natur: Wir suchten eine suggestive, besondere Umgebung, und das war es. Die Regelverletzung machte die ganze Unternehmung noch aufregender, doch darum ging es uns nicht.

»Wir gehen erst hinein und unterschreiben dann«, sagte ich. »Inzwischen überlegen wir uns was.«

Wir halfen Maio, sich die Kippa mit einer Haarnadel auf dem Kopf festzustecken, dann betraten wir den großen, verlassenen Garten. Die Portiersfrau war verschwunden. Wir gingen an einem kleinen, mit Bronzeadlern gekrönten Mausoleum aus weißem Marmor vorbei und steuerten das gegenüberliegende Ende des Parks an. Wir gingen ohne Plan, beeindruckt von der Weite der Anlage, ihrer alten und wilden Anmutung. Am Ende der Wiese erhob sich ein majestätisches weißes Marmorportal mit hebräischen Schriftzeichen und einem Davidstern darauf. Als wir das

Tor passiert hatten, betraten wir eine weitere, noch größere und wildere Wiese als die erste, die an den Rändern von hohen Bäumen gesäumt wurde: Steineichen, Pappeln, Buchen, Kastanien. Es sah aus wie ein verwilderter Park, nicht wie ein Friedhof, bis wir Gruppen alter, von der Zeit geschwärzter Grabsteine auf dem Boden liegen sahen. Viele waren zerbrochen, die Inschriften mit Flechten überwuchert und halb unleserlich. Durch einen weiteren Durchgang betraten wir einen anscheinend noch älteren Teil, der von antiken Mauern begrenzt wurde, hinter denen wir die Stadtmauern aufragen sahen.

»Hier kommt man nachts also rein«, sagte Maio.

»Danke, kein Bedarf«, meinte Michela.

Wir gingen langsam und versuchten, die Inschriften auf den maroden Grabsteinen zu entziffern.

»Dieser Friedhof ist viel schöner als unserer«, sagte Michela. »Viel eleganter. Keine Blumen, keine Fotos, einfach nur Namen.«

»Ein schöner Ort«, nickte Maio, »irgendwie magisch. Ich hätte nichts dagegen, hier begraben zu werden.«

Michela und ich sahen ihn an, dann blickten wir einander an und lachten.

»Such lieber einen Ort aus, um den Joint zu rauchen.«

Maio sah sich um, verschwand hinter den Büschen, durchkämmte verborgene Winkel. Während Michela und ich die Namen der Kinder auf einer Gruppe Grabsteine studierten, verschwand er plötzlich.

Wir versuchten ihn zu rufen, ohne die Stimme zu heben, doch er antwortete nicht. Schließlich fand Michela ihn in einer Lichtung, um die herum Bäume, große Bruchstücke von Grabsteinen und Büsche zu einem unentwirrbaren Dickicht verwachsen schienen. Er hatte sich mit dem Rü-

cken gegen einen massiven Stamm gelehnt, ein Stück Pappe zum Filter gerollt und sich hinter das Ohr gesteckt.
»Ich habe schon auf euch gewartet.«
»Sind wir sicher, dass wir hier rauchen wollen?«, fragte Michela.
»Hast du Angst, den Toten nicht den gebührenden Respekt zu zollen?«, neckte sie Maio.
»Wir können ihnen den Joint ja widmen«, schlug ich vor. »Unser erstes selbst angebautes Gras. Wie eine Opfergabe.«
Maio klebte zwei Blättchen aneinander, krümelte pures Marihuana hinein, rollte und schloss den Joint und reichte ihn mir mit einem Kopfnicken. Dann zündete er ihn mit dem silbernen Feuerzeug unseres Vaters an.
Ich nahm drei tiefe Züge und gab ihn weiter an Michela. Der Friedhof schien verlassen, das einzige Geräusch, das man hörte, war das Zwitschern der Vögel. Wir sahen eine schwarz-weiße Elster, ein paar Amseln, mehrere Rotkehlchen. Michela nahm ebenfalls drei Züge und reichte ihn dann weiter an Maio. Das Gras roch nicht besonders gut, vielleicht war es noch zu feucht.
Wir rauchten schweigend zu Ende.
Als wir wieder aufstanden, hallten meine Ohren. Alles drehte sich. Wir gingen einen schmalen Weg entlang, neben dem eine alte rote Backsteinmauer verlief, in die verschiedene weiße Grabsteine eingemauert waren. Wir blieben vor jedem Stein eine Weile stehen, die mir vorkam wie eine Ewigkeit. Wir lasen die Namen und Inschriften, die nicht in hebräischer Schrift geschrieben waren, und errechneten das Alter der Verstorbenen. Männer, die im Ersten Weltkrieg gefallen waren, viele Kinder, junge Witwen, Offiziere.
»Hier ruht in Frieden Arturo Cavalieri, den mit nur sieben-

unddreißig Jahren ein plötzlicher Tod der unendlichen Liebe seines Bruders und der Freundschaft der Guten entriss«, las Maio, dann drehte er sich um und sah mich an: »Schön, mit siebenunddreißig zu sterben, bevor man alt ist.«
Ich zog eine Grimasse und schüttelte den Kopf, Michela tat, als wolle sie ihn erwürgen.
»Wenn du unbedingt willst …«
Mir kam es vor, als wäre das Zwitschern der Vögel lauter geworden, beinahe ohrenbetäubend.
Michela schwieg eine Weile und betrachtete uns mit abwesendem Lächeln. Wir hatten den Ausgang erreicht, und auch wenn wir nichts davon sagten, hofften wir alle gleichermaßen, die Pförtnerin nicht noch einmal zu treffen. Wir standen völlig neben uns, und wir glaubten, alle Welt würde erkennen, was wir getan hatten. Als wir den Vorhof erreicht hatten, ohne jemanden zu treffen, machten wir beim Gästebuch Halt, das Namen, Datum, Unterschrift, Geburtsort und Beruf verlangte. Da uns niemand beim Rauchen erwischt hatte, schrieb ich meinen richtigen Namen hinein, und Michela und Maio taten dasselbe. In das Feld, das für den Beruf vorgesehen war, trug ich »Lehrerin« ein und Maio »Musiker«. Michela ließ es frei.
Wir zogen die kleine Tür hinter uns zu und traten hinaus in das blendende Licht, das auf dem weißen Steinboden der Straße reflektierte. Die eigentümliche und antike Schönheit des Ortes hatte die Bedeutung unseres Rituals überlagert, das spürten wir alle, doch Maio war derjenige, der es schließlich aussprach: »Dieser Ort stoned einen auch, ohne dass man etwas raucht.«
Und dann: »Es muss sich gut anfühlen, Jude zu sein.«
Wir begleiteten Michela nachhause, obwohl wir es näher zu uns gehabt hätten. Sie holte Kekse und Schokolade aus

der Küche, und wir aßen sie auf dem Teppich in ihrem Zimmer.
Dann legten wir uns hin und betrachteten die Zimmerdecke. Ab und zu sagte einer von uns etwas, und die anderen beiden lachten lange. So verbrachten wir den Rest des Nachmittags, bis es Zeit war, nachhause zu gehen. An der Tür gab Maio Michela einen langen Zungenkuss. Ich, die normalerweise den Blick abwandte, schaute gebannt zu, als sähe ich einen Film.
Wir radelten langsam durch eine Lindenallee zurück. Bevor wir durch die Haustür gingen, streckte Maio mir seinen Zeigefinger entgegen und fragte: »Der unendlichen Liebe seines Bruders und …?«
»Und der Freundschaft der Guten!«, antwortete ich sofort.
»Genau«, freute er sich und öffnete die Tür.
Das Tellerklappern bedeutete uns, dass unsere Mutter gerade den Tisch deckte. Als sie uns eintreten hörte, erklang sofort ihr melodisches »Aal-maa-Maa-ioo«.

Antonia

Heute werde ich Leo endlich sehen. Er hat mir geschrieben, dass er um neunzehn Uhr fünfzig mit dem Zug aus Rom ankommt und zu mir ins Hotel fährt, aber ich will ihn am Bahnhof abholen.

Ich kann es kaum erwarten, ihn endlich zu sehen, gleichzeitig habe ich aber auch Angst, dass sein Kommen den Zauber mildern könnte: Ich wache eifersüchtig über diese Stadt wie über eine gerade wachsende Liebe. Es ist einfach unglaublich, dass ich bisher ohne sie gelebt habe.

So nah an Bologna, gleichzeitig Lichtjahre entfernt, anders als alle anderen Orte, an denen ich je gewesen bin. Ein Ort von melancholischer, zugeknöpfter, einsamer Schönheit. Voller Geheimnisse, die meine Familie betreffen. Bis vor ein paar Tagen wusste ich nichts von alledem; jetzt kommt es mir vor, als drehe sich alles um diese stillen, mit glänzenden Kopfsteinen gepflasterten Straßen.

Gestern war Bologna in den Schlagzeilen: Die Zeitungen behaupten, die gelehrteste Stadt Italiens würde zu einer der kriminellsten. Leo kümmern die Zeitungen nicht, aber heute Morgen war er nach Rom gerufen worden, ins Ministerium.

»Um elf muss ich den Polizeichef treffen. Nach dem Mittagessen steige ich wieder in den Zug und bin zum Abendessen da«, hat er am Telefon gesagt.

Leos Tag wird von seinen Mahlzeiten strukturiert, egal

was passiert. Seit ich ihn kenne, habe ich noch nicht erlebt, dass er eine ausgelassen hätte.
Ich habe um halb acht vor der Theatinerkirche den Bus genommen, und jetzt bin ich zu früh dran. Der Weg zum Bahnhof hat sieben Minuten gedauert, entlang einer Allee, die, sobald man das Schloss passiert hat, anonym und modern wird, abgesehen von einem imposanten faschistischen Bauwerk, vielleicht eine alte Schule. Mir fällt ein, dass ich nicht weiß, wo Alma und Maio zur Schule gegangen sind. Sie waren auf dem humanistischen Gymnasium, aber ich weiß nicht, wo.
Ich werde Michela danach fragen. Seit unserem Spaziergang an der Mura haben wir nichts mehr voneinander gehört, ich will sie anrufen, wenn Leo wieder weg ist. Er hat nicht gesagt, wie lange er bleiben wird. Am Telefon habe ich ihm alles erzählt, was ich herausgefunden habe, außer der Geschichte meiner Urgroßeltern. Ich will mit ihm zusammen ins Haus meiner Mutter gehen, ihm Lia Cantoni vorstellen. Ihm die Gedenktafel in der Via Mazzini zeigen. Vielleicht treffen wir Michela und ihren Mann, es würde mich interessieren, Isabellas Vater kennenzulernen. Und vielleicht will Leo Luigi anrufen. Wie wird es sein, die beiden zusammen zu sehen?
Der Bahnhof ist ein langgestrecktes, niedriges Fünfzigerjahregebäude aus rotem Ziegel. Als ich ankam, wirkte es auf mich noch nicht so trostlos, auch weil ich noch nicht wusste, wie viel Schönheit mich in der Stadt erwartete.
Die spärlichen Beete und das Regendach des Bahnhofsvorplatzes verströmen dieselbe Trostlosigkeit wie alle Bahnhöfe. Das einzig angenehme Detail ist der riesige Fahrradparkplatz. Dutzende, Hunderte stehen auf der rechten Seite des Platzes in konzentrischen Kreisen aufgereiht, als

würden alle Reisenden den Bahnhof per Rad ansteuern. Der Innenraum ist sogar noch trostloser. Vom Schild des Bahnhofscafés über das Durcheinander des Warteraums bis hin zu den wenigen Läden wirkt es wie ein Ort, der mehr schlecht als recht seine Erscheinung verändert hat, ohne zu einer neuen Gestalt zu finden.
Vor dem einzigen geöffneten Fahrkartenschalter stehen zwei schwarze Mädchen. Einige andere Ausländer, vielleicht Slawen, trinken auf den Bänken eines Warteraums Bier. Sonst ist der Bahnhof beinahe menschenleer, so als bestiege um diese Uhrzeit niemand mehr einen Zug.
Ich gehe eine Treppe hinunter in eine kurze Unterführung und komme auf dem Gleis wieder heraus, auf dem Leo eintreffen wird. Ich setze mich auf eine eiskalte Marmorbank neben zwei nigerianische Mädchen, die sich angeregt in einer mir unverständlichen Sprache unterhalten. Dreimal höre ich aus ihrem aufgeregten Wortschwall »Padua« heraus. Vielleicht wollen sie den Zug nach Padua nehmen, in dem auch Leo sitzt.
Heute Abend gibt es keinen Nebel, und ich trage mein neues Outfit: helles Kleid, Regenmantel und Pashmina-Schal. Die Haare habe ich mir zu einem Knoten auf dem Kopf zusammengesteckt, wie Isabella. Ich war versucht, auch noch die Totenkopfohrringe anzustecken, aber dann habe ich mich doch für die üblichen Tribal-Ohrringe aus schwarzem Kokosholz entschieden, die Leo »deinen Punk-Schmuck« nennt. Die gelben Totenköpfe wären selbst für ihn zu viel gewesen.
Vor fünf Tagen bin ich genau an dieser Bank ausgestiegen. Ich denke über das nach, was ich herausgefunden habe, seit ich hier bin: wenig über Maios Verschwinden, viel über meine Familie, darüber, wie eine derart weit zurückliegen-

de Geschichte aus meiner Mutter den Menschen gemacht hat, der sie heute ist.
Ich habe erkennen müssen, als Ermittlerin nicht besonders viel zu taugen. Es ist eine Sache, Ermittlungen zu erfinden, sich Handlungen und Protagonisten auszudenken, über sie zu schreiben; etwas ganz anderes ist es, sie tatsächlich durchzuführen. Ich glaube nicht, dass ich dafür gemacht bin. Jetzt weiß ich, was ich in Zukunft auf die Frage antworten werde, ob ich selbst Emma Alberici, die Protagonistin meiner Krimis sei: Sie ist um Längen besser als ich, ich wäre nicht in der Lage, ihren Job zu machen.
Die Nigerianerinnen stehen lachend auf, und laden sich zwei riesige Reisetaschen auf die Schultern, während der Zug mit ohrenbetäubendem Quietschen hält. Ich bin so aufgeregt, als hätte ich Leo seit Wochen nicht gesehen.
»Ferara, Bahnhof Ferara«, verkündet eine Stimme, die kein Doppel-R auszusprechen vermag.
Die Türen gehen auf, und Jugendliche, die vermutlich in Bologna die Universität besuchen, strömen in Gruppen heraus, vor allem Mädchen, die genauso aussehen wie die, die ich treffe, wenn ich meine Eltern besuche. Dieselben Frisuren, dieselben Stoffturnschuhe, dieselben Jeans.
Leo steigt als Letzter aus dem Zug, gemächlich. Er trägt den braunen Anzug mit dem karierten Schlips, den ich ihm gekauft habe. In einer Hand hält er sein Lederköfferchen, über dem anderen Arm den Regenmantel. Auch er hat sich gegen einen warmen Mantel entschieden.
Er sieht müde aus.
Als er mich sieht, öffnet sich sein Gesicht zu einem wunderschönen Lächeln.
Leos Kopf ist wie der einer Marmorbüste, klassisch, männlich. Er vereint den Teint eines Normannen und die Ge-

sichtszüge eines alten Römers. Wenn er ein bisschen seinen Bauch trainieren würde, hätte er auch einen fantastischen Körper, mit seinem breiten Oberkörper und den wohlgeformten Beinen, die er vom Vater geerbt hat. Ich habe Fotos von Leos Vater gesehen, er war ein schöner Mann, mit kupferfarbenem Haar wie Leo. Er ist seit zehn Jahren tot, aber Leos Mutter spricht oft von ihm, auf heitere Art. Er war Arzt, geschichtsbegeistert, er malte, kochte Fisch, spielte Schach, hatte ein schwaches Herz. Ich weiß mehr über ihn als über meinen Großvater.
Auch Leo ist ein schöner Mann. Von einer antiken Schönheit, die am Bäuchlein endet, oder an der Brille, oder der runden Glatze mitten auf dem Hinterkopf.
Ich stehe auf und gehe ihm entgegen. Als er bei mir angelangt ist, stellt er den Koffer auf die Bank, legt mir die Hände auf die Schultern, hält mich ein Stück von sich weg und sagt: »Ferrara tut dir gut.«
Wir umarmen uns, und er streichelt meinen Bauch. »Wie geht es der Kleinen?«, fragt er.
»Sehr gut, glaube ich, sie wird ein wenig vernachlässigt.«
Es gefällt mir, Leo gegenüber so zu tun, als wäre ich im Hinblick auf sie lässiger, als ich es tatsächlich bin. Er weiß das und spielt mit. Er für seinen Teil spielt die Rolle des sentimentalen Süditalieners, der sich der unabhängigen jungen Nordländerin ergibt. In Wirklichkeit wissen wir beide sehr gut, wer wir sind, und auch was wir für einander bedeuten.
Wir steigen Hand in Hand die Treppe zur Unterführung hinunter. Als wir den Bahnhof verlassen, sieht Leo sich um.
»Sag nichts. So ist Ferrara nicht«, komme ich ihm zuvor.
»Schon verliebt?«, fragt er.
»Ja, vollkommen. Willst du gleich zum Abendessen gehen, oder sollen wir zuerst ins Hotel?«

»Was stellst du für Fragen? Abendessen, sofort.«
Wir steigen in das einzige Taxi, und ich nenne die Adresse des Restaurants, das Luigi mir empfohlen hat, wo es die richtige Maronenpastete gibt: »Zum Corso Ercole I d'Este, ganz ans Ende.«
Auf dem Rücksitz des Autos setzen wir uns ganz eng nebeneinander. Ich lege ihm den Kopf auf die Schulter, und er hält meine Hand. Seine Atmung verrät die Erschöpfung und die Anspannung der letzten Tage.
Als wir am beleuchteten Schloss vorbeifahren, bevor wir in den Corso Ercole I d'Este einbiegen, macht er eine anerkennende Grimasse, er nickt und verzieht die Mundwinkel, als wäre das Ganze mein Werk. »Beachtlich.«
Das Restaurant liegt am Ende des Corso, es ist der einzige Laden in der Straße; von seiner Existenz zeugt lediglich ein fahles gelbes Licht und ein kleines schmiedeeisernes Schild.
Wir treten ein, und ein eleganter Herr in Tweedjackett und Strickkrawatte nimmt uns die Mäntel ab, mit einem Lächeln und einem leichten Zwinkern, als wären wir Stammgäste, mit denen er keine Zeit für Höflichkeiten verschwenden muss. Er führt uns auf eine Veranda, die aussieht, als sei sie seit Jahrzehnten unverändert.
Wir setzen uns, und endlich lockert Leo seinen Schlips und küsst mich auf den Mund. Doch er richtet sich sofort wieder auf. »Ich gehe mir die Hände waschen«, sagt er, »seit heute Morgen halte ich mich nur in Zügen und Ministerien auf.«
Und wenn die Welt zusammenstürzt, Leo wäscht sich immer vor dem Essen die Hände. Einer seiner geflügelten Sätze lautet: »Mein Vater hat immer gesagt: ›Lebt nach eurem Ermessen, aber wascht stets die Hände vor dem Essen‹.«

Während er auf der Toilette ist, schaue ich mich um. Trotz des Freitagabends ist nur ein einziger weiterer Tisch besetzt, von einem Paar. Das Mädchen ist hübsch, ihr Begleiter weniger. Und er wirkt noch nicht einmal besonders freundlich. Er tippt mit gelangweiltem Gesicht auf seinem Handy herum, während sie ihm in sanftem, traurigem Tonfall etwas erzählt.

Leo kommt zurück und setzt sich neben mich, und ich überlege, was wir zwei auf andere wohl für einen Eindruck machen: eine schwangere junge Frau und ein Mann im reiferen Alter mit roten Haaren. Ich wirke jünger, als ich tatsächlich bin, und Leo wirkt älter. Es ist schon einige Male vorgekommen, dass uns die Leute für Vater und Tochter hielten, obwohl der Altersunterschied nur zehn Jahre beträgt.

Der Maître im Tweedjackett bringt uns die Speisekarte, aber ich wehre ab. Ich habe bereits gewählt: »Maronenpastete für zwei.«

»Sehr gut«, nickt er. »Wein? Darf ich einen roten Bosco Eliceo Fortana vorschlagen? Lebhaft, hier in der Gegend produziert.«

»Perfekt«, antwortet Leo.

Nachdem der Mann sich mit einem Zeichen in Richtung Kellner entfernt hat, nimmt Leo seine Brille ab und putzt sie lange mit einer Serviette. Er streichelt mir die Hand und seufzt tief.

»So erschöpft?«, frage ich.

»Ein bisschen. Und ich muss dir etwas sagen.«

»Schieß los.«

Er setzt sich die Brille wieder auf und schaut sich um. Dann neigt er den Kopf zu mir und schaut mich mit Augen an, die hinter den Brillengläsern glänzen:

»Ich habe den ganzen Tag darüber nachgedacht, und ich glaube, ich habe die Lösung.«

Was für eine Lösung? Wer hinter den Verbrechen im Pilastro-Viertel steckt?

»Bist du dahintergekommen, was in Bologna los ist?«, frage ich.

»Nein, ach was, Bologna. Ich glaube, ich weiß jetzt, was mit Maio geschehen ist.«

Alma

Die Bar, in der ich mich mit Vincent verabredet habe, erinnert an die in der Via Carlo Mayr, wo ich ihn vor über dreißig Jahren kennengelernt habe. Es herrscht derselbe Geruch von billigem Fusel und abgestandenem Zigarettenrauch, obwohl man heute, anders als damals, nicht mehr rauchen darf. Als ich ihn anrief, habe ich seine Stimme nicht erkannt, er dagegen wusste sofort, wer ich war, und nannte mir die Adresse einer Straße in Bologna, die ich noch nie betreten habe.

In der Zeit, als meine Mutter im Krankenhaus lag, ging ich nicht einkaufen. Ihr log ich vor, dass ich kochte, dass ich Obst und Gemüse aß, doch ich hatte nie etwas im Haus, nicht einmal Milch. Mein Frühstück bestand aus einem Cappuccino in der Bar, und wenn ich etwas aß, falls ich etwas aß, kaufte ich mir irgendwo ein belegtes Brötchen.
So habe ich Vincent kennengelernt.
Eines Abends – ich hatte den ganzen Tag nichts gegessen – war ich mit dem Fahrrad unterwegs, es war elf Uhr abends und regnete leicht. Ich hatte meine übliche Runde gedreht, auf der Suche nach irgendeiner Mahlzeit, doch es war alles geschlossen. An manchen Abenden ist Ferrara ein trostloser Ort.
Angezogen von einem schwachen Lichtschein hatte ich schließlich vor einer Bar von der Sorte gestanden, die kein

anständiger Mensch je betreten würde. Ich hatte das Fahrrad draußen angeschlossen, war mit gesenktem Kopf hineingegangen und hatte einen Toast und eine Cola bestellt. Der Barmann hatte mich bedient, ohne ein einziges Wort zu sagen. Außer mir waren nur Männer da, die Karten spielten oder herumsaßen und rauchten und tranken. Als ich um die Rechnung bat, deutete der Barmann auf einen jungen Mann, der an der Bar lehnte, und sagte: »Er zahlt. Alles, was du bestellst, hat er gesagt. Für immer.«

Er war älter als ich, mindestens fünfundzwanzig. Er trug Koteletten und dunkle, glatte lange Haare. Ein hübscher Kerl mit bernsteinfarbener Haut und brauner Lederjacke.

»Danke«, sagte ich zu ihm und hob meine Cola, wie um ihm zuzuprosten. Dann knöpfte ich mir die Jacke zu, um wieder zu gehen.

»Ich begleite dich, hier sind zwielichtige Gestalten unterwegs«, antwortete er lächelnd und entblößte eine Reihe strahlend weißer, perfekter Zähne.

Wir schliefen auf dem Sofa miteinander. Dann im Bad, unter der Dusche. Dann in meinem Bett. Um drei Uhr morgens kochte Vincent – unterwegs hatte er mir gesagt, er heiße Vincenzo, »aber alle nennen mich Vincent« – eine Pasta mit einer wunderbaren Tomatensauce, aus einer Dose Tomaten, von deren Existenz ich keine Ahnung hatte. Am nächsten Morgen schliefen wir lange.

Gleich als er das Haus verlassen hatte, um drei Uhr nachmittags, war ich ins Krankenhaus gegangen.

»Heute siehst du besser aus«, hatte meine Mutter gesagt, »was hast du gegessen?«

Ihr dagegen ging es nicht besser, ganz im Gegenteil.

Am Abend kam Vincent mit einer Flasche Whiskey zurück

und brachte mir bei, wie man ihn trank. Von nun an kam er jeden Abend. Er zeigte mir, wie man eine Tomatensauce mit Zwiebeln für ein leckeres Nudelgericht kochte. Wir liebten uns, aßen Pasta und sahen fern.

Er behandelte mich gut.

Er streichelte meinen Rücken, mein Haar, meine Beine.

»Du bist so schön«, sagte er, »und du gehörst mir.«

Ich hatte erst wenige Male vorher Sex gehabt, im Jahr zuvor, mit einem meiner Klassenkameraden. Roberto war intelligent und liebevoll, er hatte dünne, beinahe durchsichtige Haut. Ich wusste, dass ich ihm gefiel, und hatte beschlossen, lange genug Jungfrau gewesen zu sein. Aber beim dritten Mal sagte ich, dass wir es vielleicht besser lassen sollten, und er stimmte mir höflich zu, ja, es war sicher besser, es zu lassen. Er hatte mir *Reise ans Ende der Nacht* von Céline geschenkt, ein Buch, das mir überhaupt nicht gefiel.

Maio gab es damals noch, aber seine Drogensucht hatte ihn schon von mir losgelöst. Wir redeten nicht mehr miteinander. Eines Tages, bevor er ausging, war er in mein Zimmer gekommen und hatte mit aufgerissenen Augen gesagt: »Du verdienst etwas Besseres als Roberto, den Fisch, weißt du?« Und er hatte so getan, als schnappe er nach Luft, wie ein Fisch auf dem Trockenen.

Ich hätte nicht gedacht, dass er etwas mitbekommen hatte von mir und Roberto – mit Nachnamen hieß er Traglia, was ziemlich ähnlich klang wie *triglia*, Meerbarbe –, ich dachte, er wäre vollkommen von seinen Drogengeschäften und der Suche nach Geld in Beschlag genommen. Sein Spruch hatte mich gefreut, aber ich wollte es ihm nicht zeigen und ging nicht darauf ein. Ich war noch zu wütend wegen seines Verrats.

Ich wusste nicht, wovon Vincent lebte, bis er mir eines Abends eine Pistole zeigte und fragte, ob er sie für einen Tag bei mir lassen könnte. Ich hatte nie zuvor eine Pistole gesehen, aber der Gedanke an das Gewehr meines Vaters flößte mir Angst ein. Ich hatte Nein gesagt, lieber nicht. Wir hatten gestritten und er war gegangen.
Vincent war mein Anästhetikum, mein Freund, mein Liebhaber, der einzige Mensch, der mir half, den Schmerz wegen meiner Mutter und dem ganzen Rest auszuhalten. Ich hatte ein körperliches Verlangen nach ihm, nach seiner Anwesenheit. Sonst ging es mir schlecht.
Eine Stunde später war ich ihn in seiner Bar suchen gegangen, und ich hatte ihn gefunden, wie er mit zwei anderen beim Kartenspiel saß.
»Das ist Paolino, und das ist mein Bruder Gigi«, hatte er gesagt.
Und dann hatte er mir ins Ohr geflüstert: »Wenn du die Pistole nicht für mich aufheben willst, dann verbringe wenigstens die Nacht mit Gigi. Zeig mir, dass du mir gehörst.«
Ich hatte eingewilligt. Sein Bruder war älter als er und sah noch besser aus, wie ein Schauspieler, der Maio und mir früher sehr gefallen hatte, Tony Musante.
Wir gingen zu mir. Gigi kam schnell zur Sache, und ich gefiel mir in der Rolle der Nutte. Die Nutte von Vincent und Gigi, ein verlockendes Spiel.
Drei Tage später wurde Vincent verhaftet.
Ich war zu einer Vorlesung nach Bologna gefahren – nach dem Abitur hatte ich mich an der Geisteswissenschaftlichen Fakultät eingeschrieben –, und danach direkt ins Krankenhaus. Ich war spät zurückgekommen und hatte Gigi rauchend vor meiner Haustür gefunden.

»Vincent sitzt im Knast, aber es ist alles in Ordnung, er ist bald wieder raus und lässt dich grüßen. Inzwischen kümmere ich mich um dich«, hatte er verkündet.
Gigi trank Champagner anstelle des Whiskeys, und ich mit ihm. Anders als der Whiskey schmeckte der Champagner mir sofort, ich musste nicht erst lernen, ihn zu trinken.
Er brachte ihn schon gekühlt mit, ich weiß nicht woher, und immer, wenn er kam, tranken wir ein Glas aus den Kristallkelchen meiner Mutter, bevor wir miteinander schliefen. Oft gingen wir zum Abendessen in ein teures Restaurant, in dem ich noch nie gewesen war und von dessen Existenz ich nicht einmal etwas ahnte, ein wenig außerhalb der Stadt.
Ab und zu gab er mir Geld oder Schecks, die ich für ihn aufbewahren sollte. Ich steckte sie verpackt in einer Tüte in die Truhe auf dem Dachboden und sah niemals hinein. Er brachte mich nachhause, bevor er zu einem Raubzug nach Bologna, nach Rimini oder Padua aufbrach. Er und Vincent organisierten Überfälle und andere dunkle Geschäfte, das hatte ich schließlich verstanden, aber ich amüsierte mich mit ihnen: Ich hungerte nach extremen Gefühlen, sie hielten mich vom Nachdenken ab.

Eines Nachmittags kam ich aus Bologna direkt ins Krankenhaus, und als ich das Zimmer meiner Mutter betrat, kam mir einer ihrer Ärzte entgegen, zusammen mit der Stationsschwester, einer Krankenschwester aus dem Veneto mit Namen Fernanda, die mir nicht besonders sympathisch war. Sie gingen mit schnellen Schritten, und ich verstand sofort. Sie war an diesem Morgen gestorben, ganz allein. Und ich war der zugleich unglücklichste und verwerflichste Mensch der Welt.

Zur Beerdigung kamen viele Menschen. Kunden aus der Apotheke, Bekannte, Nachbarn, aber ich erkannte niemanden. Ein Freund von Mama aus Rom, Giordano, war mir nicht von der Seite gewichen. Ich bewegte mich wie ein Roboter, begrüßte die Leute, ohne sie wirklich zu sehen. Ich weinte, ohne es zu bemerken, ohne zu schluchzen, wie Wachs, das weich wird und zerläuft. Immer wieder reichte mir jemand ein Taschentuch, und ich starrte es an, als verstünde ich nicht, wozu es diente.

Bevor er ging, hatte Giordano gesagt, falls ich nach Rom ziehen und dort an der Universität studieren wolle, würde er mir helfen, mich einzuschreiben und eine Wohnung zu finden.

Ich hatte geantwortet: »Danke, ich bin schon eingeschrieben, in Bologna, da ziehe ich hin.«

Ich hatte vorher nie daran gedacht, aber als ich es aussprach, wusste ich, dass ich genau das tun musste. Am Abend nach der Beerdigung ging ich alleine nachhause. Viele hatten mich zu sich eingeladen, auch Roberto und mein ehemaliger Italienischlehrer, ich hatte jedoch allen gesagt, ich habe bereits eine andere Einladung angenommen. Einen Moment lang war ich versucht gewesen, Michela zu folgen, die mit ihrer Tante zur Beerdigung gekommen war und mir angeboten hatte, bei ihnen zu schlafen, aber dann hatte ich auch ihr abgesagt.

An diesem Abend klingelte Gigi bei mir, ich aber saß im Dunkeln und rührte mich nicht. Die Nacht verbrachte ich schluchzend im Bett meiner Mutter.

Am Morgen hatte ich eine Tasche mit den Büchern für die Prüfung gepackt, für die ich mich gerade vorbereitete, dazu ein paar Kleidungsstücke und Geld, hatte die Tür hinter mir fest verschlossen und war mit dem Fahrrad zum

Bahnhof gefahren. Ich habe mein Fahrrad angeschlossen und eine Plastiktüte über den Sattel gestülpt, um ihn vor dem Regen zu schützen.
In Bologna schlief ich eine Woche in der Jugendherberge, bis ich ein Zimmer in einer WG mit zwei Studenten und einer Studentin aus Apulien fand. Im Dezember lernte ich Franco kennen und zog sofort bei ihm ein.
Ein Jahr lang kehrte ich nicht nach Ferrara zurück.
Als ich schließlich hinfuhr, war mein Fahrrad nicht mehr da. Jemand hatte es geklaut. Ich habe mir nie ein neues gekauft.

Franco war derjenige, der meine Schuldgefühle wegen der Vincents, wie ich sie für mich nannte, linderte. In meiner Erinnerung waren die beiden zu ein und derselben Person verschmolzen.
Ich erzählte ihm von ihnen in einer dieser Nächte der ersten Verliebtheit, wenn man wach liegt und sich alles beichtet. Es gab nur wenige dieser Nächte zwischen uns.
Er hatte gelacht, meine Haarspitzen um seinen Finger gewickelt, hatte gesagt, Eros und Thanatos seien gute Freunde, und je näher der Tod, desto mehr wisse man die Flammen der Sünde, die Vitalität der Triebe zu schätzen. Er hatte mir von einem ehemaligen Klassenkameraden aus Turin erzählt, der »zum größten Hengst aller Zeiten« avancierte, nachdem er Rechtsmediziner geworden war. So begann ich ihn zu lieben.

Der Geruch in der Bar ist äußerst unangenehm. Wenn Vincent in zehn Minuten nicht kommt, werde ich gehen.

Antonia

»Lass uns erst essen«, sage ich.
Gerade als Leo verkündet hat, er wisse jetzt, was damals mit Maio passiert ist, waren unsere Teller mit den dampfenden und nach Trüffeln duftenden Pasteten gekommen. Ich hatte das Bedürfnis, ihn zu unterbrechen. Kann ich nicht glauben, dass Leo wirklich etwas herausgefunden hat, oder habe ich Angst, es zu erfahren? Oder will ich nur in Ruhe die echte Maronenpastete genießen?
Ich muss an das denken, was Michela über Alma gesagt hat: »Ich bin ein oberflächlicher Mensch. Ich war nie so intelligent wie sie.« Ich frage mich, ob meine Mutter in einem Moment wie diesem in der Lage wäre, zu essen. Vielleicht bin ich auch oberflächlich, aber wie soll Leo denn herausgefunden haben, was Maio zugestoßen ist, wenn nicht mal ich, die ich seit fünf Tagen hier bin, die leiseste Ahnung habe? Die wahrscheinlichste Hypothese hat Luigi aufgestellt: dass Maio in dieser Nacht mit den beiden Jungen aus Massa Fiscaglia in dem am Flussdeich geparkten Auto saß und dann entweder in den Fluss gestürzt oder gesprungen ist. Als ich Leo davon erzählte, hat er nichts weiter dazu gesagt. Hat er auf eigene Faust Nachforschungen angestellt? Was kann er von Bologna aus in Erfahrung gebracht haben, neben all den Problemen, die ihn in den letzten Tagen beschäftigt haben?
Ich bin vielleicht oberflächlich, aber Leos Aussage hat

mich aufgewühlt, und es gelingt mir nicht, die Pastete zu genießen. Ich habe die Hälfte gegessen, und jetzt kann ich nicht mehr. Zu viel Béchamelsauce. Oder zu viele Emotionen.

Ich spüre, wie mein Herz klopft, und streichle mir über den Bauch. Vielleicht habe ich Angst, Leo könnte einen Beweis für Maios Tod gefunden haben. Es würde ihm ähnlichsehen, so einen Coup zu landen. Dass Luigi an seine Theorie glaubt, macht sie für mich nicht zur unumstößlichen Tatsache, aber Leo ist eben einfach der Beste. Wenn er sagt, er wisse etwas, irrt er eigentlich nie.

Er wirkt nicht überrascht, dass ich nicht gleich wissen will, was er herausgefunden hat. Er hat seine Scheibe Pastete verschlungen, und jetzt betrachtet er die übriggebliebene Hälfte auf meinem Teller, als sein Telefon klingelt.

Ein unsympathisch aussehender Kerl dreht sich nach uns um. Er denkt wahrscheinlich, was wir für ungehobelte Klötze sind, die das Telefon im Restaurant eingeschaltet lassen, er kann nicht wissen, dass Leo Polizeikommissar ist in einer Stadt im kriminellen Ausnahmezustand. Wenn er um diese Zeit angerufen wird, dann ist es sicher wegen der Arbeit.

In der Tat ist Innocenzi dran.

Ich höre wie Leo sagt »Wann?«, und dann: »Schick mir jemanden nach Ferrara, um mich abzuholen, in den Corso Ercole I d'Este, ins Restaurant am Ende der Straße, es gibt nur das eine. Bis gleich.«

Dann steckt er das Telefon wieder in die Tasche, schaut mich an und sagt: »Ein weiterer Toter. Ich muss sofort zurück.«

Ich versuche, mir meine Enttäuschung nicht anmerken zu lassen, aber es gelingt mir nicht.

»Jetzt hast du gar nichts von Ferrara gesehen. Wie schade«, sage ich wider Willen seufzend.
»Ich habe dich gesehen. Du bist wunderschön, du siehst aus wie eine Kaiserin«, antwortet er und streichelt mir übers Kinn.
Er dagegen hat Tränensäcke unter den Augen, die dick und geschwollen sind, wie immer, wenn er wenig schläft, und einen Fleck auf der Krawatte. Und er hat sein Essen in sich hineingeschlungen. Wenn Leo gestresst ist, sehe ich das immer daran, dass er zu viel isst.
»Machst du dir Sorgen?«
»Wir haben schon Schlimmeres erlebt, aber der Junge, der gerade umgebracht wurde, ist zwanzig und stammt aus Bologna, und er war nicht vorbestraft. Auch ein Passant wurde verletzt. Jetzt werden bei allen die Alarmglocken schrillen.«
Er legt seine Hand auf meine, die reglos neben meinem Teller liegt. »Tut mir leid, dass ich heute Abend nicht bei dir bleiben kann«, sagt er.
Mir tut es auch leid, und wie. Bevor er geht, muss ich jetzt unbedingt noch die Sache von Maio erfahren. Ich merke, dass ich unruhig werde, befürchte, dass er keine Zeit mehr haben könnte, es mir zu erzählen, dass er mich so hängen lässt.
»Dann sag schnell, was du über Maio weißt. Wir haben nicht mehr viel Zeit.«
Es ist nicht das erste Mal, dass Leo plötzlich gehen muss, aber es ist noch nie in einem solchen Augenblick geschehen. Auch weil es zwischen uns noch nie solche Augenblicke gegeben hat.
»Wir haben ...«, er wirft einen Blick auf seine Armbanduhr, »noch mehr als eine halbe Stunde. Soll ich die rot-braune

Torte zum Nachtisch bestellen? Zuppa Inglese, stimmt's«, sagt er und deutet auf den Wagen mit den Nachspeisen. Macht er das extra, weil ich vorhin lieber erst essen wollte, bevor er mir von Maio erzählt? Ab und zu entdecke ich an Leo eine stolze Seite, die mich immer wieder überrascht.

»Bestell die Zuppa Inglese. Und sag mir, was du herausgefunden hast, ich flehe dich an.«

Leo macht dem Kellner ein Zeichen und deutet auf die Nachspeise auf dem kleinen Wagen, auf die er ein Auge geworfen hat. Er nimmt seine Brille ab und kneift einen Moment die Augen zusammen. Ich sehe, dass er sich im Stuhl zurücklehnt, wie er es tut, wenn er die Beine unter dem Tisch ausstreckt. Doch dann richtet er sich wieder auf, setzt die Brille auf, sieht mich an. Er hat jetzt seinen Polizistenblick.

»Im Zug habe ich über das nachgedacht, was du mir erzählt hast. Ich habe ein bisschen im Internet recherchiert, auf den kurzen Stücken, wo ich mal Empfang hatte.«

»Und?«, frage ich. Ich bin ungeduldig. Wir verlieren Zeit, und es kommt mir so vor, als mache er das absichtlich.

Er lächelt.

Auf einmal wirkt er nicht mehr müde, sondern fröhlich, nüchtern und hellwach, während ich immer unruhiger werde. Dieser Ort, der anfangs behaglich und intim wirkte, ist plötzlich voller Schatten. Alle anderen sind bereits gegangen, dabei ist es noch nicht einmal neun. Sogar der Kellner im Tweedjackett ist inzwischen verschwunden.

»Du hast gesagt, dass Maio ziemlich unter der Fuchtel deiner Mutter stand«, beginnt er.

»Mehr oder weniger, ja, so hat es Michela erzählt.«

»Wie ich deine Mutter kenne, kann ich mir das gut vorstellen«, sagt er.

»Aber …«, will ich einwenden, doch dann lasse ich ihn weiterreden.

»Du weißt, wie sehr ich deine Mutter schätze«, fährt er fort und streichelt mir mit der Linken über die Hand, während er in der Rechten den Löffel bereithält, in Erwartung der Nachspeise. »Sie ist äußerst intelligent. Aber sie hat einen ziemlich dominanten Charakter, sie ist sehr charismatisch. Nicht umsonst lieben sie ihre Studenten. Bei dir hat sie sich zurückgehalten, aber Alma … manipuliert gerne. Dein Vater ist einer der wenigen, der sich dagegen zu wehren weiß, indem er passiven Widerstand leistet. Darum sind sie auch nach dreißig Jahren noch zusammen …«

»Seit wir uns kennen, hast du mir noch nie so etwas gesagt …«, beginne ich. Eine derartige Analyse von Almas Charakter hatte ich von ihm nicht erwartet.

»Es gab dazu bisher weder einen Grund noch die Gelegenheit. Versteh mich nicht falsch, deine Mutter verdient die Aufmerksamkeit, die ihr von allen zuteilwird. Sie hat eine starke Persönlichkeit … und ihre Vergangenheit … jeder andere wäre davon weggefegt, zerstört worden. Aber sie ist eine Kämpferin. Sie hat einen Weg gefunden, sich ihre Schuldgefühle zunutze zu machen, aus ihnen Kraft zu schöpfen. Sie ist jemand, der jeden Tag mit seinen Dämonen kämpft. Und der niemals verliert.«

Ich bin beeindruckt von Leos Sensibilität. Nicht einmal ich hätte Alma so gut beschreiben können.

»Aber was hat das mit Maios Verschwinden zu tun?«

Der Kellner hat zwei Portionen Zuppa Inglese gebracht, und nachdem Leo sein eigenes Stück in drei Happen gegessen hat, macht er sich über meines her, das ich nicht einmal angerührt habe.

»Als ich zum Mittagessen bei deiner Mutter war, hat sie mir

ein Foto gezeigt. Ein Polaroid von ihrem letzten Weihnachten, aufgenommen kurz vor Maios Verschwinden. Hast du das je gesehen?«

»Ich habe noch nie ein Foto von Maio gesehen. Ich hatte nicht den Mut, sie danach zu fragen.«

Wie viel doch in diesen fünf Tagen geschehen ist. Jetzt zeigt Alma Leo ein Foto, von dessen Existenz ich nicht einmal etwas wusste. Ich bin nicht eifersüchtig, aber überrascht. Obwohl ich weiß, wie gut Leo darin ist, Menschen zum Reden zu bringen.

»Auf dem Foto umarmt ihr Vater sie und ihre Mutter vor dem Weihnachtsbaum. Deine Großmutter war eine schöne Frau, aber sie hat etwas Leidendes an sich. Alma hat auf dem Foto denselben durchdringenden Blick wie heute. Es sähe aus wie ein klassisches Weihnachtsfoto, wenn Maio nicht wäre. Er wirkt auf diesem Foto wie ... ein Kobold. Er steht völlig außerhalb der Szene, aber gleichzeitig ist er die Hauptperson. Er trägt einen weißen Schal um den Kopf, wie einen Turban, und tut, als spiele er auf einer Flöte, wie ein Schlangenbeschwörer, weißt du? Dazu zieht er ein bizarres, albernes Gesicht. Man hat das Gefühl, als wäre er nicht Teil der Fotografie, sondern als stünde er neben einem, während man selbst die Menschen auf dem Foto ansieht, und nähme die süßliche Heiligkeit des Weihnachtsfests aufs Korn. Das ist beeindruckend, vor allem, wenn man daran denkt, dass es das letzte Foto eines Jungen ist, der sich kurz darauf in Nichts aufgelöst hat. Die ganze Rhetorik dieses Augenblicks, das Weihnachtsfest, der Baum, der Schmuck geht zum Teufel angesichts dieser Pose ... die er wahrscheinlich improvisiert hat. Er muss wirklich kreativ und einfallsreich gewesen sein, wie dir seine Freundin gesagt hat.«

»Und weiter?«
Wie kann Leo anhand einer Fotografie herausgefunden haben, was mit Maio geschehen ist?
»Ich komme gleich zum Punkt. Willst du einen Schluck Wein?«
Einen Schluck Wein habe ich heute Abend wirklich nötig.
»Ein halbes Glas, danke.«
»Sehr gut, ich auch«, antwortet er und füllt sein Glas bis zum Rand.
»Alma hat dir erzählt, was sie an dem Nachmittag gemacht haben, bevor sie sich … am Abend den Schuss gesetzt haben, stimmt's?«
»Ja, sie waren im Kino und haben einen Film von Antonioni gesehen.«
»Ganz genau. Und erinnerst du dich, welchen Film Maio an dem Tag gesehen hat, an dem er verschwand?«
»Ja, Leo, das habe ich dir selbst erzählt, *Das Omen*, einen Horrorfilm. Aber was hat das mit der ganzen Geschichte zu tun?«
Ich meine, in der Ferne eine Sirene zu hören. Das wird der Wagen sein, der kommt, um ihn abzuholen. Und er hat mir nach wie vor nichts gesagt. Ich werde immer unruhiger.
»Weißt du, wovon *Das Omen* handelt, Toni?«
Leo drückt mir die Hand und schaut mir in die Augen.
»Nein, weiß ich nicht.«
»Von einem Identitätstausch. Ein totgeborenes Kind wird durch ein anderes ersetzt, dessen Mutter bei der Geburt gestorben ist«, bringt er eilig heraus.
»Ah. Na und?«
»Und weißt du, wovon der Film handelt, den Alma und Maio an jenem Tag gesehen hatten?«

»Weiß ich nicht mehr. Ich wollte ihn mir nochmal ansehen, aber das habe ich bisher nicht gemacht.«
»Von einem Journalisten, der den Leichnam eines Mannes findet, der ihm ähnlich sieht, seinen eigenen Tod inszeniert und die Identität des Verstorbenen annimmt. Ein weiterer Identitätswechsel.«
So langsam verstehe ich, worauf Leo hinauswill. Mein Herz klopft mir bis zum Hals.
»Du glaubst also, dass ... Maio eine andere Identität angenommen hat?«, flüstere ich.
Leo seufzt. Er schaut auf die Uhr.
»Ich habe den Wagen draußen gehört. Sie sind da.«
»Leo, antworte mir, glaubst du, dass Maio eine andere Identität angenommen hat?«
Er steht auf und greift nach seinem Koffer und seinem Regenmantel, in dem Augenblick, in dem ein Zivilbeamter das Lokal betritt, den ich schon andere Male gesehen habe, dessen Namen ich aber nicht erinnere. Leo nickt ihm zu, um ihm zu bedeuten, er komme sofort, dann sagt er zu mir:
»Komm, wir bringen dich ins Hotel.«
»Leo, bitte antworte mir!«
Ich stehe auf.
Obwohl Leos Auflösung nichts weiter als eine Schlussfolgerung ist, spüre ich, dass er recht hat. Dass er vielleicht tatsächlich herausgefunden hat, was damals geschehen ist. Ich bin überzeugt, dass er recht hat, ich fühle es, unter der Haut, in meinem Magen. Wie man die Wahrheit eben spürt, mit dieser endgültigen Eindringlichkeit.
Sie trifft einen mit geheimnisvoller Wucht, man erkennt sie schon, bevor es irgendwelche Beweise gibt. Sie hat eine Stimme.
Aber ich will es von ihm hören.

Und er sagt es, diesmal ohne zu lächeln. »Ja, Toni. Ich glaube, dass Maio noch lebt.«

Als ich neben Leo auf dem Rücksitz des Dienstwagens sitze, habe ich keine Lust mehr, ihm den Palazzo dei Diamanti zu zeigen oder den Blick auf den Platz, den das Schloss bietet. Uns bleiben nur wenige Minuten. Ich habe so auf ihn gewartet, und jetzt muss er schon wieder fort.

»Was würdest du jetzt machen, wenn du an meiner Stelle wärst?«, frage ich ihn.

Selbst wenn er in Bezug auf Maio recht hat, wird es schwer werden, das zu beweisen.

Er drückt mir fest die Hand. »Ich würde mit den Menschen sprechen, die ihn gekannt haben.«

Wir sind angekommen. Leo steigt aus und öffnet mir die Tür, lässt mich aussteigen, küsst mich auf den Mund.

»Ich wollte heute Nacht bei dir schlafen.«

»Und ich bei dir.«

Wir umarmen uns fest und ein wenig ungeschickt, mit gegeneinander drückenden Bäuchen, neben der offenen Wagentür.

Ich sehe die Lichter auf dem Schlossturm. Es hat sich ein leichter Wind erhoben, zum ersten Mal, seit ich hier bin. Die Stadt, in der sich kein Windhauch regt, wo alles ruht, so war mir Ferrara bisher erschienen.

»Ich rufe dich an.«

Er gibt mir einen letzten Kuss auf die Lippen und streichelt mein Gesicht. Dann steigt er neben dem Fahrer ins Auto, öffnet aber gleich darauf noch einmal das Fenster und lehnt sich heraus, um mich zu rufen. Ich gehe zu ihm und sehe, dass er in der Hosentasche nach etwas sucht. Er zieht einen Schlüsselbund heraus und reicht ihn mir.

»Das sind die Schlüssel zu Almas Haus. Ich hoffe, ich kann morgen zurückkommen, dann gehen wir zusammen hin.«
Ich bleibe auf dem Bürgersteig stehen, während das Auto davonfährt. Ich betrachte sie. Drei abgenutzte Schlüssel an einer Kette mit einer alten Goldmünze daran. Almas Schlüssel. Ich schließe meine Faust darum. Dann stecke ich sie in die Tasche.
Es ist halb zehn, und ich habe noch keine Lust, auf mein Zimmer zu gehen. Zum ersten Mal tut mir der untere Rücken weh, wie bei schwangeren Frauen üblich, doch ich habe nicht die Absicht, die Füße hochzulegen. Noch nicht. Es ist ein seltsamer Abend, nicht nur wegen des Windes und weil er so anders verlaufen ist, als ich ihn mir vorgestellt hatte. Ich bin wieder allein, in den Klauen dieses Rätsels um Maio und Ferrara, doch jetzt scheint es mir zugänglicher, greifbarer. Ich spüre, dass Leos Intuition dasselbe sagt, was ich schon von Beginn an wusste: Maio lebt.
Ich biege aufs Geratewohl in eine Straße in Richtung Zentrum ein, ich möchte mir die Füße vertreten.
Auf der Piazza Savonarola sehe ich die übliche Gruppe Jugendlicher, die laut redend Bier trinken. Wenn ich Gesellschaft hätte, würde ich jetzt auch ein halbes trinken. Mir fällt ein, dass Isabella, Michelas Tochter, mir ihre Handynummer gegeben hat. Ich frage mich, was sie über Maio weiß. Erzählen Mütter ihren erwachsenen Kindern von ihrer ersten großen Liebe? Alma hat das nie getan, aber Michela ist anders. Werde ich dir irgendwann von meinem mexikanischen Freund erzählen, Ada?
Der erste Junge, den ich geküsst habe, war ein viel älterer Student, damals in den USA. Meinen Eltern log ich nichts vor, doch ich erzählte auch nichts. Ich war ein verschlosse-

nes, geheimniskrämerisches Mädchen. Justo studierte Geschichte und war zwanzig. Wir gingen auf die Mole, um die Gezeiten zu beobachten, und küssten uns in der beißenden Kälte. Alma hat nie etwas von ihm erfahren. Sie bemerkt nur das, was sie bemerken möchte.

Ich bin nicht sicher, ob Michela mir alles erzählt hat. Je mehr ich darüber nachdenke, desto seltsamer kommt es mir vor, dass sie so wenig über Alma wissen wollte. Wenn sie so gut befreundet waren, hätte sie doch viel mehr Interesse an ihr zeigen müssen. Doch sie hat mich nur ein einziges Mal nach ihr gefragt, als wir uns zum ersten Mal trafen, mit einem vagen »Wie geht es ihr?«. So aufgeschlossen sie sich mir gegenüber gibt, scheint sie Alma dagegen beinahe auf Abstand halten zu wollen, als ob unser spontaner freundschaftlicher Kontakt die alte Freundin ausschlösse. Doch als sie sagte, ich hätte gut daran getan, zu kommen, dass es gut sei, die Knoten der Vergangenheit zu lösen, hatte ich den Eindruck, sie wolle mir etwas sagen. Oder etwas vor mir verstecken. In diesem Satz klang eine schiefe Note mit, etwas, das ihr nicht entsprach. Dass ihrem strahlenden, direkten Wesen nicht entsprach, das ich bis dahin kennengelernt hatte.

Und jetzt, wo ich darüber nachdenke, wird mir bewusst, dass Michela diejenige war, die mich gleich nach meiner Ankunft mit der Geschichte über die angebliche Untreue meiner Großmutter von Maios Spur abgelenkt hat.

Inzwischen bin ich an der Kathedrale angelangt. Auf dem ganzen Platz verstreut finden sich Grüppchen von Jugendlichen, doch am Greif steht niemand. Ich lehne mich mit dem Rücken dagegen, um das Telefon aus der Tasche zu ziehen und Isabella anzurufen.

»Darfst du etwas trinken?«

Isabella führt mich zu einem quadratischen Tisch neben einem Bücherregal.

Alle fragen mich, ob ich etwas trinken darf.

»Ein Glas Wein oder ein Bier zum Essen.«

»Dann lass uns was essen.«

Als ich kam, erwartete sie mich am Tresen, die Nägel im selben Rotton ihres Mantels lackiert. Sie muss hier eine bekannte Persönlichkeit sein, Isabella, die Schauspielerin.

»Ich habe schon gegessen. Wenigstens zur Hälfte. Eine halbe Scheibe Maronenpastete. Und ein halbes Glas Wein.«

»Dann bestellen wir ein weiteres halbes Stück und ein halbes Glas Wein, damit du satt wirst. Du bist schwanger, du musst essen.«

»Das tue ich ununterbrochen. Aber meinetwegen. Isst du auch?«

»Eine Kleinigkeit, ja. Hättest du nicht angerufen, hätte ich das Abendessen ausfallen lassen. Ivo, bringst du uns ein Stück Pastete auf zwei Tellern und einen Viertelliter guten Weißen? Hast du diesen ungefilterten Prosecco?«

Isabella trällert ihre Bestellung hinüber zu dem Wirt der Osteria, in die sie mich bestellt hat. Ein großer, warmer und stellenweise niedriger Kellerraum voller Bücher, Flaschen, Sofas ganz in der Nähe von Almas und Maios ehemaligem Zuhause. Um herzukommen, bin ich an ihrem Haus vorbeigelaufen. Aus Lias Fenster drang Licht, aber keine Geräusche, keine Musik, kein »Baschta«. Ich habe ihr und Mina in Gedanken einen Gruß geschickt, während ich durch den Regen zu meiner Verabredung eilte. Der Wind hat ein Unwetter mit sich gebracht, und die Fahrradfahrer sausen in Regenmänteln oder mit Regenschirmen in der Hand an mir vorbei.

Unter ihrem Mantel trägt Isabella eine schlichte schwarze Strickjacke und eng anliegende Leggins, ähnlich wie die, die ich selbst trage, aber kombiniert mit schwarzen Stiefeln mit hohem, schmalem Absatz. Sie ist langgliedrig, blass, von einer außergewöhnlichen Schönheit, die man nicht so schnell vergisst.

»Wohnst du hier in der Nähe?«, frage ich.

»Über dem Lokal«, antwortet sie. »Zusammen mit Ricky, meinem Freund. Aber er ist gerade nicht da.«

Ja, Ricky, der mit dem Falschgeld. Er ist nicht da, weil er im Gefängnis sitzt, aber wenn sie es mir nicht erzählt, muss ich so tun, als wüsste ich von nichts. Ich muss aufpassen, wenn ich erreichen will, dass sie mir etwas von Michela und Maio erzählt. Wie würde Emma Alberici an meiner Stelle vorgehen?

»Wie lange wohnst du schon nicht mehr zuhause?«, frage ich sie.

»Seit sechs Jahren. Ich habe Schauspiel in Rom studiert. Wegen Ricky bin ich zurückgekommen. Er studiert Jura.«

Ich hoffe, dass Isabella meinen erstaunten Gesichtsausdruck nicht bemerkt. Ich hätte nicht erwartet, dass Ricky Student ist. Und dann auch noch Jura. Doch sie bemerkt ihn, allerdings vermutet sie dahinter ein anderes Motiv.

»Er ist nur ein Jahr jünger als ich. Wir haben uns im Zug kennengelernt, als er gerade nach Ferrara fuhr, um sich einzuschreiben, vor drei Jahren. Hier gibt es einen guten Jura-Fachbereich, in Rom hat er wenig zustande gebracht.«

»Und gefällt es dir, wieder hier zu sein?«, frage ich.

»Jetzt, wo er nicht da ist, nicht. Ich bin zu viele Jahre weg gewesen, meine alten Schulfreundinnen führen alle ein ganz anderes Leben als ich. Aber als Zwischenstation zwischen einem Job und dem nächsten ist Ferrara schon in

Ordnung. Ein Freund meines Vaters lässt mich im Café auf dem Corso arbeiten, wenn ich kein Engagement habe. Beim Theater verdient man nicht viel.«
Ich kämpfe gegen die Versuchung, sie zu fragen, wo Ricky ist. Wenn er noch studiert, wie konnte er ihr dann Kleider im Wert von mehreren Tausend Euro schenken? Doch das ist es nicht, was mich umtreibt, ich muss herausfinden, ob Michela mich wegen Maio belogen hat.
»Deine Mutter ist sicher froh, dass du zurückgekommen bist.«
»Nein. Die Art von Mutter ist sie nicht. Im Gegenteil. Sie sagt, es war eine Dummheit.«
Ich erkenne Michelas Sprechweise, doch ich heuchle Überraschung.
»Und was für eine Art Mutter ist sie?«
»Na, du hast sie ja kennengelernt. Sie weiß sich einzurichten. Sie hat nie auf ihre Bildungsreisen zu allen möglichen Kongressen in Europa verzichtet. Sie ist sehr gut in dem, was sie tut, sie arbeitet mit wichtigen Professoren zusammen. In einer lebendigeren Stadt hätte sie das mit drei Kindern nicht geschafft. Hier wohnen die Großeltern um die Ecke, mein Vater ist um sechs zuhause. Meine Schwester ist noch klein, sie geht in die siebte Klasse. Mein Bruder macht dieses Jahr Abitur. Aber wenn meine Mutter wegwill, fährt sie weg.«
»Hättest du dir gewünscht, dass sie öfter da ist?«
»Ich hätte mir gewünscht und wünsche es mir noch, dass sie, wo sie selbst so gut darin ist, sich um ihren eigenen Kram zu kümmern, mich auch meinen machen lässt.«
Sie presst die Lippen zusammen. Es macht sie nervös, über ihre Mutter zu sprechen. Doch ich muss sie dazu bringen. Ich schenke ihr Wein ein. Anstatt des Viertelliters Weißen,

den Isabella bestellt hat, haben wir von Ivo eine Flasche roséfarbenen Schaumwein bekommen. »Der geht aufs Haus«, hat er gesagt, und Isabella mit Blicken gestreichelt.
»Wie nett von ihm«, sage ich.
»Wir sind Nachbarn. Er ist auch nicht aus Ferrara, auch wenn er schon ewig hier lebt. Denk nicht, dass die echten Ferraresen, die, die im Marfisa Mitglied sind, auch so nett wären.«
»Was ist nochmal Marfisa?«, frage ich.
»Der Tennisclub auf dem Corso Giovecca. Da haben auch Bassani und Antonioni gespielt.«
»Aha. Und die waren also echte Ferraresen?«
»Überhaupt nicht. Sie haben sich immer als Außenseiter gefühlt. Und sind schließlich nach Rom geflüchtet.«
»Fühlt sich hier überhaupt irgendjemand als echter Ferrarese? Ich treffe andauernd nur Leute, die über sie herziehen.«
Außer Lia Cantoni, denke ich, aber das sage ich nicht.
»Die würden mit dir gar nicht sprechen, darum lernst du sie nicht kennen.«
»Warum?«
»Zu lange Haare, Tribal-Ohrringe, allein unterwegs, schwanger. Ich bitte dich. Du würdest sie völlig aus der Fassung bringen, sie fürchten sich vor allem, was anders ist.«
»Deine Mutter hat diesen Eindruck nicht gemacht, im Gegenteil, sie war sehr offen mir gegenüber.«
»Meine Mutter kommt nicht aus Ferrara, hat sie dir das nicht erzählt? Meine Großeltern hatten eine Bar auf der anderen Seite des Flusses. Arme Leute aus dem Veneto, hoch verschuldet. Sie war das hellste Licht der Familie, hat studiert, einen Arzt geheiratet, ein Auskommen gefunden.«

»Gut gemacht«, sage ich.
»Na klar, sehr gut.«
Isabella ist kurz davor zu platzen und ich beschließe, mit offenen Karten zu spielen. Ich spüre, dass es sie belastet zu lügen, wie mich.
»Was glaubst du, warum hat Michela mir gesagt, Maio sei tot? Seine Leiche wurde nie gefunden. Ich glaube, er ist noch am Leben. Und dass sie mit ihm Kontakt hat«, bringe ich in einem Atemzug heraus.
Isabella, die auf ihrem Teller mit der Gabel herumstochert, hebt plötzlich den Kopf. Ich schaue ihr in die Augen. Sie senkt schnell den Blick.
»Ich kann dir nichts sagen«, flüstert sie.
Gleich darauf korrigiert sie sich: »Ich weiß darüber nichts.«
Aber damit ist bereits alles gesagt.

Alma

In meinem Traum bin ich nicht ich selbst, sondern Michela, und betrachte mich von außen.

Als Mama nach uns ruft, rennen wir zu ihr.

Es ist, als sähe ich die Szene von oben.

Ich beobachte, wie alle zusammen auf den Dachboden steigen: meine Mutter, mein Vater und wir beiden Kinder. Maio und Michela müssen etwa zehn sein, meine Eltern sind so groß, dass sie den Kopf einziehen müssen, um über die Schwelle des Dachbodens zu treten. Nachdem sie hineingegangen sind, schauen sie sich um. Es ist ziemlich dunkel.

Maio deutet auf die rote Truhe, wo Mama unser Spielzeug aus der Kleinkindzeit aufbewahrte. Sie steht offen, und von oben kann ich sehen, dass sie leer ist.

Maio und Michela zeigen darauf, als suchten sie etwas. Mein Vater hat einen Arm um die Schultern meiner Mutter gelegt, meine Mutter hält Michela an der Hand, und Michela hält Maios Ellenbogen. Ich fühle mich allein, ausgeschlossen aus ihrer Berührung.

Ich sehe sie, aber sie sehen mich nicht.

Ich weiß, dass sie alle in Gefahr sind, dass ihnen etwas Schreckliches zustoßen wird, Blut wird fließen.

Ein Angriff. Eine Explosion.

Ein Mord.

Ich habe Angst.

Ich will schreien, aber meine Stimme versagt, und sie hören mich nicht. Der Dachboden ist feucht und dunkel, und ich weiß, dass er voller Spinnen ist, auch wenn ich sie nicht sehe.

Mein Vater beugt sich über die rote Truhe, es sieht aus, als deute er auf etwas, die anderen treten näher heran.

In dem Augenblick beginnen Michela und Maio immer mehr zu schrumpfen, ganz schnell, bis sie sich in zwei große Spinnen verwandeln, die die Wände der Truhe hoch- und in die Truhe hineinklettern.

Meine Eltern beobachten sie liebevoll, händchenhaltend.

Als die beiden drinnen sind, schließt mein Vater die Truhe und sieht lächelnd zu meiner Mutter.

Auch sie lächelt und schenkt ihm einen beifälligen Blick.

Ich spüre einen scharfen Schmerz in meinem Rücken.

Ich weiß, dass wir alle sterben.

In diesem Augenblick.

Antonia

»Hallo, Antonia. Keine Sorge, es ist nichts Schlimmes, aber Alma hatte vor einer Stunde einen Unfall im Pilastro. Wir sind im Sant'Orsola, es wäre besser, wenn du so schnell wie möglich zurückkommst.«
Die Stimme meines Vaters war warm und fest. Aus meiner Kehle dagegen drang ein erstickter Schrei: »Wie bitte? Im Pilastro?«
Ich überquerte gerade den Platz vor der Kathedrale, und einige Jugendliche drehten sich nach mir um. Hätte mich nicht mein Vater angerufen und mir das erzählt, hätte ich es für einen Scherz gehalten. Eben erst hatte sich Leo von mir verabschiedet, mit der Nachricht, dass ein Passant im Pilastro angefahren wurde. Und jetzt auch noch Alma?
Ich war auf dem Weg ins Hotel, nachdem Isabella sich überstürzt verabschiedet und meinen Verdacht bezüglich Michela weiter bestätigt hatte. Ich hatte gerade darüber nachgedacht, wie ich sie zur Rede stellen sollte, als das Telefon klingelte.
»Beruhige dich, es ist alles in Ordnung.«
»Nichts ist in Ordnung, Papa. Ich komme sofort.«
Mehr hatte Franco am Telefon nicht gesagt. Ich hatte Leo angerufen, der bereits auf dem Weg zu mir war, um mich abzuholen. Es schien absurd, aber offenbar war der Passant, der nach dem Schusswechsel angefahren wurde, mei-

ne Mutter. Ich konnte nicht glauben, dass es tatsächlich wahr war, aber niemand würde mir so einen Streich spielen.
Während der Fahrt ins Sant'Orsola hielten Leo und ich wortlos Händchen. Ab und zu sahen wir einander an, ungläubig, dann fixierten wir wieder die dunkle Straße, die Lichter der Autos, die wir eins nach dem anderen überholten. Wie in einem Traum.

Franco sitzt in einem Flur mit haselnussfarbenen Wänden. Es stimmt nicht, dass alles in Ordnung ist, Alma wird gerade operiert. Leo und Franco geben sich die Hand, Leo drückt seine Schulter. Mein Vater ist blass. Bei unserem Treffen vor wenigen Tagen im Diana war er mir nicht so mager vorgekommen. Wie in einem anderen Leben.
Uns allen dreien hat es die Sprache verschlagen.
Soweit man weiß, passierte Alma die Bar, wo der Zwanzigjährige erschossen wurde, ein in Verbrecherkreisen beliebtes Lokal, und bei seiner Flucht auf dem Motorrad hat der Killer sie umgefahren. Im Pilastro. Am Stadtrand. Soviel ich weiß, ist Alma nie zuvor in ihrem Leben dort gewesen.
Was geschehen ist, ergibt überhaupt keinen Sinn.
Leo und Franco sind besorgt um sie und um mich, aber mir geht es gut, obwohl ich ziemlich erschüttert bin.
Ich spüre Adas Bewegungen, wie ein kräftiges Flügelschlagen.
Sie ist inzwischen so groß wie eine kleine Puppe. Dreißig Zentimeter, vom Kopf bis zum Steiß. Ich habe eine Abbildung in einem Buch gesehen, das werdenden Müttern gute Ratschläge erteilt: mit hochgelegten Beinen und leicht gebeugten Knien schlafen, ballaststoffreiche Lebensmittel zu

sich nehmen, viel trinken. Wenigstens eine Stunde am Tag ruhen.
Was hier geschieht, ergibt keinen Sinn.

Kurz vor eins ist sie aus dem OP gekommen, ich habe von weitem einen Blick auf sie erhascht. Ich habe den schwarzen Haarschopf gesehen, die weißen Hände. Sie war intubiert. Reglos.
Sie haben uns versichert, sie schwebe nicht in Lebensgefahr.
Leo spricht leise am Telefon, ab und zu kommt er und drückt mir die Schulter, die Hände, küsst mich auf die Lippen oder auf den Kopf.
Es werden gerade alle Leute verhört, die sich in der Bar aufhielten. Ich weiß, dass er jetzt eigentlich nicht hier sein sollte, sondern im Kommissariat. Ich habe ihm tausend Mal gesagt, er solle ruhig gehen, es gehe mir gut.
Jetzt schlage ich vor, wir sollten alle gehen, sonst bewegt sich niemand von hier weg. Und laut der Ärztin, einer stark geschminkten Blonden, wird sie eine ganze Weile schlafen. Mindestens bis morgen Abend.
»Ihre Mutter hatte großes Glück«, hat sie gesagt. Es ist das erste Mal, dass jemand so etwas über sie sagt.
Ich begleite meinen Vater nachhause und schlafe bei ihm. Leo wird heute sowieso nicht mehr heimkommen. Er bringt uns im Streifenwagen bis zur Haustür. Wir reden nicht miteinander, aber beide denken wir dasselbe: Was würden die Zeitungen schreiben, wenn herauskäme, dass die Passantin, die nach der Schießerei im Pilastro angefahren wurde, ausgerechnet die Schwiegermutter von Kommissar Capasso ist. Zum Glück sind wir nicht verheiratet, vielleicht bemerkt es niemand. Leo steigt mit uns aus,

küsst mich, umarmt Franco. Er lächelt über die Punks, die Tag und Nacht mit ihren Hunden in der Nähe meines Elternhauses campieren.
Franco nicht, er lächelt heute Abend überhaupt nicht.
Wir gehen langsam die Treppen hinauf. Als wir die Tür öffnen, stürmt uns Rossa entgegen, Franco geht, noch im Regenmantel, ins Bad, schüttet ihr das Trockenfutter in ihren Napf und öffnet den Wasserhahn. Alma hat ihr beigebracht, frisches Wasser aus dem Hahn zu trinken, und seither trinkt Rossa nur noch auf diese Art. Als ich noch hier wohnte, ist mir nie aufgefallen, wie klein diese Wohnung ist, wie dunkel, wie beengt durch die vielen verstreut herumliegenden Bücher. Ich fühlte mich eingeengt, ohne recht zu wissen, warum. Ich bin hier aufgewachsen, es war mein Zuhause, doch ich konnte es kaum erwarten, wegzugehen.
Franco geht in die Küche und füllt einen Topf mit Wasser. Er schaltet den Herd ein.
»Was machst du?«, frage ich, während ich Stiefel und Regenmantel ablege. Der Fußboden ist eisig. Es ist kalt geworden, ich habe noch immer das Kleid an, in dem ich mit Leo zum Essen gegangen bin, ich bin nicht mehr ins Hotel gefahren, sondern habe alles in Ferrara zurückgelassen.
»Ich weiß nicht, ob ich Nudeln, einen Tee, oder eine Wärmflasche machen soll. Deine Mutter ist der einzige Mensch auf der Welt, der mich dazu bringt, den Kopf zu verlieren.«
Es geht ihm besser. Er kann schon wieder Witze machen. Die Rückkehr nachhause hat ihn wieder zu sich kommen lassen.
»Hättest du einen dicken Pulli und Wollsocken für mich?«, frage ich. »Ich bin am Erfrieren«.
»Von mir oder von Mama?«, fragt er.

»Ich hole mir selbst was.«
Ich gehe in Almas Zimmer. Es ist, wie immer, unordentlich. Seit ich ausgezogen bin, schlafen sie und Franco in getrennten Zimmern. Das von Alma ist voller Bücher, die sich in Stapeln auf jedem freien Fleckchen türmen: auf der Kommode, dem Schreibtisch, auf Bücherbrettern. Das Ehebett ist gemacht, doch die Kissen sind am Kopfende aufgetürmt, so als hätte sie vor dem Losgehen dort gelesen. Bevor sie ins Pilastro fuhr, um dort wer weiß was zu tun. Auf einem Sessel liegen achtlos hingeworfene Pullover, Hemden, Kniestrümpfe, ihre bequeme Kleidung. Genau die habe ich gesucht. Ich ziehe das Kleid aus und schlüpfe hinein: Kniestrümpfe, Hose, Pullover. Die Hose ist mir zu lang und der Pullover zwickt ein wenig am Bauch, aber sonst ist die Kleidung warm und bequem. Heute Nacht werde ich in diesen Sachen schlafen.
Es ist zwei Uhr durch. Ich wasche mir die Hände und gehe zu Franco in die Küche. Er hat einen Kamillentee gemacht. Auf dem Tisch stehen zwei Tassen und eine Schachtel Butterkekse.
»Willst du Milch?«, fragt er. »Eine schöne heiße Milch mit Honig?«
Als ich klein war, bekam ich immer vor dem Schlafengehen eine Milch von meiner Mutter. Beim Abendbrot aß ich immer wenig, und so bekam ich Hunger, wenn ich ins Bett gehen sollte.
Franco sagte: »Um diese Uhrzeit isst man nicht.« Und Alma: »Schon, aber hungrig kann man nicht schlafen. Ich mache ihr eine heiße Milch.«
Die heiße Milch war ein Vorwand, um Kekse hineinzutauchen, das wussten wir beide, oder besser, wir drei.
»Ja, gerne«, antworte ich.

Ich bin erledigt, verwirrt und fassungslos, aber ich habe mich noch nie so sehr Herrin meiner selbst gefühlt. Schweigend essen wir alle Kekse aus der Schachtel, ich meine mit Milch, er seine mit Kamillentee.
Dann umarmen wir uns.
»Gehen wir ins Bett, Papa.«
»Ja, das ist wohl das Beste.«
Heute Abend keine Zitate aus der *Aeneis*. Ich habe meinen Vater noch nie so gesehen.
Ich schaue zu, wie er sich, gefolgt von Rossa, in das Zimmer zurückzieht, das früher meins war, während ich mich in das Bett meiner Mutter lege. Die Laken riechen nach ihrem Parfum, einem französischen Tuberosenduft, eine ihrer wenigen Koketterien.
Ich denke an nichts anderes als an Ada. Ich will, dass diese ganze Geschichte ein Ende nimmt, um mich nur noch um sie zu kümmern. Heute hat die vierundzwanzigste Woche begonnen. »Inzwischen wiegst du achthundert Gramm. Du wirst groß«, sage ich zu ihr, bevor ich in einen erschöpften Schlaf sinke.

Als ich aufwache, brauche ich ein paar Sekunden, um zu verstehen, wo ich bin.
Abgesehen von dem leisen Ticken einer unsichtbaren Uhr herrscht Stille. Nicht nur werden in diesem Haus noch Federuhren benutzt, man versteckt sie auch noch in Schubkästen.
Ich taste nach dem Nachttisch, um mein Telefon zu suchen, stattdessen finde ich das von Alma. Sie ist ohne Handy losgegangen, ein Zeichen dafür, dass sie nicht vorhatte, lange wegzubleiben, wenn sie es nicht vergessen hat. Es ist ausgeschaltet, ich kenne ihre PIN-Nummer nicht, sonst wür-

de ich versuchen herauszufinden, wo sie hinwollte, ob jemand sie angerufen hatte, bevor sie das Haus verließ.

Auf meinem Telefon finde ich zwei Nachrichten. Eine ist von heute Morgen um sieben, von Leo. »Wir haben den Killer, ein kleiner Fisch. Ich lege mich für drei Stunden hin. Ich habe das Krankenhaus angerufen, alles in Ordnung, aber sie wird noch bis heute Abend oder morgen früh schlafen. Ich liebe dich.« Die andere ist von Luigi und lautet: »Ich habe davon gehört. Wenn ich helfen kann: jederzeit.«

Wie zum Teufel hat er davon gehört?

Aber natürlich, er ist Polizist, er weiß alles.

Ich stehe auf. Plötzlich muss ich dringend pinkeln. Ada ist wach und strampelt. Mein Vater sitzt in der Küche und ist schon fertig zum Losgehen, in Jackett und Krawatte. Auf dem Tisch steht seine Mokkakanne und daneben eine Espressotasse.

»Guten Morgen. Wo gehst du hin?«

»Ins Sant'Orsola. Ich habe Kaffee gemacht. Wie geht es dir?«

»Leo hat mir gesagt, dass Mama vor dem späten Abend nicht aufwachen wird.«

»Ich will trotzdem hingehen, ich nehme ein Buch mit. Kann ich dich hier alleine lassen?«

»Ich muss sowieso nach Ferrara, meine Sachen holen. Ich habe alles dort liegenlassen. Zum Abendessen bin ich zurück.«

»Wie fährst du hin?«

»Mit dem Zug. Das dauert nur eine knappe Stunde. Aber wenn du willst, bleibe ich auch bei dir.«

»Zur Totenwache? Nicht nötig, meine Liebe, ich schaukele deine Mutter schließlich schon das ganze Leben lang alleine.«

»Wie ich sehe, geht es dir besser.«

Er scheint wieder ganz der Alte, auch wenn diese Ausdrucksweise eigentlich nicht recht zu ihm passt.

»Ich habe eine Nachricht von Leo bekommen, sie haben den Mann verhaftet, der geschossen hat. Was hatte Alma vor dieser Bar zu suchen, Papa?«

»Vielleicht wollte sie eine Studentin oder eine Freundin treffen … keine Ahnung.«

»Warte noch kurz, bevor du gehst, ich muss eben auf die Toilette, dann trinken wir noch schnell einen Kaffee zusammen. Hast du auch ungekühltes Wasser?«

»Nur aus dem Hahn. Einverstanden, ich warte.«

Als ich zurückkomme, sitzt Franco am Küchentisch, er hat uns Kaffee und zwei Gläser Wasser eingeschenkt und studiert die Bologna-Nachrichten in der Zeitung.

»Was steht drin?«

»Nur der Name, und dann: ›Es wurde eine einundfünfzigjährige Professorin angefahren, die zufällig an dem Lokal vorbeiging, in dem der bisher völlig unauffällige junge Mann aus San Lazzaro erschossen wurde. Es ist unklar, ob sie überlebt.‹«

»Du weißt, das kann kein Zufall sein, Papa.«

»Warum nicht?«

»Komm schon. Leo ist verantwortlich für die wichtigsten Ermittlungen der letzten zehn Jahre, alle Zeitungen schreiben über die Verbrechen im Pilastro, einem Viertel, in dem Alma niemanden kennt und in dem sie nie war, und dann geht sie zufällig ausgerechnet an dem Lokal vorbei, wo sie den Vierten umlegen?«

»Ich habe keine andere Erklärung. Was denkst du denn?«

»Ich bin verwirrt, aber es kann kein Zufall sein.«

»Sie wird es uns erzählen, wenn es ihr besser geht.«

»Der Kaffee ist scheußlich ...«

»Normalerweise kocht ihn deine Mutter ... Antonia, ich möchte jetzt los. Ich bin ruhiger, wenn ich sie sehe.«

»Wenn du etwas erfährst, ruf mich sofort an. Ach ja, und kennst du die PIN-Nummer ihres Handys?«

»Nein.«

»Sie ist ohne losgegangen.«

»Das macht sie ab und zu. Ich auch.«

»Dann denk dran, es jetzt mitzunehmen.«

»Antonia?«

»Was denn?«

»Ist alles in Ordnung?«

»Alles bestens.«

»Das sehe ich. Darin bist du wie sie.«

»Wie meinst du das?«

»Deine Mutter sorgt sich um alle möglichen existenziellen Fragen. Aber wenn ein handfester Notfall eintritt, wird sie zur Amazone.«

»Na ja, als Jugendliche ...«

»Jeder andere wäre verrückt geworden, bei all dem, was ihr zugestoßen ist«, unterbricht er mich. »Aber sie hat dich wunderbar aufgezogen, trotz ihrer Traumata. Und du weißt ja, die Amazonen verstümmelten sich ihre Brüste, um besser kämpfen zu können ... eine selbstzerstörerische Seite hatten also auch sie. Jetzt muss ich aber los.«

»Eins noch ...«

»Was?«

»Weißt du, was ich gerade dachte? Ich glaube nicht, dass Alma sich nicht liebt, sie kann es sich nur nicht zeigen.«

Franco lächelt, knöpft seinen Regenmantel zu und geht zur Tür. Dann dreht er sich noch einmal zu mir um:

»Ciao, Bradamante.«

Wenn ich mit dem Expresszug fahre, bin ich mittags in Ferrara, habe Zeit, alles zu erledigen, und bin zum Abendessen wieder zurück. Ich weiß nicht, wann ich wieder dort hinkomme, ich sollte lieber gleich mit Michela sprechen. Franco hat recht, heute fühle ich mich wie eine Kriegerin. Wenn Michela etwas weiß, wird sie es mir heute sagen.
Ich ziehe wieder das helle Kleid und die Stiefel an und öffne Almas Kleiderschrank. Darin sind nur schwarze Hosen, Blusen, ihre blaue Daunenjacke, ein Wildledermantel, den sie nie getragen hat, der aber schon immer in diesem Schrank hängt, und ein neuer Kamelhaarmantel.
Ich werde den Mantel anziehen, er wirkt, als hielte er warm. Er ist lang und weit, wie ich es mag, und er passt gut zu meinem Pashmina-Schal.
Ich stecke die Schlüssel des Hauses in der Via Vignatagliata in die Tasche. Jetzt ist Bradamante bereit. Ada saust herum wie ein Goldfisch. Wenn Maio noch lebt, werde ich ihn finden. Ich muss.
Aus dem Taxi rufe ich Michela an. Nach dem vierten Klingeln geht sie ran. »Ich bin's, Antonia. Störe ich?«
»Ich rühre gerade eine Creme, warte kurz, dann wechsle ich die Hand. Wie geht's?«
»Gut, aber ich müsste dich heute noch treffen, denn dann fahre ich wieder. Und ich weiß nicht, wann ich wiederkommen kann. Hast du Zeit für einen Kaffee nach dem Mittagessen?«
Ich spüre, wie sie zögert, aber nicht mehr als einen Augenblick. »Wir essen heute spät, die Kleine kommt um zwei aus der Schule. Passt dir drei Uhr?«
»Sehr gut. In meinem Hotel?«
»Um drei bin ich da. Ich muss jetzt auflegen, sonst habe ich lauter Klumpen.«

Ich werde mittags in Ferrara ankommen. Eine halbe Stunde brauche ich zum Packen und Bezahlen der Rechnung … und was mache ich dann bis um drei? Ich könnte Luigi anrufen. Ich könnte ihm von meinem Verdacht um Maios Verbleib erzählen, oder vielleicht auch nicht. Was wird er zu der Sache mit meiner Mutter sagen?
Ich rufe ihn an. Nein, ich schreibe ihm. »Ich komme um zwölf mit dem Expresszug an, um drei habe ich eine Verabredung, dann fahre ich wieder. Wenn du willst, können wir uns kurz sehen.«
Er antwortet sofort.
»Ich hole dich am Bahnhof ab.«
Das war es, worauf ich im Grunde gehofft hatte.
Der Zug ist am Samstag so gut wie leer, nicht wie vergangenen Montag. Ich kann die Füße auf den gegenüberliegenden Sitz ausstrecken, wenn ich eine Zeitung unterlege, wird niemand eine schwangere Frau dafür schelten.
Ich sehe vor dem Fenster die Poebene vorbeiziehen, in der Ferne tauchen vereinzelte Gehöfte, Pappelreihen, gefrorene Felder aus dem Nebel auf. Heute wirkt es nicht sehr frühlingshaft. Der Nebel ist leicht, aber dicht, tief und milchig wie der weiße Himmel. Es gibt einen einzigen Halt: San Pietro in Casale. Der war mir beim ersten Mal nicht aufgefallen. Es war eine ganz andere Person, die am Montagmorgen um dieselbe Uhrzeit diesen Zug bestiegen hat, auf dem Weg zu einem Ort, von dem sie keine weitere Erinnerung hatte als das Grab der Nanettis. Diesmal habe ich den Eindruck, nachhause zurückzukehren.
Ich mache mir Sorgen um Alma, aber ich spüre, jetzt mehr denn je, dass ich ihr vor allem eines schulde: in Erfahrung zu bringen, was mit ihrem Bruder geschehen ist.
In Ferrara würde ich mich gerne von Lia verabschieden.

Und von Isabella. Woher kommt dieses Gefühl von bevorstehendem Abschied? Ich muss noch so viel verstehen. Kurz bevor ich ankomme, ruft Leo an. Er ist nicht überrascht, mich auf dem Weg nach Ferrara zu finden. Er benutzt dieselben Worte, die ich mir zuvor in Gedanken zurechtgelegt hatte, es sei »ein Job, den es zu Ende zu bringen gilt«.

Er sagt, er habe eine Reihe von Verhaftungen veranlasst, der kleine Fisch habe ausgepackt. Er hofft, es werde keine weiteren Toten geben, denn »vier in sechs Tagen sind genug«.

Ich frage ihn nicht, was Alma seiner Meinung nach im Pilastro-Viertel zu suchen hatte, ich weiß, dass es auch ihm keine Ruhe lässt.

Eins nach dem anderen. Wir werden es erfahren, sobald sie wieder aufwacht.

Inzwischen habe ich keine Eile mehr, ich fühle mich wie ausgewechselt, als ginge die Geschichte ihrem Ende entgegen.

Vierundzwanzigste Woche, du wiegst achthundert Gramm, und ich sechs Kilo mehr. Heute Morgen vor Almas Spiegel hatte ich den Eindruck, mein Bauch hätte im Umfang deutlich zugelegt. Es ist an der Zeit, dass ich mich um Ada kümmere.

Luigi ist nicht am Gleis.

Ich verlasse den Bahnhof, während es zu regnen beginnt, und erblicke das rote Auto seiner Frau, das, mit dem wir ans Meer gefahren sind. Darin sitzt er. Und liest ein Buch. Als ich an das Fenster klopfe, sieht er mich einen Augenblick lang an, als würde er mich nicht erkennen. Wir haben uns nicht mehr gesehen, seit ich die Hose und den grauen Mantel durch mein neues Empire-Kleid ersetzt habe. Almas Kamelhaarmantel ist eine Wucht. Warm, leicht, man hat das Gefühl, eine Wolke am Leib zu tragen.

»Steig ein«, bedeutet er mir, ohne aus dem Auto zu steigen.

Obwohl es regnet, sind die Fahrradständer am Bahnhof voll, wie gestern.

Erst gestern bin ich hierhergekommen, um Leo abzuholen.

Luigi öffnet mir die Tür und mustert mich einen Augenblick. Sein Blick löst etwas in mir aus, das ich nicht fühlen will.

»Wie geht es deiner Mutter?«, fragt er, ohne den Blick von mir abzuwenden.

»Gut, sagen die Ärzte. Sie schläft noch, aber sie ist nicht in Lebensgefahr.«

»Wie viel Zeit hast du?«

»Was liest du da?«, frage ich, um das Thema zu wechseln.

»Einen Autor aus Ferrara, den ich in der Bibliothek entdeckt habe. Gianfranco Rossi.«

»Wie heißt das Buch?«

»*Die Freunde der Finsternis*.«

»Ist es gut?«

»Sehr gut.«

»Worum geht es?«

»Es sind Kurzgeschichten, die alle in Ferrara spielen.«

»Den Namen habe ich noch nie gehört.«

»Da bist du nicht die Einzige. Er ist Zweitausend gestorben, einen Tag vor Bassani, aber niemand hat es mitbekommen.«

Ich nehme das Buch in die Hand, ein kleiner roter Band eines Verlagshauses, das mir nichts sagt.

»Meine Bücher kommen auch bei so einem Verlag heraus, den niemand kennt«, sage ich.

Er startet den Motor. Einer der Scheibenwischer ist kaputt

und macht ein rhythmisches Geräusch. Ich schlage das Buch wahllos auf, und mir springt eine Überschrift entgegen: »Ein Ort, nicht irgendeiner«.
Ich lese laut: »Ein Ort der Ruhe, der Bäume, des Grases, der Tiere; ein Ort, der keiner Flucht bedarf; ein Ort, an dem Leben bedeutet, man selbst zu sein, frei, instinktgeleitet, wild, mit unendlicher Freude, die sich nach und nach wandelt zu stiller Melancholie.
Wie schön«, sage ich.
Luigi ist in eine Straße mit niedrigen Häusern eingebogen. Es regnet stark.
»Ich habe Zeit. Wohin fahren wir?«
»Wo möchtest du denn gerne hin?«, antwortet er.
Ich weiß es nicht. Ich weiß nicht, wo ich mit Luigi hinfahren möchte. An einen Ort, nicht irgendeinen. Ich wollte mir in Ferrara so viel ansehen, doch dafür ist es zu spät.
»Gehen wir irgendwo hin, wo wir reden können«, sage ich.
Wir fahren aus der Stadt hinaus. Ich erkenne die Straße wieder, die wir zum Fluss genommen haben, wo man den Golf der zwei Jungen aus Massa Fiscaglia gefunden hat, das Auto, in dem nach Luigis Vermutung auch Maio saß.
Als wir die Brücke erreichen, parkt er jedoch nicht zwischen den Bambusstäben, sondern überquert den Fluss. Wie breit und bedrohlich er ist. Voller Strudel, Wirbel, Äste. Schlammig und trübe, angsteinflößend. Diesmal sehe ich ihn, den Zug, der auf der anderen Brücke vorbeifährt und auch unsere in Schwingung versetzt. Heute ist die Luft klar. Der Regen wäscht alles sauber.
Als wir die Brücke überquert haben, biegt Luigi nach links ab in einen Weg, der zu einem verankerten Lastkahn auf dem Fluss führt. Ein Restaurant oder eine Bar. Oder ein Fischereibetrieb, das lässt sich nicht erkennen.

Davor steht nur ein einziger Wagen.

Wir steigen aus und laufen durch den Regen zum Eingang, Schlamm spritzt auf unsere Kleider. Das Lokal entpuppt sich als großes, menschenleeres, wenig einladendes Restaurant.

»Es gibt eine Terrasse zum Draußensitzen, im Sommer ist es schön, am Fluss zu essen, auch wenn sich die Mücken dafür sofort auf einen stürzen«, sagt Luigi.

»Dann haben wir wohl Glück, dass nicht Sommer ist.«

Wir setzen uns an einen Tisch in der Nähe des Fensters, das auf den Fluss hinausgeht. Von nahem wirkt er noch bedrohlicher.

Es ist keine Menschenseele zu sehen, und es ist kalt.

»Sie holen die Boote ein, wenn es weiter so regnet, gibt es vielleicht Hochwasser«, bemerkt Luigi.

Und dann: »Heute Morgen war ich noch einmal bei Porta, dem Vizeinspektor. Ich habe mir noch einmal von damals erzählen lassen. Er hat mir Dinge über deine Mutter gesagt.«

»Was denn?«

»Bist du sicher, dass du sie hören willst?«

»Klar.«

»Als deine Großmutter im Krankenhaus war, blieb sie alleine zurück, und sie verkehrte mit einem Verbrecherzirkel aus einer verrufenen Bar in der Via Carlo Mayr. Anscheinend war sie damals mit zwei Brüdern zusammen.«

»Mit zweien?«

»So hat Porta es mir erzählt. Im Präsidium hatten sie von Cantoni die Anordnung bekommen, sie zu beschützen, ein Auge auf sie zu haben. Die Brüder waren zwei Kalabrier, die Raubüberfälle machten.«

»Vielleicht wollte sie etwas über Maio herausfinden.«

»Vielleicht. Aber wie es scheint, war sie sehr verliebt, zumindest in den einen, der genau in jenen Wochen verhaftet wurde, und seitdem war sie dann mit dem anderen zusammen. Porta sagt, das waren gefährliche Typen. Die beiden Brüder lebten gemeinsam in einer Wohnung, in der Waffen und Drogen kursierten.«
Ich weiß nicht, was ich denken soll. Wie war Alma damals, mit achtzehn, nachdem ihr Bruder verschwunden war, der Vater sich umgebracht hatte, die Mutter im Krankenhaus im Sterben lag? Ich kann mir nicht vorstellen, wie sie sich gefühlt haben mag.
»Sie haben sie damals ins Präsidium bestellt, mit ihr gesprochen, versucht ihr klarzumachen, sie könne in Schwierigkeiten geraten. Laut Porta tat sie alles, was der Typ im Gefängnis von ihr verlangte: mit seinem Bruder zusammen zu sein, und vielleicht noch mehr.«
»Was denn?«
»Ich weiß es nicht, aber wenn man in diesen Kreisen verkehrt, ist es unausweichlich, dass man hineingezogen wird. Wer in einer Vegetarierfamilie aufwächst, isst Gemüse.«
»Das ist nicht gesagt. Nicht Alma.«
Ein rotgesichtiger Mann mit Geheimratsecken kommt zu uns, er trägt hohe Fischerstiefel und lehnt sich an unseren Tisch.
»Guten Tag, Herr Kommissar«, sagt er zu Luigi. Und fügt im Dialekt hinzu: »Haben Sie gesehen, was für ein Wetterchen?«
»Guten Tag, Otello, machen Sie uns zwei Kaffee?«
»Sofort«, antwortet Otello und geht zum Tresen.
»Hier gibt es Samstagabend Aal«, sagt Luigi.
»Ich kann es kaum erwarten, ihn nicht zu probieren«, sage ich scherzhaft.

»Im Sommer ist es wirklich schön hier«, beharrt er.
»Ja, schon gut«, nicke ich. Für uns wird es keinen gemeinsamen Sommer geben, das wissen wir beide.
»Glaubst du, die Geschichte mit diesen Kalabriern könnte etwas mit dem zu tun haben, was gestern Abend geschehen ist?«, frage ich, um andere Gedanken aus meinem Kopf zu verbannen.
»Das ist nicht ganz unwahrscheinlich. Was willst du wegen Maio jetzt unternehmen?«
Ich will ihm nichts von meinem Verdacht erzählen, noch nicht.
»Und du, warum bist du wirklich hier in Ferrara?«, frage ich zurück.
Ich stelle mir diese Frage schon seit einiger Zeit, was einen wie ihn wohl nach Ferrara verschlagen hat.
»Bei der Polizei schicken sie einen immer für eine Weile in den Norden. Und Rossana gefiel das hiesige Krankenhaus, aber wir bleiben sicher nicht für immer.«
»Wo möchtest du denn hin?«
»Ich weiß nicht. Das ist nicht wichtig. Verbrecher gibt es überall.«
»Gibt es viele Polizisten, die so sind wie du?«, frage ich ihn.
»So gutaussehend wie ich?«, sagt er, und ein teuflisches Leuchten tritt in seine Augen.
»So intellektuell wie du. So einen habe ich noch nie getroffen.«
»Ein paar Bücher gelesen zu haben macht einen noch nicht zum Intellektuellen, aber nein, es gibt nicht viele wie mich. Liest Leo?«
»Krimis. Biografien. Essays. Romane nicht. Er sagt, das echte Leben sei ihm lieber.«

»Niemand ist perfekt«, lächelt Luigi. Er hebt die Hand, als wolle er mein Gesicht berühren, doch dann bremst er sich, zieht die Hand zurück, steckt sie in die Tasche.
»Ich habe einen Job zu Ende zu bringen«, sage ich zu ihm. »Bringst du mich in mein Hotel?«
»Willst du den Kaffee nicht trinken?«
»Wenn ich mir das Lokal so ansehe, ist er wahrscheinlich ziemlich ekelhaft.«
»Ja, er ist ziemlich ekelhaft, aber wir müssen ihn trinken, sonst ist Otello beleidigt.«
»Seid ihr befreundet?«
»Er hilft uns, die Leichen rauszufischen, die sich in der Schleuse da hinten verfangen. Willst du nichts essen?«
»Lieber nicht, nein.«
Der Leichenfischer bringt den Kaffee, Luigi löffelt zwei Portionen Zucker in meine Tasse und rührt um, dann sieht er mir tief in die Augen und schiebt sie lächelnd zu mir hinüber: »Trink.«
Am Ende ist er gar nicht so ekelhaft, der Kaffee.
Ich sehe Luigi an.
Er sieht mich an.
Und wir schweigen.

Ich habe mein iPad in den Rucksack gesteckt und verabschiede mich von jedem einzelnen der Bewohner des Salon Bonaparte. Da sind nicht nur Napoleon und Joséphine, wie mir jetzt auffällt, sondern wenigstens noch zwei andere Personen. Ich hätte sie Leo gerne vorgestellt. In der Tasche habe ich die Schlüssel zum Haus in der Via Vignatagliata, aber ich fühle mich im Augenblick nicht danach, dort hinzugehen. Das Wichtigste ist jetzt, Michela zu überzeugen, dass sie mir die ganze Wahrheit sagt.

Ich gehe hinunter ins Foyer, um dort auf sie zu warten. Ich habe beschlossen, sie glauben zu machen, es stehe schlecht um Alma. Wahrscheinlich hat sie die Zeitung gelesen, und falls nicht, werde ich sie ihr zeigen. Falls sie etwas über Maio weiß, wäre dies der Moment, es mir zu sagen.

Ich lüge nicht gerne, aber das ist ein besonderer Tag. Außerdem werde ich nicht richtig lügen, sondern nur Emma Alberici spielen, die Inspektorin, Detektivin, mein Alter Ego. Oder vielleicht bin ich auch ihr menschlicheres, unanständigeres Alias. Doch auch wenn sie besser ist als ich, kann ich es heute schaffen, ich muss. Ich habe diese Aufgabe zu Ende zu bringen, und mir bleibt nur wenig Zeit.

Um Punkt drei Uhr betritt Michela die Lobby, mit einem Schlüssel in der Hand.

»Willst du dein Fahrrad im Hof anschließen?«, frage ich sie.

»Gerne«, antwortet sie und drückt mir einen Kuss auf die Wange. Es ist das erste Mal, dass sie das tut. Heute trägt sie eine grüne, mit weißem Fell gefütterte Eskimo-Jacke, wie sie und Alma sie wahrscheinlich zu Schulzeiten trugen, ich habe gesehen, dass sie jetzt wieder in Mode sind. Von hinten sieht sie aus wie ein junges Mädchen.

Es hat aufgehört zu regnen.

»Willst du das Grab von Lucrezia Borgia sehen?«, fragt sie.

Nein, ich will es nicht sehen, ich will nur mit ihr reden. Aber ich tue ihr den Gefallen.

Wir gehen den Corso Giovecca entlang, weg vom Schloss, und dann biegt Michela in eine Straße ein, in der ich bisher noch nicht war.

Sie wirkt erschöpft.

»Es ist im Kloster des Corpus Domini, bei den Klarissen. Ein wunderschöner Ort, du wirst sehen.«

Ich will nicht ins Klarissenkloster gehen, ich muss sofort mit ihr sprechen. Wir passieren das Tor zu einem von hohen Ziegelmauern umgebenen Garten.
»Und was ist das?«
»Der Parco Pareschi, willst du ihn sehen?«
»Ja.«
Die Bänke sind nass. Der Park ist klein, gepflegt, stimmungsvoll. Es stehen sehr hohe Bäume darin, sie müssen hunderte von Jahren alt sein. Große Magnolien mit dicken, glänzenden Blättern, Rosskastanien, Eichen, Ulmen, Lärchen, Tannen: Hier ist jede Baumsorte vertreten. Unter einem Schutzdach aus Terrakottaziegeln, gegenüber einer kleinen Lichtung mit einer Wippe und einem Eisenkarussell, steht eine Bank, die trocken aussieht.
»Können wir uns einen Augenblick setzen?«, frage ich.
Michela wirft einen Blick auf meinen Bauch. »Natürlich.«
Nach einem kurzen Schweigen, während dessen sie offenbar mit sich ringt, ob sie sprechen soll oder lieber nicht, sagt sie: »Ich habe das von Alma gelesen, tut mir sehr leid.«
Ich antworte nicht.
»Wie geht es ihr?«, fragt sie.
Michela ist vor mir stehen geblieben, jetzt lächelt sie nicht mehr.
Der Park ist still. Die Spielgeräte sind tropfnass vom Regen. Außer uns ist niemand hier. Wer weiß, warum die Mauern dieses Parks so hoch sind. Michela hat die Hände in den Taschen versenkt und wühlt mit der Schuhspitze in den nassen Blättern.
»Es geht ihr sehr schlecht«, lüge ich. »Es kann sein, dass sie nicht mehr aufwacht.«
Ich dachte nicht, dass es so einfach wäre. Es ist wie Theaterspielen. Ich spüre Angst in mir aufsteigen, als wäre das,

was ich gerade behauptet habe, wahr. Meine Stimme zittert.
Michela kniet sich vor mich hin, auf den Schuhspitzen balancierend, und nimmt meine Hände.
»Das tut mir so leid.« Ihre kleinen gelben Hände sind eiskalt. Ich schaue ihr in die Augen.
»Weißt du, warum ich heute hier bin?«, frage ich. »Ich weiß, dass Maio noch lebt. Sag mir, wo er ist, wie ich ihn kontaktieren kann. Morgen ist es vielleicht schon zu spät.«
Sie erhebt sich langsam, die Hände auf die Knie gestützt. Sie seufzt. Senkt das Kinn. Unglaublich, wie leicht das Lügen fällt, wenn man einen Job zu Ende zu bringen hat.
Michela setzt sich neben mich, sucht etwas in ihrer Tasche, holt den Tabak und die Blättchen heraus und dreht sich schnell eine Zigarette. Zündet sie an. Pustet den Rauch in die andere Richtung. Schaut auf einen Punkt in meinen Augen, ohne mich wirklich anzusehen und sagt:
»Er ist vor zehn Jahren gestorben.«

»Weißt du, warum es in dieser Straße keine Türen gibt außer der zum Kloster?«, flüstert Michela.
Wir sitzen nebeneinander auf der letzten Holzbank einer kleinen Kirche.
Nachdem Michela zugegeben hatte, dass Maio erst vor zehn Jahren gestorben war, hatte es wieder stark zu regnen begonnen. Wir sind aus dem Park geflohen. Sie hat mich in eine seltsame kopfsteingepflasterte Gasse geführt, die von hohen, alten Backsteinmauern gesäumt wird. Wir sind durch eine Tür getreten und fanden uns in einer Kirche wieder. Deshalb also erschien mir die Straße so seltsam: Es gibt in ihr keine Türen, keine Häuser, nur hohe Mauern.
Michela spricht leise: »Im Mittelalter wurden in dieser

Straße die Duelle ausgefochten. Und so ließ Caterina Vegri, die damals im Kloster lebte, eine Tür auf der Rückseite der Kirche öffnen, damit die Leute nicht mehr hierherkämen, um sich umzubringen. Vor einer Kirchentür hätten sie es nicht gewagt. Im Nebenzimmer ist der Klarissenchor, und dort liegt Lucrezia Borgia begraben.«

»Michela, bitte, ich muss zurück nach Bologna, zu Alma. Du musst mir alles sagen. Wie kann es sein, dass er erst vor zehn Jahren gestorben ist? Und davor? Hast du ihn gesehen? Wohin war er verschwunden?«, dränge ich sie.

»Eines Abends hat er bei mir zuhause angerufen. Ich saß gerade vor dem Fernseher, allein. Meine Eltern hatten eine Bar, sie kamen nie vor Mitternacht nachhause. Es war ein Jahr her, dass Maio verschwunden war. Ich erkannte seine Stimme sofort, obwohl die Verbindung schlecht war. Er sagte, ich solle mich nicht erschrecken, es gehe ihm gut und er lebe jetzt in Madrid.«

Michelas Blässe wirkt jetzt wächsern. Sie spricht, ohne mir ins Gesicht zu sehen, mit Blick auf den Altar. Ihre Stimme ist leise, monoton, und automatisch antworte ich ihr mit demselben Murmeln. Es ist, als würden wir beten.

»Und was hast du ihm gesagt?«, frage ich.

»Mein erster Impuls war, den Hörer wieder auf die Gabel zu knallen, als wäre alles nur eine Einbildung. Ich war überzeugt, er wäre tot. Aber gerade in dem Moment sagte er: ›Ich bin kein Geist, Michela, ich bin es wirklich.‹ Da begann ich zu weinen. Wir haben nur kurz miteinander gesprochen, er rief von irgendeinem Festnetzanschluss aus an. Er fragte mich nach seinen Eltern, und ich musste ihm sagen, dass sie tot waren, und dass Alma die Stadt verlassen hatte. Er schien nicht überrascht. Er bat mich eindringlich, niemandem zu sagen, dass er noch am Leben war, und versprach, mich am darauffolgenden Abend wieder anzurufen. Das tat er auch. Beim zweiten Mal war die Verbindung besser, und er sagte, er wolle mir schreiben und mir alles erklären, und dass er sich wieder melden würde. Es sei sehr wichtig, dass niemand erführe, dass er noch am Leben sei, denn er könne auf keinen Fall zurückkommen. Wenn er zurückkäme, würde er wieder anfangen zu fixen. Er sagte, ich sei die Einzige, der er vertraue.«

»Und dir ist es gelungen, all die Jahre keiner Menschenseele etwas davon zu erzählen?«, flüstere ich.

»Ja ... obwohl Isabella vor ein paar Jahren scheinbar etwas mitbekommen hat, ich weiß nicht, wie. Vielleicht hat sie einen unserer Briefe gelesen. Sie hat mich nie etwas gefragt, aber sie hat Andeutungen gemacht, die ich vorgab nicht zu verstehen. Ich kann ein Geheimnis bewahren, oder jedenfalls dachte ich das.«

Michela sieht mich besorgt an, als fürchte sie sich vor meiner Reaktion. Mir wird klar, dass es schwer für sie gewesen sein muss, ihr Versprechen Maio gegenüber zu brechen.

»Wie konntest du Alma das verschweigen? Sie war seine Schwester. Sie war mutterseelenallein.«

»Maio hat mich gebeten, es zu tun.«

»Habt ihr euch je wieder getroffen?«

»Nur ein einziges Mal, in Madrid. Aber wir haben uns geschrieben.«

»Und wie ging es ihm?«

»Gut. Er arbeitete mit einem spanischen Experten für Special Effects zusammen, der nach Hollywood übergesiedelt war, ab und zu fuhr er zu ihm nach Los Angeles. In den letzten Jahren hatte er eine Freundin, Flor, die auf Fuerteventura lebte und bei der er häufig war. Flor war es auch, die mich benachrichtigt hat, als er gestorben war.«

»Und Alma? War sie ihm egal? Und wie hat er es angestellt, so einfach zu verschwinden?«
Ich bemerke, dass ich nun lauter spreche. Michela dreht ihren Kopf zu mir und sieht mich an.
»Wir haben fast nie über Alma gesprochen«, antwortet sie flüsternd und bedeutet mir, ich solle leiser sprechen.
»Ihr habt nie über sie gesprochen? Aber wart ihr drei denn keine engen Freunde gewesen? War ihm seine Schwester wirklich völlig egal? Und dir?«, insistiere ich, im selben Tonfall.
Jetzt wird Michela ungeduldig. »Antonia, Maio war nicht wie die anderen. Er war ... anders. Frei. Sprich ein wenig leiser, sonst kommt die Schwester. Wir könnten sie bitten, uns das Grab von Lucrezia Borgia zu zeigen.«
»Ich kann nicht, Michela, ich muss sofort zurück nach Bologna zu Alma. Du musst mir jetzt sagen, wie er gestorben ist, und wie es ihm gelungen war zu verschwinden.«
»Er ist an einem Herzinfarkt gestorben, ich habe es erst Monate später von Flor erfahren, sie wussten nicht, dass er herzkrank war.«
»Und wieso bist du dir so sicher, dass das wahr ist? Dass es keine weitere Lüge ist?«
»Er hatte keinen Grund, mir seinen Tod vorzutäuschen, zwanzig Jahre nachdem er wieder aufgetaucht war. Er wusste, ich würde ihn nie verraten.«
»Und wie ist es ihm in dieser Nacht gelungen, zu verschwinden?«
»Wir haben nie darüber gesprochen, aber er hat es mir in einem Brief geschrieben. Wenn du willst, zeige ich ihn dir, ich habe ihn aufgehoben.«
»Wann denn? Ich muss so schnell wie möglich zurück zu Alma.«

»Wenn ich zuhause bin, scanne ich ihn ein und schicke ihn dir per Mail. Mehr kann ich nicht tun, Antonia.«
Ich stehe auf und schaue ihr in die Augen. Sie hält meinem Blick stand.
»Schick ihn mir so schnell wie möglich«, sage ich, lege ihr eine Hand auf die Schulter und drücke sie leicht. Ich spüre ihre Knochen, hervorstehend, elastisch, zart. Knochen wie die eines Vogels.
Ich muss mich beeilen, nachhause zu kommen. Alma könnte jeden Moment aufwachen. Wie soll ich ihr nur Maios Geschichte beibringen?
Es hat aufgehört zu regnen, aber die Straße ist noch immer menschenleer und still. Ich denke an die Männer, die sich vor siebenhundert Jahren zwischen diesen Mauern duellierten. An die heilige Caterina, die beschloss, eine rückseitige Tür zur Kirche zu öffnen.
Man duelliert sich nicht vor einer Kirche. Man lässt seine verwaiste Schwester nicht im Stich.
Wenn ich mich beeile, erwische ich den Fünf-Uhr-Zug nach Bologna.

Seit einer Stunde sitze ich in dem Gang mit den haselnussbraunen Wänden und warte darauf, dass meine Mutter hinter der Glasscheibe aufwacht.
Ich habe zehn Mal auf dem Handy mein E-Mail-Postfach kontrolliert, um zu sehen, ob Michela mir Maios Brief geschickt hat. Das hat sie bisher nicht, dafür habe ich noch einmal die letzte Mail gelesen, die ich Leo geschrieben habe. Darin erzähle ich ihm, was Lia Cantoni mir eröffnet hat. Ich rufe mir in Erinnerung, wie sehr mich der Satz von den Fehlern, für die man bezahlt, verwirrt hatte, als ich dachte, er beziehe sich auf den vermeintlichen Ehebruch

meiner Großmutter. Als Lia mir dann sagte, es habe gar keinen Ehebruch gegeben, sie meine damit die Konversion meines Großvaters, hatte ich nicht sofort verstanden, was das alles bedeutete. Diese Geschichte geht auch mich etwas an.

Maios Mysterium und sein Nachspiel überzeugen mich nicht ganz. Was, wenn es eine weitere Lüge ist? Wenn er doch noch am Leben ist? Wenn er ein weiteres Verschwinden inszeniert hat, um zu verhindern, dass seine einzige Zeugin – Michela – ihn früher oder später doch noch verrät? Dagegen scheinen mir die Konsequenzen, die die Geschichte meiner Großeltern für die Familie meiner Mutter hatte, inzwischen auf der Hand zu liegen. Ich muss noch einmal mit Lia sprechen. Es ist beinahe Abendessenszeit, aber seit ich weiß, wie wenig Wert Lia auf Essen legt, fürchte ich nicht mehr, sie zu stören. Tatsächlich antwortet sie beim ersten Klingeln.

Im Hintergrund höre ich Klaviermusik, das Stück erkenne ich nicht. Am Telefon wirkt Lia sehr viel jünger. Und sie ist erstaunlich gut unterrichtet.

»Antonia? Schön, dass du anrufst. Wie geht es Alma? Ich habe im *Carlino* gelesen, dass sie angefahren worden ist«, sagt sie mit ihrem Akzent voller »s« und langgezogener »l«.

»Ich bin im Krankenhaus und warte darauf, dass sie aufwacht, sie steht noch unter Narkose, aber die Operation ist gut gelaufen, und sie ist außer Gefahr.«

Ich bin über die Feuertreppe nach draußen gegangen, um niemanden zu belästigen, und sauge den Geruch der nassen Pinien ein, der aus dem Garten zu mir heraufströmt. Auch in Bologna hat es den ganzen Tag geregnet, die Luft ist klar, an ihrem Duft spürt man den heraufziehenden

Frühling. Ein junger Krankenpfleger mit einer roten Daunenjacke über dem weißen Kittel und kabellosen Kopfhörern lehnt am Geländer und raucht eine Zigarette. Er grüßt mich mit einem kleinen Winken und nickt weiter zu seiner Musik.

»Ein Glück. Ich habe mir Sorgen um sie gemacht, und um dich«, sagt Lia.

»Um mich?«, frage ich erstaunt.

»Du erwartest ein Kind, so ein Schrecken ist nicht gut für dich.«

Sie hatte es also bemerkt. Obwohl sie nichts dazu gesagt hat.

»Hast du geglaubt, ich hätte es nicht gesehen?«, kichert sie. »Ich habe nur nichts gesagt, damit du mich nicht für eine dieser alten Klatschtanten hältst ...«

»Man könnte ja so allerhand von Ihnen denken, außer dass Sie eine Klatschtante sind, wenn dann eher das Gegenteil«, antworte ich impulsiv.

Seit Alma angefahren worden ist, bin ich meiner Emma Alberici noch ähnlicher geworden. Emma ist direkt und bestimmt. Eine, die vor nichts Angst hat, und die sich nicht damit begnügt, Probleme zu beklagen, die sie stattdessen angeht und löst. Ich habe mir immer gewünscht, wie sie zu sein.

»Was ist denn das Gegenteil einer Klatschtante?«, fragt Lia. Ich weiß nicht, ob sie es ernst meint oder ob sie mich auf den Arm nimmt.

»Jemand sehr diskretes. Ich wollte Ihnen sagen, dass ich jetzt verstanden habe, was Sie mit dem Satz über die Fehler, die man bezahlt, gemeint haben. Sie glauben, dass mein Großvater sich umgebracht hat, weil ... nein, sagen Sie es mir. Bitte erklären Sie es mir noch einmal.«

Ich höre, wie Lia sich räuspert und Mina ein »Baschta« zuzischt, obwohl ich kein Bellen gehört habe.

»Auch ich habe es erst richtig verstanden, als du mich danach gefragt hast. Viele Jahre habe ich geglaubt, dass Giacomo eine falsche Entscheidung getroffen hat, aber ich hatte nie die Tatsache bedacht, dass er der Erste war, der den Preis dafür zu zahlen hatte. Selbst die Überlebenden aus den Lagern fühlten sich schuldig, dann kannst du dir vorstellen, wie er, der nicht einmal im Lager gewesen war, der durch Zufall verschont geblieben war, sich fühlen musste. Er muss sich so schlecht gefühlt haben, dass er beschloss, seinen Kindern dieses Erbe zu ersparen. Wir haben ihn alle ... vorschnell verurteilt«, sagt Lia.

Ich bin beeindruckt. Wie alt ist diese Frau? Beinahe neunzig? Und noch immer in der Lage, sich selbst in Frage zu stellen. Als ich sie kennenlernte, hatte ich einen völlig anderen Eindruck von ihr.

»Niemand von uns hat sich gefragt, warum dein Großvater so depressiv war. Dabei war es nicht schwer zu verstehen, bei allem, was er erlebt hat. Er hat das nie hinter sich lassen können, auch nicht als er heiratete und Kinder bekam«, fährt sie fort.

Dann fügt sie hinzu: »Viele Überlebende haben sich umgebracht, denk an Primo Levi. Die wahren Veteranen sind nicht sie, sondern ihre Kinder. Die Überlebenden sind wie ... lebende Tote. Wir wissen das, obwohl niemand es ausspricht. Giacomo war noch schlimmer dran als ein Überlebender. Er war ein Mann, der ständig am Abgrund balancierte, und als Maio verschwand, ist er gefallen.«

Lias Worte bestätigen das, was ich schon ahnte: Niemand außer seiner Frau muss geahnt haben, was Giacomo durchgemacht hat.

Während ich ihr zuhöre sehe ich, dass der Krankenpfleger mit der roten Daunenjacke seine Kopfhörer abgesetzt hat und mich beobachtet, als warte er auf das Ende meines Telefonats.
Ich werfe ihm einen fragenden Blick zu, und er hebt einen Finger, wie um mir zu bedeuten: »Ich muss mit Ihnen reden, aber lassen Sie sich nicht stören«. Dann dreht er sich um und drückt die Zigarette auf dem Geländer aus. Ich sehe, dass er den Stummel in ein Taschentuch wickelt und in die Jackentasche steckt.
»Ich komme Sie besuchen, wenn ... oder vielleicht auch schon früher, mit Alma«, verabschiede ich mich von Lia. Die Worte »wenn das Kind auf der Welt ist« kommen mir nicht über die Lippen. Ich weiß nicht, warum.
»Das würde mich sehr freuen«, sagt sie begeistert. »Grüße sie von mir, wenn sie aufwacht. Sag ihr ... Ach, nichts. Grüße sie einfach. Wiedersehen, Antonia. Danke für deinen Anruf«, sagt sie. Ich höre Mina bellen.
»Danke Ihnen, Lia.«
Als er merkt, dass ich mein Telefonat beendet habe, dreht sich der Krankenpfleger um. Er ist noch jung, hat schwarze Locken, eine prominente Nase, ein prominentes Kinn und einen südländischen Akzent.
»Sie sind die Tochter der Professorin, stimmt's?«, fragt er freudig.
»Ich bin die Tochter der Frau, die gestern Abend angefahren wurde, ja«, antworte ich.
»Das dachte ich mir, ich meine, das wusste ich. Ich wollte Ihnen nur sagen, dass wir die ganzen Blumen zur Madonna in die große Kapelle gebracht haben, aber die anderen Geschenke haben wir noch bei uns im Pflegerzimmer«, sagt er mit der zufriedenen Miene eines Glücksboten.

An meinem fragenden Gesichtsausdruck erkennt er, dass ich keine Ahnung habe, wovon er redet, und erklärt: »Heute früh sind eine Menge Studenten wegen Ihrer Mutter gekommen. Wir haben ihnen gesagt, dass sie noch keinen Besuch empfangen darf, und sie haben ihre Präsente für sie dagelassen, wenn sie aufwacht. Schade, dass die Blumen verwelken, aber es ist auch eine ganze Vase Zitronenbaumzweige dabei, die halten sich, denen tut die Wärme gut.«
»Ach so ... vielen Dank.«
»Keine Ursache.« Er scheint sich ehrlich zu freuen. »Ich habe noch nie erlebt, dass so viele junge Leute jemanden auf der Intensivstation besuchen wollten. Ihre Mutter muss eine gute Professorin sein. Ein Mädchen hat auch einen Plüschelefanten mitgebracht und gesagt, es sei eine Elefantendame, wie sie.«
»Meine Mutter?«
»So hat das Mädchen es gesagt. Sie hieß ... Carlotta, oder Camilla.« Er lächelt. »Sie erwartet ein Kind, wie Sie. Dann haben sie noch Hochzeitskonfekt gebracht, einen ganzen Korb. Jedenfalls haben wir die Sachen für Sie zur Seite gestellt.«
»Vielen Dank, aber bitte bewahren Sie sie für meine Mutter auf.«
»Eins müssen Sie wenigstens kosten, sie sind gelb! Ich habe noch nie gelbes Hochzeitskonfekt gesehen ... Ich warte auf Sie, der Raum ist links am Ende des Gangs, und bringen Sie auch Ihren Großvater mit ...«
Mein Großvater, der in Wirklichkeit mein Vater ist, tritt in dem Augenblick in den Türrahmen der Feuertreppe: »Alma wacht gerade auf.«

Alma

Wir wussten, dass unser Vater ein empfindliches Nervenkostüm hatte, aber bis zu jenem Abend haben wir nie an seiner Liebe zu uns gezweifelt.
Sofort nach unserer Rückkehr vom Friedhof hatten wir uns an den Tisch gesetzt. Mama hatte Cappelletti in Brühe gekocht, und Maio schlürfte sie lautstark vom Löffel. Wir wussten natürlich, dass man Brühe eigentlich geräuschlos isst, und Maios Scherz, der Papa sonst immer amüsierte, ließ ihn diesmal kalt.
Auch Mama schien niedergeschlagen, vielleicht war sie müde, oder vielleicht ließen unsere vom Marihuana überwachen Sinne die Stille ungewöhnlich und unerträglich wirken.
Ich glaube, um diese eingebildete Stille zu übertönen, begann Maio zu reden.
»Wir waren heute mit Michela auf dem Friedhof in der Via delle Vigne, ein irrer Ort, warum seid ihr da nie mit uns hingegangen, als wir klein waren?«, begann er urplötzlich zu erzählen und warf unserer Mutter einen Blick zu wie jemand, der erwartet, für eine rühmliche Initiative gelobt zu werden.
Doch anstatt zu lächeln und ihn liebevoll zu necken, wie sie es sonst tat, wenn Maio in ihren Augen etwas Verdienstvolles unternommen hatte, sah sie hinüber zu meinem Vater, der mit einem Ruck den Kopf vom Teller hochriss und

den Löffel in die Brühe fallen ließ, die auf der weißen, mit gelben Ranunkeln bestickten Tischdecke Spritzer hinterließ.

»Was habt ihr getan?«, zischte er.

Wir dachten, jemand hätte uns auf dem Friedhof rauchen sehen und ihm alles erzählt.

Wir sahen uns an.

Die Wirkung des Joints hielt noch an, und unsere Herzen klopften, als wäre etwas Schlimmes geschehen.

»Was ist den Schlimmes daran, auf den jüdischen Friedhof zu gehen?«, antwortete Maio, verwundert und verletzt, an Mama gewandt.

Unser Vater hatte aufgehört zu essen und betrachtete ihn mit einem unergründlichen, abwesenden Blick, wie betäubt von einem Faustschlag. Inzwischen waren wir sicher, dass jemand uns beobachtet und verraten hatte, und ich verstand, dass Maio beschlossen hatte, zu bluffen und zum Gegenangriff überzugehen. Er wiederholte mit beleidigter Stimme: »Was ist denn dabei? Sind wir vielleicht Antisemiten und wissen nichts davon?«

»Habe ich gesagt, dass es etwas Schlimmes ist?«, donnerte mein Vater, und schob im Aufspringen seinen Stuhl zurück, mit einer Wucht, die uns erschreckte.

All dies geschah innerhalb weniger Sekunden und erschütterte uns zutiefst. Auch Mama stand auf und legte ihm eine Hand auf den Arm. »Giacomo ... nicht ...«, während er immer lauter brüllte und die Fäuste so hart auf den Tisch schlug, dass Teller und Gläser tanzten. »Habe ich vielleicht gesagt, dass es etwas Schlimmes ist? Was? Was? Habe ich gesagt, dass etwas Schlimmes daran ist?«

Ich hielt es nicht mehr aus. Maio war sitzen geblieben, erschrocken und ungläubig. Ich wusste, dass er wie ich alle möglichen Szenarien im Kopf durchspielte: Sie hatten unsere Plantage am Fluss entdeckt oder den Vorrat in der Truhe auf dem Dachboden oder die Friedhofsentweihung dieses Nachmittags … und trotzdem schien uns seine Reaktion übertrieben. Wir würden nichts zugeben, um nichts auf der Welt. Es war nicht gerecht, so behandelt zu werden, unser Vater war wahnsinnig geworden. Das dachten wir beide, und ich war diejenige, die es aussprach. Ich war aufgesprungen, hatte die Hände auf die Tischplatte gestützt, und rief, während mir unaufhaltsam Tränen der Wut aus den Augen strömten: »Papa, bist du verrückt geworden?«

Bei diesen Worten hob Maio den Kopf und sagte, mit leiser Stimme und herausforderndem Blick: »Das ist ja keine Neuigkeit …«

Mein Vater hob den rechten Arm und ohrfeigte ihn ins Gesicht. Meine Mutter rannte zu Maio und stellte ihren Körper schützend vor seinen, dabei streckte sie meinem Vater flehentlich die gefalteten Hände entgegen, woraufhin er die Suppenschüssel, unsere hübsche ovale, alte Suppenschüssel aus weißem Porzellan ergriff und zu Boden schleuderte. Sie zerbrach in vier Teile, und die kochend heiße Suppe floss über den Terrakottaboden bis zum Teppich. Ich beobachtete, wie sie in die Fugen zwischen den Fliesen lief, betrachtete die Cappelletti, die aussahen wie Schnecken, den zerbrochenen Deckel, meine bestürzte Mutter, Maio mit den roten Abdrücken im Gesicht. Das konnte nicht wirklich geschehen sein, wir waren keine Familie, in der es Gewalt gab, das waren wir nie gewesen, wir konnten uns doch nicht so plötzlich verändert haben. Und wenn es doch so war, dann musste es unsere Schuld sein.

Einen Augenblick waren wir wie versteinert, wie das Standbild eines Films. Mama hielt Maio umklammert, mein Vater stand mit geballten Fäusten, ich, die auf den Boden starrte.

Die Szene danach war chaotisch. Unser Vater machte zwei Schritte auf Maio zu, sagte in ersticktem Tonfall: »Entschuldige«, und rannte nach oben. Mama stand neben Maio und streichelte ihm den Kopf, als wäre er ein Kind, ich ging in die Küche, um einen Eimer und einen Lappen zu holen, um die Scherben einzusammeln und den Boden aufzuwischen.

Wir sprachen nie wieder davon.

Am Morgen darauf, als wir aufstanden, um zur Schule zu gehen, dachten wir, wir hätten die Szene wegen des Joints aufgebauscht, sie wäre in Wirklichkeit weniger brutal gewesen, als es uns schien. Doch uns blieb der Nachgeschmack, etwas Schlimmes getan und gleichzeitig eine ungerechte und ungerechtfertigte Reaktion geerntet zu haben. Langsam verblasste der Eindruck, je mehr Zeit verging, je mehr die Ränder der Erinnerung zerfransten.

Am folgenden Abend kam unser Vater nicht zum Abendessen nachhause, und Mama sagte, er sei auf dem Land geblieben wegen irgendeiner landwirtschaftlichen Angelegenheit. Sie hatte Pizza Marinara gebacken, und ich hatte den Eindruck, sie mustere uns. Tags darauf tauchte er wieder auf, liebevoller als üblich. Beladen mit Weintrauben, Äpfeln, Feldblumen und frischen Eiern kehrte er vom Land zurück, erzählte, dass die dreifarbige Katze ihre Jungen bekommen hatte, ein weißes, ein rotes und ein schwarzes: »Sie sind eine Augenweide. Ich wollte dir das rote Kätzchen mitbringen, Alma, du hast sie doch so gern. Hättest du gerne ein rotes Kätzchen?«

»Ach nein, lassen wir es lieber bei seinen Geschwistern, Papa«, antwortete ich mit gesenktem Blick.
Exakt ein Jahr und drei Monate später verschwand Maio.

Antonia

Nachts ist die Wohnung meiner Eltern angenehm, in Stille getaucht. Als junges Mädchen bin ich so schnell wie möglich aus ihr geflohen, auf der Suche nach Licht und Raum. Es stapeln sich zu viele Bücher, Papiere, Zeitschriften, zu viele Dinge überall.
Die zwei kleinen Schlafzimmer liegen einander gegenüber, und obwohl die beiden sich Mühe gaben, sich nicht in meine Angelegenheiten zu mischen, nahm es mir manchmal den Atem, auf so engem Raum mit Almas düsterer Energie zusammenzuleben.
Aus keinem der Fenster hat man einen richtigen Blick auf den Himmel, außer aus der Küche. Heute Nacht ist sogar der Mond zu sehen, eine dünne Sichel, die nach dem Regen herausgekommen ist, und auch zwei Sterne. Die Lampe, die den Tisch an der Wand beleuchtet, verbreitet einen warmen Lichtschein.
Sie haben noch immer denselben Gasherd wie damals, als ich klein war, weiß emailliert mit vier Kochplatten, auf der größten steht Almas Teekessel bereit, auf der kleinsten Francos Mokkakanne. Rossa hat uns mit hoch erhobenem und zitterndem Schwanz empfangen, jetzt reibt sie sich an den Tischbeinen zu meinen Füßen. Diese Katze miaut nie, ich kann mich nicht an ihre Stimme erinnern.
Heute Abend ist auch Leo mit hinaufgekommen, um ein Glas Milch zu trinken und Kekse zu essen. Ich habe be-

schlossen, noch einmal hier zu schlafen. Franco geht es gut, doch mir ist bewusst geworden, dass er nicht mehr der Jüngste ist, und ich möchte ihm nahe sein, vielleicht noch mehr, als er es bräuchte.

Für mich hat Franco schon immer weiße Haare und einen weißen Bart. Seit ich denken kann, sieht sein Gesicht so aus wie das eines Siebzigjährigen, aber in diesen Tagen scheint er mir blasser geworden zu sein. Er wärmt sich die Hände an der Tasse, als wäre ihm kalt auf dem Holzstuhl, wo ich ihn zwanzig Jahre lang jeden Morgen sitzen gesehen habe, stumm und kerzengerade, während er die Zeitung durchblätterte und seinen extrem verlängerten Kaffee trank. Leo sitzt mit gesenktem Kopf in der Mitte des Zimmers, eine allzu raumgreifende Figur für diese kleine Küche. Er hat die ganze Packung Mürbeteigplätzchen mit Cremefüllung eins nach dem anderen in seine heiße Milch getaucht und gegessen, jetzt schiebt er seinen Stuhl zurück und sieht auf die Uhr. Gleich wird er sagen, dass er zurück ins Präsidium fährt. Ich weiß, wie gerne er nachts arbeitet. Stattdessen fragt er Franco: »Als Antonia klein war, was habt ihr ihr da über Maio erzählt?«

Warum fragt er nicht mich danach? Ich verstehe nicht, warum er das jetzt wissen will, aber ich bin gespannt auf die Antwort meines Vaters. Alma hatte mich in dem Glauben gelassen, ihr Bruder sei an Leukämie gestorben.

»Antonia hatte einen Film gesehen, in dem ein kleiner Junge an Krebs starb, und ich glaube, da ist sie auf die Idee gekommen, das müsse auch mit ihrem Onkel passiert sein. Alma hat sie nie belogen«, antwortet Franco, »sie hat nur einige Dinge zurückgehalten, um sie zu schützen.«

Ich versuche, mich an den Film zu erinnern, den ich angeblich gesehen hatte, aber ich erinnere mich weder daran noch an Alma, die mir von ihrem Bruder erzählt. Dafür erinnere ich mich gut an die Momente der Befangenheit und Anspannung, wenn jemand sie nach ihren Eltern fragte. Ich war noch klein, aber ich wusste, schon damals, dass diese Gespräche ihr Leid verursachten. Wenn es geschah, litt ich mit ihr. Kinder halten es nicht aus, wenn es ihren Eltern schlecht geht. Daran muss ich denken, wenn Ada geboren ist.

»Und du hast sie nie nach ihren Großeltern gefragt? Wusstest du nicht, dass Sorani ein jüdischer Name ist?«, fährt Leo fort.

Inzwischen ist es Mitternacht, wir sind alle müde, aber Leo hat so eine ruhige Art zu sprechen, dass die Unterhaltung nicht wie das wirkt, was es ist: ein Verhör, so vertraulich es auch geführt werden mag.

Mein Vater ist nicht verärgert über Leos Fragen, im Gegenteil, er wirkt genauso neugierig wie ich.

»Ich bin taktvoll, Leo«, sagt er mit einem feinen Lächeln, »oder vielleicht einfach sehr langweilig«, fügt er hinzu und schlägt die Beine über. »Ich habe Alma das erzählen lassen, was sie erzählen wollte, wann sie wollte. Ich war da, wenn sie mich brauchte, und darüber hinaus habe ich keine Fragen gestellt. Woher weißt du denn, dass es ein jüdischer Name ist?«

»Ein Klassenkamerad hieß so, seine Eltern waren strenggläubig. Wir waren befreundet, er hat mich zu seiner Bar Mitzwa eingeladen. Sie kamen nicht aus Lecce, sein Vater war Venezianer, er arbeitete in der Bank«, sagt Leo, »und er hat mir erklärt, warum Davide kein Schweinefleisch und keine Würstchen isst.«

Im Gegensatz zu Franco ist Leo neugierig. Er interessiert sich für alle, niemand kann ihn je langweilen, während

Franco und Alma äußerst wählerisch sind, um nicht zu sagen misanthropisch, außer wenn es um die Arbeit geht.
Ich mische mich ein, um davon zu berichten, was Lia mir von Giacomo und seiner deportierten Familie erzählt hat. Franco und Leo hören mir aufmerksam zu, doch während Leo mich mit wachem Blick ansieht, als hätte er eine Denksportaufgabe zu lösen, wirkt Franco überfordert. Ich weiß, dass er darum bemüht ist, meine Informationen von dem zu trennen, was er fühlt, falls er etwas fühlt. Er, der in jeder Situation nüchtern bleibt.
»Ich ziehe mich jetzt zurück«, sagt Franco und steht auf. »Entschuldigt.«
»Ich muss jetzt auch gehen«, verkündet Leo, schiebt seinen Stuhl zurück und blickt sich suchend nach seinem Regenmantel um.
»Es wird noch andere Gelegenheiten geben, darüber zu sprechen.«
»Gehen wir schlafen«, sage ich gähnend.
Ich sehe, dass mein Vater erschöpft ist, und ich bin es auch.
Als Alma vor wenigen Stunden aufwachte, sagte sie zehn endlose Minuten lang kein einziges Wort. Sie sah sich nur um, mit in Falten geworfener Stirn, dabei bewegte sie nicht den Kopf, nur die Augen. Es sah aus, als wäre sie gelähmt. Endlich fragte sie mit einer fremden, rauen und leisen Stimme, ob sie sterben werde.
Franco antwortete ihr sanft: »Ich glaube, du würdest nicht mit dieser Männerstimme reden, wenn du im Sterben lägst.«
Da drehte sie sich zu mir und warf mir einen Blick zu, wie um zu sagen: »Sogar im Angesicht des Todes muss er noch seine Witzchen machen«, und schwieg, doch sie drückte

ihm die Hand und versuchte ein müdes Lächeln. Sie war zurückgekommen, sie war wieder sie selbst.

Franco beugte sich zu ihr und flüsterte: »Du hast keine schlimmen Verletzungen, es ist alles in Ordnung. Du wurdest von einem Motorrad angefahren, erinnerst du dich?«

Sie nickte.

»Was hattest du im Pilastro zu suchen, Mama?«

Ich konnte mir die Frage nicht verkneifen.

»Ich bin müde«, antwortete sie mit dieser gruseligen Stimme und schloss die Augen.

Kurz darauf schlief sie ein, und Franco und ich blieben bei ihr, um über ihren Schlaf zu wachen. Sie war blass, aber sie hatte warme Hände und atmete regelmäßig. Irgendwann begann sie leise zu schnarchen.

Der Arzt hat Leo gesagt, dass sie noch einige Tage zur Beobachtung dableiben müsse, dass die Operation aber gut verlaufen sei.

»Bis nächsten Sonntag ist sie wieder daheim, ihr werdet sehen«, hat Leo gesagt, als er uns nachhause fuhr.

Ausgestreckt in Almas Bett atme ich ihr Tuberosenparfum. Ich bin todmüde, und heute ist Ada unruhig und tritt. Ich spüre, dass mein Bauch hart wird. Ich weiß, dass ich in den letzten Tagen schlecht gegessen und weder genug getrunken noch genug ausgeruht habe. Montag habe ich den nächsten Kontrolltermin, und ich will nicht, dass die Ärztin mit mir schimpft, weil ich mich verausgabt habe. Sie hatte mir empfohlen, fettreiche und salzige Nahrungsmittel zu meiden, wer weiß, was sie zur Maronenpastete sagen würde.

Leo habe ich das verschwiegen, aber vor meiner Abreise hatte die Ärztin mir gesagt, dass ich vielleicht ein Medikament würde nehmen müssen, um vorzeitige Wehen zu ver-

hindern. Ein Muskelrelaxans für die Gebärmutter. Ab morgen muss ich mich um meinen Bauch kümmern.
Ich werde jede Menge Wasser trinken, Obst und Gemüse essen, und mindestens eine Stunde am Tag die Beine hochlegen.
Bevor ich das Licht auf dem Nachttisch ausschalte, auf dem sich die Bücher türmen, rufe ich ein letztes Mal auf dem Handy meine E-Mails ab und finde den Brief von Maio.

Es sind zwei maschinengeschriebene Seiten voller durchgestrichener und neu geschriebener Wörter.
Ein Datum steht nicht dabei.

> Liebe Michi,
> erinnerst du dich an die Liedzeile aus »Tomorrow Never Knows« von John Lennon, die ich dir immer vorgesungen habe? Genau das ist mir passiert: Ich habe den Kopf ausgeschaltet und mich vom Strom treiben lassen.
> Ich war im Nebel neben zwei Jungen aufgewacht, die ich kaum ~~kanntw~~ kannte: Sandro und Renato. Wir hatten uns im Auto einen Schuss gesetzt, in der Nähe vom Fluss, und obwohl ich nur wenig genommen habe, war es ein ziemlicher Flash.
> Das letzte, an das ich mich erinnerte, war Sandros Stimme. Er sagte, er höre den Zug auf der nahe gelegenen Brücke. Dann war ich eingeschlafen, und als ich ~~aufwachht~~ aufwachte, sah ich sie schlafen.
> Es war dunkel, ich wusste nicht, wie spät es war, ich habe Sandro berührt und sein Kopf fiel nach vorne, dann habe ich mich umgedreht und Renato ~~geschutte~~ geschüttelt, seinen Namen gerufen, aber

er blieb reglos und schwer liegen. Ich wusste, dass sie tot waren, und ich dachte, alle würden mir die Schuld dafür geben. Ich hatte Angst.
Ich bin aus dem Auto gestiegen und die Straße entlanggegangen, es war niemand zu sehen, ringsum nur Nebel, aber ich hörte das Geräusch des Zuges, der auf der Eisenbahnbrücke vorbeifuhr, wie Sandro gesagt hatte.
~~Aif dieser Brück~~ Auf dieser Brücke hatten Alma und ich manchmal ein Spiel gespielt, bevor wir dich kennengelernt hatten. Eine Mutprobe, wer als letzter von den Gleisen sprang, wenn ein Zug kam. Davon hatte sie in irgendeinem Buch über Kinderbanden gelesen und wollte es unbedingt ausprobieren. Es war lustig. Dann hatte sie gesagt, wir müssten damit aufhören, ~~ed~~ es sei zu gefährlich.
Ich lief über die große Brücke und sah nach unten. Der Fluss war nicht zu sehen, nur ein schwarzes Loch, das mich nach unten zog. Und das Getöse, wie ein kalter ~~Sof~~ Sog.
Ich dachte, wenn ich über die Brüstung steigen und mich fallenlassen würde, wäre es sofort vorbei, doch ich blieb auf das Geländer gestützt stehen. Alma hatte recht, ich war ein Feigling.
Dann sah ich plötzlich ein Licht, ganz in der Nähe, und hörte ein ~~Motorneger~~ Motorengeräusch. Es näherte sich ein Lastwagen. Wenn ich mich vor ihn warf, würde der Fahrer mich nicht sehen. Jetzt, nachdem Alma Papa gesagt hatte, dass ich fixte, konnte ich nicht mehr nachhause, ich wollte nicht ins Gefängnis, und auch in keine Entzugsklinik, kannst du dir mich in Gefangenschaft vorstellen, Michi?

Ich dachte an meine Mutter, wie sie uns rief: Almaa-Maioo. ~~Ess~~ Es klang wie ein Lied.

Ich dachte an Alma, die sagte: »Wovor läufst du weg?«

Dann habe ich an dich gedacht, wenn du lachst.

Ich hob die Hände und ging einen Schritt auf den Lastwagen zu.

Er fuhr mich nicht um, sondern blieb stehen.

Der Fahrer beugte ~~seih~~ sich über den Beifahrersitz, öffnete die Tür und betrachtete mich mit gesenktem Kopf, als wolle er herausfinden, was ich war, ein Mann, ein Junge oder ein Tier.

Dann sagte er: »Komm.«

Come.

Komm.

Ich weiß nicht ob auf Deutsch oder akzentbehaftetem Englisch. ~~Jednefa~~ Jedenfalls verstand ich. Ich sollte mit ihm kommen.

Ich stieg ein.

~~Er beäuget~~ Er beäugte mich weiter. Er war jung und hatte wilde, dunkle Haare.

Ich schlug die Tür hinter mir zu, und er stellte keine Fragen, fragte nicht wohin ich wollte, nicht wer ich war. Er wandte seinen Blick wieder der Straße zu und fuhr los.

Ich heiße jetzt Osman, Osman Kaya, und bin Türke. Ich wurde im Laster meines Bruders Asil Kaya wiedergeboren. Ich wohne in Madrid, aber zuerst habe ich zwei Monate bei ~~Aslis~~ Asils Familie in Berlin gelebt.

Asil hat mir erzählt, dass er in jener Nacht gar nicht über die Brücke fahren wollte, doch wegen des Nebels hatte er die Autobahn verlassen und mich getroffen. Er hat mich hinten auf die Liege gelegt, und wir haben zwei Grenzen überquert, ohne dass irgendjemand mich gesehen hätte.

Asil sagt, es war Schicksal, dass wir uns getroffen haben, dass ich krank war, und er habe mich geheilt, das ~~mab~~ man das unter Brüdern so mache.

Als ich mich schließlich von meinem Bett erhob, in ~~Kreuzsgebr~~ Kreuzberg, nach drei Tagen schrecklicher Schmerzen wegen des Entzugs, kochte mir seine Frau Eren gefülltes Gemüse und Reis. Es schmeckte sehr gut.

Mithilfe von Gesten und ein wenig Englisch erklärte sie mir, dass es Osman gewesen sei, der mich Asil hat treffen lassen.

Osman war am 24. November gestorben, vier Jahre zuvor, bei dem großen Erdbeben in Çaldıran. Es sind damals alle ~~asu ihren~~ aus ihrem Dorf verschwunden. Heute wäre Osman fast achtzehn, wie ich. Asil hat mir seinen Pass gegeben und gesagt, ich sei sein Bruder, ich sei zurückgekehrt. Ich musste nur das Foto austauschen, das war leicht. In Kreuzberg ist alles möglich.

Asil hat mir ein Leben ~~geschenkr~~ geschenkt, er hat gesagt, er habe es für Osman getan. Jetzt ist er mein Bruder.

Ich fühle mich nicht schuldig, Michi. Die beiden wären auch ohne mich gestorben. Meine Mutter war krank, und mein Vater schon immer unglücklich. Ich weiß die Dinge zu ~~nemhen~~ nehmen, die kommen, und zu mir kam eben Asil. Die Vergangenheit zählt nicht.

Ich hätte zusammen mit Renato und Sandro an einer Überdosis sterben können, im Po ertrinken oder von einem LKW überfahren werden, doch ich bin frei, frei vom Heroin, von Ferrara, von allem.
Auch von Alma.
Sage ihr nicht, dass ich noch lebe.
Sie würde nur wieder denken, dass ich sie verraten habe, und ~~se ginge~~ es ginge ihr noch schlechter. Sie findet immer einen Grund um zu leiden und sich als Nabel der Welt zu fühlen, wie du weißt. Immer. Auch dann, wenn der, dem es schlecht ging, eigentlich ich war. Sie glaubt, alles ~~hngie~~ hinge immer von ihr ab. Es gibt nur eine Sache, die sie nicht erträgt: sich ungeliebt zu fühlen. Wenn sie wüsste, dass ich lebe und mich nicht bei ihr gemeldet habe, würde sie denken, ich hatte sie nie lieb, und du weißt, dass das nicht stimmt. Ich kann nicht zurückkommen, du, die du mich wirklich liebst, wirst das verstehen. Marco Sorani ist tot.
Lo siento mucho, wie man hier sagt. Es tut mir aufrichtig leid.
Ich werde dich immer lieben, Michi.
O.

Durch das Laken hindurch streichelt er mein Knie, zum Glück mit einem Lächeln auf den Lippen. Ein Kind mit einem Polizisten zu bekommen hat seine Vorteile, Leo hat schon weit Schlimmeres gesehen als einen Blutverlust.
»Ich muss nur ein paar Wochen im Bett liegen.«
Er stichelt: »Als ich gestern früh zu dir kam, warst du nicht so obenauf.«
Nicht Maios Brief war schuld daran, auch nicht die Erschöpfung, und auch nicht das, was ich gegessen hatte: Die Ursachen für eine Placenta praevia sind unbekannt, und keiner der Risikofaktoren trifft auf mich zu. Ich habe weder Kaiserschnittgeburten noch zahlreiche Schwangerschaften hinter mir. Ich bin auch nicht besonders alt.
Jetzt weiß ich alles über das Phänomen, auch dass es relativ selten ist und nur bei einer von zweihundert Frauen auftritt, doch als ich im Bett meiner Mutter erwachte und das ganze Blut sah, fürchtete ich um Ada.
Ich rief nach meinem Vater: »Papaa!« Und dann: »Francoo!« Keine Antwort.
Ich rief Leo an. Zuhause wie auf dem Handy ging nur der Anrufbeantworter ran. Ich dachte, dass er sicher spät schlafen gegangen war.
»Drei Stunden, bevor du anriefst«, hat er später zugegeben.
Es war acht Uhr morgens. Ich hatte Glück, dass auch Frau Marchetti nicht ans Telefon ging, denn sie hätte mir sicher befohlen, einen Krankenwagen zu rufen, ich dagegen habe mich für ein Taxi entschieden, und habe gut daran getan: Eine halbe Stunde nach dem Ultraschall in der Notaufnahme war bereits klar, dass es Ada gut ging, ohne Dramen und Sirenen.
Ich will es nicht kleinreden, wie Leo behauptet, gestern früh hatte ich Angst, ich war und bin aufgewühlt. Ich füh-

le mich schuldig, aber nur ein wenig. Laut Franco, der vor Leo da war, hatte ich keinen Grund dazu. Die Plazenta war schuld, nicht ich.

Eine Placenta praevia bedeckt den Muttermund.

»Sie müssen sich das vorstellen wie ein Hühnchen im Gefrierbeutel«, hat die Ärztin am Ultraschallgerät zu mir gesagt.

Auf Francos und Leos Anrufbeantworter habe ich die beruhigendsten Nachrichten hinterlassen, zu denen ich in der Lage war: »Ich bin im Sant'Orsola, nicht bei Alma, sondern zwei Stockwerke höher, in der Geburtshilfe. Ich habe etwas Blut verloren, aber Ada geht es gut und mir auch. Ein einziges Gemetzel ist das, in dieser Familie.«

Das erste Mal, als ich bei Leo war, in der Wohnung, in der wir jetzt zusammenleben, fiel mir auf, dass sie glücklicherweise nichts mit der meiner Eltern gemein hatte, abgesehen von einer einzigen Sache: dem Anrufbeantworter am Festnetztelefon.

»So was hat heute niemand mehr, das ist was für Rentner«, hatte ich mit einem Blick auf das Gerät gesagt.

»Ich habe den Apparat wegen meiner Mutter. Wenn sie aus Lecce anruft und ich nicht da bin, redet sie ein wenig vor sich hin und amüsiert sich«, hatte Leo geantwortet.

Als ich seine Mutter kennenlernte, verstand ich, was er meinte.

Meine Eltern sagten, sie hätten die Maschine, um Arbeitsanrufe zu filtern, doch in Wirklichkeit dient sie ihnen als Schutzschild gegen die Welt. Gestern früh jedoch hat sich der Anrufbeantworter für alle als nützlich erwiesen. Leo hat die Nachricht gleich nach dem Aufwachen gehört, obwohl seine Handybatterie leer war. Und wenn Franco, der ohne Handy aus dem Haus gegangen war, um die Zeitung und Kekse zu kaufen, zurückgekommen wäre und das Blut im Bett gesehen hätte, wer weiß, wie sehr er sich erschreckt hätte, trotz all seiner Rationalität.

»Aber als ich deinen Spruch mit dem Gemetzel gehört habe, wusste ich, dass ich mir keine Sorgen machen muss«, hatte er gesagt.

Wenn er wüsste, wie wenig mir in Wirklichkeit zum Scherzen zumute gewesen war.

Doch es ist zu spät, um meinen Vater wegen seiner Art zu kritisieren, lieber bediene ich mich ihrer, wenn es nützlich ist. Dann und wann ist das der Fall. Wenn man achtundvierzig Stunden nachdem die eigene Mutter operiert wurde, im selben Krankenhaus zwei Stockwerke darüber landet, ist es nützlich, der Situation mit einem Spruch die Dramatik zu nehmen, wenigstens für die anderen.

Ich weiß nicht, wie es mir geht, ich will nicht darüber nachdenken. Manchmal ist es besser, nicht zu wissen, was man fühlt.

Ich weiß, dass es Ada gut geht, dass ich Bettruhe halten muss und der Geburtstermin vielleicht vorverlegt und ein Kaiserschnitt gemacht werden muss.

Das reicht für heute.

Was zählt, ist allein die Gegenwart, hat Maio geschrieben. Heute ist das wahr. Alles, was heute zählt, ist Ada.

Alma

Im letzten Sommer schenkte uns unser Vater eines dieser alten, kleinen Boote, wie sie die Fischer in den Tälern des Po benutzten. Er hatte es umgekippt und leck geschlagen in einem Schilfdickicht gefunden und für uns beide reparieren lassen.
Wir lagerten das Boot auf einem Streifen Sand am Ufer, und vor Sonnenuntergang, wenn die Schwüle nachließ und man wieder atmen konnte, stiegen wir zwischen Bambusdickicht und Silberweidengestrüpp über ein morsches Treppchen vom Damm hinunter, in Fischerhosen, mehr zum Schutz vor den Mücken als vor dem Schlamm, und ließen es zu Wasser. Maio ruderte, und ich sah ihm zu, oder wir ließen uns, ausgestreckt im Boot, von der Strömung treiben, mit einer Hand im Wasser. Es gab nur einen einzigen unbequemen, engen Sitzplatz für den Ruderer, aber wir hatten eine Luftmatratze hineingelegt, auf der ich saß oder lag. Wir hatten immer einen Eimer dabei, und darin eine Wasserflasche und Zigaretten.
Wir blieben im Boot, bis es dunkel wurde. Manchmal redeten und sangen wir, aber meistens blieben wir still und deuteten abwechselnd auf Vögel: Schwarzkopfmöwen, Löffler, weiße und graue Reiher. Die Straße auf dem Staudamm war ebenso verlassen wie der Fluss, es kam nur ab und zu ein einsamer Hund vorbei, und einmal drei Männer auf Pferden, die uns winkend grüßten.

Auf den inneren Kanälen suchten wir überschwemmte Waldstücke und Wiesen, und Süßwasserseen voll weißer Seerosen. Eines unserer bevorzugten Ziele war ein überfluteter Wald aus Eschen, Silberpappeln und Schwarzerlen. Ein Mosaik aus Gras, Wasser und Zweigen.
Wir lauschten dem Geräusch der Ruder im Wasser, dem Summen der Insekten und dem Gesang der Vögel. So einen Geruch habe ich seither nie wieder gerochen: den Duft des Flusses, der sich der Mündung nähert, wo sich das Süßwasser mit dem salzigen mischt.
Mit dem Untergehen der Sonne wurden die Farben des Wassers und der Bäume zuerst leuchtend, dann dunkel.
In jenen Tagen haben wie nie über das gesprochen, was mit Benetti geschehen war. Ab und zu sagten wir, dass wir es kaum erwarten konnten, diesen todlangweiligen Fluss hinter uns zu lassen und zu den Freunden ans Meer zu fahren, aber das dachten wir nicht wirklich, eigentlich genossen wir jeden Augenblick dieser gemächlichen und wohlbekannten Ferien an dem Ort, den wir als Kinder am meisten geliebt hatten.
Als wir klein waren, gab es ein Spiel, das wir lieber mochten als alle anderen: Wir malten uns aus, auf ein Floß zu steigen und über den Po zu fliehen, wie Huckleberry Finn über den Mississippi. Wir hatten uns ein Floß aus schiefen Holzlatten gebaut, das wir auf der Sandbank am Ufer lagerten, an unserem Strand. Wir versuchten nie, es zu Wasser zu lassen. Wir setzten uns darauf und taten, als würden wir damit den Fluss entlangfahren, angeln und Räuber in die Flucht schlagen. Ich war Huck und Maio war Jim, sein Freund, der schwarze Sklave.
Wir haben nie darüber gesprochen, aber in diesem letzten Sommer, in dem wir begannen, tatsächlich den Fluss ent-

langzufahren, nachdem wir jahrelang davon geträumt hatten, wurde Maio zu Huckleberry, nicht ich. Er war es, der die Strecke bestimmte, der uns durch die inneren Kanäle ruderte, der die Erkundungsgänge durch überschwemmte Wälder und Wiesen anführte. Ich folgte ihm.

Am letzten Juliabend, einen Tag bevor wir abfuhren ans Meer, beschlossen wir, bis zu den Tälern mit den Flamingokolonien zu fahren. Als Kinder waren wir mit unseren Eltern dort gewesen, mit dem Auto, niemals auf dem Wasserweg.

Bei Sonnenuntergang kamen wir an, das Rot des Himmels spiegelte sich im Wasser. Wir zogen das Boot an Land und kletterten auf den Deich, um einen besseren Blick auf die rosa Flamingos zu erhaschen, die zu Dutzenden im Wasser des Tals standen, wie eine riesige Blutlache.

Wir blieben stehen und betrachteten sie, zeigten auf jene, die durch eine optische Täuschung tatsächlich nur ein einziges Bein zu haben schienen, bis sich einige von ihnen nach einem kurzen Anlauf auf der Wasseroberfläche in die Luft schwangen, die langen Hälse vorgereckt und die Füße nach hinten ausgestreckt, wie fliegende Lanzen.

Wir folgten diesem v-förmigen Flug mit Blicken, das Kinn erhoben, bis auch der letzte verschwunden war, dann kehrten wir zum Boot und zu unserem Anlegeplatz zurück.

»Was habt ihr gemacht?«, hatte uns Vater an diesem Abend gefragt, als wir zu spät zum Essen kamen, verschwitzt, die Mückenstiche kratzend.

»Wir waren glücklich«, hatte Maio hinter seinem Rücken gesagt, mit sarkastisch zum Himmel verdrehten Augen und gefletschten Zähnen wie ein Vampir.

»Wie schön, das habt ihr gut gemacht, Kinder«, hatte mein Vater geantwortet, und meine Mutter hatte gelächelt.

Ein Jahr später

Alma

Ich habe damit angefangen, die Bücher von den niedrigen Brettern herunterzunehmen, dann die zur Seite geräumt, die sich auf dem Fußboden stapelten, alte Zeitschriften weggeworfen und die Bücherregale abgestaubt. Das habe ich seit Jahren nicht mehr gemacht, vielleicht überhaupt noch nie, aber als Giuseppe anfing zu krabbeln und alle Seiten zu zerreißen, die er zwischen die Finger bekam, musste ich mich darum kümmern.
Er mag das Geräusch reißenden Papiers.
Ritsch. Ritsch. Bei jedem Riss lacht er.
Manchmal bringt ihn Antonia nachmittags bei mir vorbei und geht zum Schreiben in die Bibliothek der literaturwissenschaftlichen Fakultät in der Nähe unserer Wohnung. Seit drei Monaten schreibt sie wieder, sie hat gesagt, sie sei in eine Geschichte »hineingesogen worden«, aber sie hält sich bedeckt, wir wissen bisher gar nichts.
»Sie spielt nicht in Ferrara«, hat sie noch hinzugefügt.
Bei jedem Wetter gehen Giuseppe und ich nach dem Nachmittagsimbiss nach draußen. Wir gehen in die Margherita-Gärten, bleiben unter einem Ginkgo stehen, ich reiße ein Blatt ab und gebe es ihm. Er hält es am Stiel und betrachtet es lange, mit gerunzelter Stirn und weit aufgerissenen Augen. Die Blätter von Ahorn oder Birke interessieren ihn längst nicht so wie der Ginkgo, ich habe es ausprobiert.

Wenn es regnet, setzen wir uns in ein Café. Er sitzt gerne auf meinem Schoß und beobachtet alles, wie eine Klatschtante. Da er rote Haare hat, macht immer jemand eine Bemerkung. Sie begrüßen ihn, nehmen ihn bei der Hand, lächeln ihm zu. Er ist gesellig, es macht ihm Spaß, er erwidert das Lächeln. Er lächelt viel und für alle, auch für die Langweiler, die Plumpen und Hässlichen.

Eines Nachmittags betraten wir ein Lokal mit Billardtischen, und mir fiel der Ort wieder ein, wo wir mit Maio die Wintervormittage verbracht hatten, wenn wir die Schule schwänzten: eine schäbige Bar in der Vorstadt, wo wir sicher waren, keinen Bekannten unserer Eltern zu treffen.

Wir setzten uns mit unseren Büchern, Heften und Winterjacken an den Tisch an der Scheibe und warteten auf Michela. Wir sahen sie auf ihrem blau gestrichenen Fahrrad aus dem Nebel auftauchen und an einem Mast haltmachen, an dem sie es mit zwei Umschlingungen der Kette festschloss.

Maio rannte nach draußen, um ihr zu helfen, im Pulli, obwohl es so kalt war, dass einem die Finger selbst in den peruanischen Handschuhen einfroren, die wir alle drei trugen. Michela war nicht sehr groß, und um Maio zu küssen, stellte sie sich auf Zehenspitzen und winkte mir dabei zu. Von meinem Platz hinter der Scheibe aus beantwortete ich ihren Gruß, indem ich zum Zeichen des Sieges die Faust in die Luft reckte. Wir hatten es geschafft, der Schule einen weiteren Vormittag abgetrotzt, Zeit, die sich in unserem Inneren endlos dehnte, feuchte, nebelige Stunden, an denen wir diesen Ort nicht verlassen konnten, der geheim und allein unser war, ein Zufluchtsort, ein Land, wo die Regeln der Erwachsenen nicht zählten, sondern nichts als unser Verlangen, zusammen zu sein.

Nachdem wir uns mit einem Cappuccino aufgewärmt hatten, lernten Michela und ich, oder wir zeigten uns unterstrichene Passagen in den Romanen, die wir lasen, während Maio Flipper spielte oder ein Schwätzchen mit den Alten hielt, die in der Bar herumhingen. Dann setzte er sich zu uns und wir begannen zu reden und Zigaretten zu rauchen. Es waren ausgedehnte, hitzige, aufregende Diskussionen voller Lachen, Blicke, kleiner Stöße, die in Wirklichkeit Streicheleinheiten waren.

Wir redeten nicht über das, was wir einmal werden wollten, sondern nur über uns, wer wir waren, über das, was wir uns versprochen hatten. Das Wichtigste war, füreinander da zu sein und möglichst viel Zeit miteinander zu verbringen. So wollten wir für immer leben: nur wir drei, und die Welt verbannt hinter die Fensterscheibe.

Plötzlich hatte ich wieder diesen Geschmack im Mund, Cappuccino gemischt mit Zigarettenrauch und Nebel, und ich verspürte eine geradezu überwältigende Gefühlsregung, so wie wenn irgendetwas – ein Bild, der Klang einer Stimme, ein Körperteil – in einem die Lust wachruft, Liebe zu machen.

Seit damals trinke ich keinen Cappuccino mehr. Ich rauche auch nicht mehr.

»In den Cafés darf man sowieso nicht mehr rauchen, weißt du?«, sagte ich zu Giuseppe und bewegte den Zeigefinger vor seiner Nase hin und her. Er folgte ihm grinsend mit den Augen.

An dem Abend, als Antonia mich fragte, ob ich ihnen verzeihen könne, habe ich sofort mit Ja geantwortet, doch dann verstand ich, dass sie nicht Michela und Maio meinte, sondern meine Eltern. Ich habe mich nicht korrigiert.

Antonia soll nicht erfahren, dass ihre Mutter so kindisch ist, dass sie noch immer mit ihren seit dreißig Jahren verstorbenen Eltern im Unguten ist, aber es fällt nicht leicht, einem Vater zu verzeihen, der sich umbringt, auch dann nicht, wenn man herausfindet, woher seine Verwundung rührte. Und auch nicht einer Mutter, die alles wusste und nichts getan hat, außer zu sterben.

Sie war sanft, meine Mutter. So sanft, dass ich es noch immer nicht ertrage, an sie zu denken.

Franco besteht darauf, den Jungen Giuseppe Giacomo zu rufen, bei seinem vollständigen Namen. Der Kleine betrachtet ihn freundlich mit halb offenem Mund. Wenn wir nachhause kommen, setze ich ihn in das Kinderstühlchen neben meinem Sessel, die Katze Rossa streckt sich zu seinen Füßen aus. Die beiden verstehen sich so gut, dass Antonia zu Weihnachten an ihre Freunde eine Karte mit einem Foto von ihnen verschickt hat.

Sie hat mich gefragt, ob auch ich eine Karte für meine Weihnachtspost haben möchte, doch dann hat sie es gleich zurückgenommen: »Ach, entschuldige, du hast ja keine Freunde.«

Seit Giuseppes Geburt behandelt sie mich schonungsloser, ich weiß noch nicht recht, ob wir jetzt enger oder weniger eng sind als zuvor. Sie wirkt zufrieden, auch wenn sie stiller und fahriger geworden ist. Wahrscheinlich ist sie einfach viel beschäftigt und erschöpft. Giuseppe war ein Frühchen und sie konnte ihn nicht stillen. Sie hat seine ersten Lebensmonate damit verbracht, ihn zu wiegen, zu wickeln, seine Fläschchen zu sterilisieren, Milchpulver anzurühren, sie zu erwärmen, ihm alle drei Stunden die Flasche zu geben, Tag und Nacht. Jene zwingenden Rituale, die mir das Leben gerettet haben.

Giuseppe ist der Name von Leos Vater, doch es war Antonias Idee, ihn so zu nennen.
Franco und ich warteten draußen vor dem OP-Saal, als Leo schließlich mit dem Bündel im Arm herauskam und sagte: »Eure Tochter will ihn Giuseppe nennen, ich habe nichts damit zu tun.«
Wir traten näher heran: zwei runde, feuchte Augen, die uns von einem überhimmlischen Ort aus anblickten. Ich dachte an Antonia kurz nach der Geburt, ohne Haare, mit rotem Gesicht und geschlossenen Augen.
»Und wenn wir ihn Giuseppe Giacomo nennen, Giacomo wie mein Vater?«, schlug ich vor.
Ich kann ihm noch nicht verzeihen, aber ich kann ein Stück der Identität weitergeben, die er mir geraubt hat. Seinen Namen. Giacomo, Jakob, der Name des Stammvaters der Israeliten.
Als ich nach dem Unfall aufwachte, wusste ich nicht, was geschehen war. Erst nach und nach kam die Erinnerung daran zurück, wohin ich gegangen war und weshalb. Franco drückte mir die Hand und mir schien, seine Augen waren feucht.
Ich dachte, ich müsste sterben, doch ich wollte leben, um Tonis Kind zu sehen, für sie, aber auch für mich selbst. Für Francos Augen.
Wie damals, als wir zum ersten Mal miteinander sprachen, in einem Café in den Arkaden der Via Zamboni, neben der Universität.
»Sie sind in meinem Kurs, nicht wahr? Finden Sie mich langweilig?«, hatte er gefragt.
Und dann hatte er mich angesehen, mit diesen Augen.

Antonia

Pippo, Peppo, Pippi. Leo nennt ihn bei allen möglichen Namen, nur nicht Giuseppe. Ich schon. Ein kleiner Buddha mit roten Haaren braucht einen ehrenwerten Namen.
Gerade schläft er in seinem orangenen Bettchen. Als ich es aussuchte, dachte ich nicht, dass er diese Haarfarbe bekommen würde. Sein Vater hat kupferfarbenes Haar, er dagegen ist regelrecht karottenfarben. Und er ist hübsch. Rund und weich. Ich weiß, dass er lächeln und sich strecken wird, wenn er aufwacht, er ist nie schlechter Laune.
»Gib ihm ein wenig Zeit«, sagt Leo. »Wenn er erst zur Schule geht, wirst du dich wundern.«
An dem Morgen, als ich ins Sant'Orsola kam, war Alma gerade von der Intensivstation auf die Station verlegt worden. Dort blieb sie eine Woche, während ich gleich wieder entlassen wurde, nachdem ich versprochen hatte, mich sofort ins Bett zu legen. Wir haben uns im Krankenhaus nicht gesehen, es wäre auch ein ziemlich skurriles Zusammentreffen gewesen: Mutter und Tochter im selben Krankenhaus auf zwei verschiedenen Stockwerken, eine vom Motorrad angefahren, die andere mit fehlerhafter Plazenta. Ich habe sie sofort angerufen, nachdem ich mich ins Bett gelegt hatte. Franco war es inzwischen gelungen, sie mit der Geschichte vom Hühnchen im Gefrierbeutel zum Lachen zu bringen.

»Toni, werde du mir nicht auch noch eine Sorani. Die Zampas somatisieren nicht, denk dran«, hat sie gesagt. Franco hat wirklich recht, wenn er sagt, dass Mama stark wird, wenn es ernste Probleme gibt.

»Mein Bett ist wie ein kleines Boot.« Einen Monat lang war ich auf diesem kleinen Boot, ich hatte Gelegenheit, noch einmal Stevenson zu lesen, aber vor allem hatte ich viel Zeit zum Nachdenken.

Alma hat Leo erzählt, was im Pilastro-Viertel geschehen ist. Es klingt absurd, aber ich glaube ihr, genau wie Leo. Er merkt, wenn jemand lügt. Sie wollte Vincent treffen, ihren kriminellen Liebhaber aus ihrer Zeit in Ferrara. Sie kannte seine Nummer und wusste, dass er in Bologna lebte, weil er ihr aus dem Gefängnis geschrieben hatte.

Sie hatte ihn nie kontaktiert bis zu jenem Tag, an dem ihr in den Sinn kam, Leo bei den Ermittlungen gegen den kalabrischen Verbrecherring zu helfen. Eine Idee, die zwischen Großzügigkeit und Größenwahn changiert, was Alma sehr ähnlich sieht, und genau darum glaube ich ihr.

Vincent hatte sich mit ihr in dieser Bar verabredet, doch er war nicht aufgetaucht, und nach einer Weile war sie aufgestanden, um nachhause zu gehen. In dem Moment hatte es den Schusswechsel gegeben, der Killer war auf seinem Motorrad geflüchtet und hatte sie angefahren.

Leo hat herausgefunden, dass Vincent da war, in der Bar. Alma hatte ihn nicht erkannt, so sehr hatte er sich verändert. Als ich ihr das Foto eines rüstigen Mannes mit verquollenem Gesicht zeigte, das Leo mir gegeben hatte, hatte Alma den Blick abgewandt. »Das kann er nicht sein.« Und dann, flüsternd: »Vielleicht, die Augen ...«

Vincent hatte mit der Schießerei nichts zu tun. Er hatte alleine an einem Tisch gesessen und sie heimlich beobachtet. Der Killer hat ausgesagt, er habe gewartet, bis »diese Frau endlich gegangen war, damit ich den umlegen konnte, den ich umlegen sollte«. Er war so neben der Spur und mit Drogen vollgepumpt, dass er dann, nachdem er eine halbe Stunde auf Almas Aufbruch gewartet hatte, ausgerechnet sie bei der Flucht anfuhr.

Vincent war durch Zufall gerade nicht im Gefängnis, Leo sagte, dass er in den letzten dreißig Jahren mehr Zeit drinnen verbracht hat als draußen. Wir wissen nicht, warum er sich Alma nicht zu erkennen gegeben hat. Vielleicht hatte er nicht den Mut, sich ihr in seinem abgehalfterten Zustand zu präsentieren, oder, noch wahrscheinlicher, er hatte Angst, in irgendeine Sache hineingezogen zu werden. Leo ist überzeugt, dass es so war.

»Ich glaube, er wollte Geld, aber als ihm klar wurde, was geschehen würde, hatte er Angst, weitere zwanzig Jahre zu kassieren.«

Alma scheint sich dafür zu schämen, dass sie Vincent kontaktiert hat, und ich vermeide es, davon zu sprechen.

Über das, was ich in Ferrara herausgefunden habe, haben wir wenig geredet.

In den ersten drei Monaten habe ich nur an Giuseppe gedacht.

Jetzt habe ich wieder angefangen zu schreiben.

Ein Mädchen bringt sich um. Sie ist schön, intelligent, sie hat alles, was man sich wünscht. Ihr Vater glaubt nicht an einen Selbstmord und beginnt nachzuforschen, wer sie umgebracht haben könnte. Doch die Inspektorin Emma Alberici findet heraus, dass sich das Mädchen tatsächlich selbst umgebracht hat, vielleicht aus Langeweile, aber sie beschließt, es dem Vater nicht zu sagen, damit er nicht noch mehr leidet.

»Die Geschichte erinnert mich an einen Roman von Martin Amis, den ich vor ein paar Jahren gelesen habe«, schrieb Luigi mir, nachdem ich ihm den Inhalt erzählt hatte.
Ich hatte ihm auf die Mail geantwortet, mit der er uns zu Giuseppes Geburt gratulierte, und in der er schrieb, er werde Ende des Jahres nach Palermo gehen.
»Rossana ist zufrieden, und ich auch. Ein bisschen Sonne und ein Haufen Arbeit. Ich habe genug von der Schläfrigkeit Ferraras. Du wirst dich bestimmt freuen zu hören, dass Riccardo, Isabellas Freund, freigesprochen wurde, die beiden ziehen nach Rom.«
Luigi schreibt ganz anders als er redet, förmlich. Leo liest keine Romane, dafür schreibt er so, wie ich es mag: genau wie er spricht. Luigis Mail endete mit einem Gedicht von Giorgio Bassani, das ich nicht kannte.
»Ich habe darüber nachgedacht, wie deine Ermittlungen hätten enden können, wenn Maio eine Figur aus einem deiner Bücher gewesen wäre. Ich habe sie alle gelesen, sie haben mir gefallen, obwohl ich sonst keine Krimis lese. Aber deine sind auch keine richtigen Kriminalgeschichten, ich würde sie eher als existenzielle Thriller bezeichnen. Ich glaube, du hättest gerne ein Ende gehabt wie dieses Gedicht von Giorgio Bassani:

Wirklich meine Lieben ich könnte euch nicht sagen
auf welchen Wegen
es mir gelang aus so weiter
Ferne und nach so langer Zeit
zurückzukehren

Sagen kann ich euch nur daß ich mich
im Dunkeln von einem führen ließ

der mich im Stillen
an die Hand
genommen hatte.«

Luigi weiß nicht, wie recht er hat. Das Gedicht ist wunderschön, und in einem Roman wäre Maios Rückkehr unumgänglich gewesen. Aber er weiß nicht, was ich herausgefunden habe. Ich habe zusammen mit Leo entschieden, es ihm nicht zu sagen. Ich habe alles mit Leo entschieden, abgesehen von der Sache mit Alma. Da war er nicht einverstanden mit mir.

Nachdem Giuseppe geboren war, habe ich Lia und Michela geschrieben: »Giuseppe Giacomo ist da. Es geht uns gut. Wir kommen euch besuchen, wenn es weniger heiß ist.«

Wir sind nie hingefahren.

Vielleicht fahre ich mit ihm auf den Friedhof zu den Nanettis, wenn er laufen kann.

Alma will nicht mitkommen. Ich habe es ihr angeboten, doch sie hat abgelehnt. Ich hatte mir ausgemalt, das Haus in der Via Vignatagliata mit ihr zusammen zu besuchen, doch dann musste ich einsehen, dass sie niemals zu diesen Geistern zurückkehren wird. Und jetzt will ich es selbst nicht mehr.

Lia hat mir eine Postkarte mit dem Schloss der Familie Este und einem flatternden Schriftzug geschickt: »Herzlichen Glückwunsch.«

Michela dagegen hat angerufen.

Ich habe mich darüber gefreut, an ihrer zögernden Stimme merkte ich, dass sie befürchtete, ich hätte Alma alles gesagt.

Ich habe sie beruhigt.

Ich habe ihr sofort gesagt, dass ich ihre Entscheidung ver-

stehen kann, und dass auch ich beschlossen hatte, Alma nicht zu sagen, dass Maio erst vor zehn Jahren gestorben ist.
»Vor Giuseppes Geburt lag ich einen Monat lang im Bett und hatte Zeit zum Nachdenken. Ich habe eingesehen, dass es manchmal mehr Mut braucht, die Wahrheit zu verschweigen, als sie zu sagen«, erklärte ich ihr, »dank dir. Wenn Alma herausfindet, dass sie sich seit dreißig Jahren für eine Tragödie schuldig fühlt, die sich gar nicht ereignet hat, wäre alles noch viel sinnloser.«
Ich konnte hören, wie Michela aufatmete.
»Es ist eben so, dass man nicht für andere entscheiden kann«, antwortete sie. »In Büchern geht das, aber im echten Leben nicht. Es war eine Sache zwischen Alma und Maio.«
Als sie das sagte, dachte ich, dass das nicht stimmte, dass diese Geschichte auch meine Sache war und ihre, aber ich habe nichts gesagt und wir haben bald wieder aufgelegt.
Wenn ich noch einmal nach Ferrara fahre, werde ich sie nicht aufsuchen, es ist nicht angenehm, wenn man gezwungen wird, sich zu erinnern. Geheimnisse machen einen stark, aber auch einsam. Sie quälen vor allem diejenigen, die sie hüten.
Ich schaue zu Giuseppe, seine Hand beginnt sich zu öffnen und zu schließen, ein Zeichen dafür, dass er gleich aufwacht.

Dank

Ich habe vielen Menschen zu danken, mein besonderer Dank gilt Gian Mario Anselmi, Francesco Bianconi, Vasco Brondi, Severino Cesari (dem das Buch zusammen mit Antonella Lattanzi gewidmet ist), Renata Colorni, Elena Faccani, Antonio Franchini, Giulia Ichino, Antonella Lattanzi, Nicola Manzoni, Yahis Martari, Raul Montanari, Gianluca Neri, Monica Pavani, Marilena Rossi, Roberto Roversi, Roberto Saviano, Giovanni Tesio, Susanna Tosatti und Alessandra Vaccari.
Danke auch an meine Buchhändlerfreunde Aldo, Augusta, Elia und Fabio, an denen ich die Covergestaltung testen durfte.
Liebe Freunde, liebe Familie, ich zähle euch nicht alle einzeln auf, ihr wisst sowieso, wie wichtig mir eure Kritiken sind. Die von Emilia, Ludovico und Luca aber sind unschlagbar.

Anmerkungen

* S. 88: *nanetto*: Italienisch für »kleiner Zwerg«.

** S. 210: »Sie wissen, wir wissen, keine Jahreszeit wird jemals wiederkehren, die uns mit immer neuen Blättern, neuen Blüten täuscht. Sie wissen, wir wissen, der traumlose Schlaf unter stillem Schnee, unter klarem Grün ist unsere barmherzigste Bestimmung.« (Übersetzung: Julika Brandestini)

Quellennachweise

Das Zitat von Giorgio Bassani auf S. 311f. stammt aus: Giorgio Bassani, *In einem alten italienischen Garten*, ausgewählt und aus dem Italienischen übertragen von Michael Marschall von Bieberstein. München: Piper, 1991.